Ronso Kaigai
MYSTERY
212

# 疑惑の銃声

Give Me Death
Isabel B. Myers

イザベル・B・マイヤーズ
木村浩美［訳］

論創社

Give Me Death
1934
by Isabel B. Myers

目次

## 主要登場人物

ジャーニンガム（ジェリー）……劇作家
マクアンドリュー（マック）……ジャーニンガムの助手。本編の語り手
ゴードン・ダーニール……プルーデンシャル信託銀行の社長
スティーヴン・ダーニール……ゴードンの息子
アンドレア・ダーニール……ゴードンの娘
フィリップ・ダーニール……ゴードンの弟
グラント・ベイリス……プルーデンシャル信託銀行の幹部。アンドレアの婚約者
シスリー・キャロル……スティーヴンの恋人
ハロルド・ヤーキーズ……医師
ハーヴィー・E・クリテンドン……信用ローン株式会社社長
クリテンドン夫人……ハーヴィーの妻
ジェイムズ・キャンベル……探偵
ロッド・コリンズ……新聞記者

# 疑惑の銃声

# 第一部

# 第一章　午前三時の訪問者

あの事件の幕開けには、ジャーニンガムもぼくも不意をつかれた。

当時は十八時間という長丁場、何もかも忘れて脚本にかかりきりだった。サンダーソンが第一稿を船旅に持参できるよう、ジャーニンガムは土曜日の朝までに仕上げると言ったのだ。その約束をしたのはジャーニンガムだ。気をもむのは、例によってこちら。ぼくは手を尽くした。彼のアパートメントの玄関ドアに鍵をかけた。ノックしたりベルを鳴らしたりしたらただではすまない、という貼り紙をした。電話機の受話器を外したままにした。脚本が完成しないうちは、ジャーニンガムに用がある人間がイーストリバーに飛び込もうと知ったことじゃない。

あとはタイプライターの前に座り、ジャーニンガムの口述筆記をして、ジャーニンガムが話しかければ耳を傾け、ジャーニンガムが口をつぐめば口をつぐんでいた。また、今は何時かを忘れようとした。ジャーニンガムは天才だから、せかすことはない。

金曜日の昼が過ぎた。そして金曜日の夜が過ぎた。容赦なく、次から次へ、夜更けが入江の暗い水から忍び込み、街を漂い、暗闇に溶け込んで西に向かった。午前一時。二時。三時。

ぼくは身じろぎせず、ジャーニンガムが中国の絨毯の端から端まで何度も行ったり来たりするのを眺めた。五歩進む。五歩戻る。五歩進む。五歩戻る。

疲労という小悪魔たちがこぞってぼくの背筋に熊手《ピッチフォーク》を突き刺す。左足はしびれている。煙草入れは空《から》っぽだ。それでも、ぼくはニューヨークにいるどんな人間とも仕事を交代しなかっただろう。

五歩進む。五歩戻る。

「ちくしょう、ダーリン！」ジャーニンガムはふとグランドピアノに向かって言った。

ジャーニンガムは絨毯の端に着くと折り返した。

「なぜ初めから——」

ジャーニンガムは反対の端で振り向いた。

「ああしなかった？」

ジャーニンガムは一歩目と二歩目のあいだで急に立ち止まった。「幕！」

やせて物憂げな百八十五センチの長身から、ジャーニンガムは少年のように得意げにほほえみかけた。

ぼくはタイプライターで最後の言葉を打ち、用紙を引き抜いて、それまで抜いた分の上に放り投げた。次に時計を見た。

「終わった——六時間も早く！」ぼくは言い、煙草を探して机の中を引っ掻き回した。「ありえませんね、ジェリー。一幕抜かしたか何かしたでしょう」

ジャーニンガムは含み笑いをした。

「批評家連中は同意見だろうな、マック。だが、わたしの知る限りでは全幕揃っている。あとは仕上げをするだけさ」

「やっぱり何かあったんだ。これから夜が明けるまで——ええと——仕上げをするんですね」

「しない！」ジャーニンガムが言い返す。「それはそのままサンダーソンに届ける。もう今夜は何も考えない――誰の頼みでも。わたしは寝る！」

ジャーニンガムは長い両腕を天井に伸ばして悠然とあくびをした。

「次回はだな、マック、もう少し早く仕事にかかれば早めに終わるとか言わないでくれ」

「ぼくがいつそんなことを言いました？」ぼくは食ってかかった。見上げると、ジャーニンガムのくぼんだ灰色の目がきらめいていた。

「言ったことはない。しかし、きみはいつもそう思っている。おまけにいつも――百パーセント――正しい」

ジャーニンガムはまたあくびをした。

「ただし」彼はしつこく言った。「わたしは好んで午前三時に仕事をする。この時間だけは静かに過ごせるからね。いくらこのいかれた町でも、午前三時以降に事件が起こったためしは――」

ジャーニンガムはその先を言わなかった。誰かが玄関のドアをコンコンと叩いている。ぼくたちはまさかと思い、耳を澄ました。音がぴたりとやんだ。ジャーニンガムがけげんそうに眉を吊り上げた。

「今の聞こえたかい？」

ぼくに超能力はない。救いがたいほど現実的だと、ジャーニンガムに言われることもある。それにもかかわらず、そのノックの音は気に入らなかった。でも、そうは言えない。

「誰かがよっぽど楽しくやってきたんですよ」さらりと答えた。「で、帰る家を間違えた」

ぼくは玄関ドアに向かった。ジャーニンガムがすばやく手を出して、ぼくを引き止めた。

「聞け」彼は声を押し殺して言った。

またもやいまいましいノックの音が、静かな部屋にドラムロールのように響き渡った。

「あの叩き方は酔っていない」ジャーニンガムがてきぱきと答えた。「速すぎて――強すぎて――規則正しすぎる。あの人間はしらふだよ」

「じゃあ、何者のつもりでしょう?」

「本人に訊いてみよう」

ジャーニンガムはぼくを追い抜いて玄関に着き、ぱっとドアをあけた。

すると、すばやい大股の一歩で、しらふの男が入ってきた。

ぼくが真っ先に見たのは男の目だ。きらきらした落ち着きのない目。男は、ジャーニンガムとぼくとリビングルームの見える部分を急いで見渡した。その探るような目で何を見つけたのか、見つけなかったのかは知らないが、男の態度が少しやわらいだ。彼は帽子とオーバーを脱いで手近な椅子に載せ、明るいところへ進み出た。

「ぼくを覚えてませんよね」

だが、それは男の勘違いだ。四角い顔、頑固そうな顎、額の上で逆立っている薄茶色の短髪――。この組み合わせは忘れがたい。ぼくたちが前回出会った陰惨な事件に負けず劣らず。嫌な予感がして、うなじに鳥肌が立った。

「きみはコリンズだね」ジャーニンガムは穏やかな声で言った。「この前、きみが――」

ジャーニンガムはひと息ついて言葉を選んだ。

「どうぞ遠慮なく。何を言われても平気ですから」コリンズが屈託のない顔で口を挟んだ。「この前ぼくが押しかけたときは?」

「押しかけた」ジャーニンガムは頷いた。「あのときは殺人の用件だったな」

「そうでしたね」コリンズはそこそこ満足した様子を見せた。

「どうしても表沙汰にしたくない殺人で、きみは招かれざる客だった」

「新聞記者はめったに歓迎されません」コリンズがもっともなことを言った。

「それから、きみとは取引した覚えがある。わたしが話した――というより、ここにいるマックが話した――とおり、きみが望むものはなんでも――」

「もうほとんど手に入れました」

「きみがほとんど手に入れたのは間違いだった！　その代わり、今後は顔を出さない条件をのんだじゃないか」

「お出入り禁止期間は終わりです」コリンズは言った。「聞いてませんかねえ？」

それは軽口だった。度を越していた。暗い水に張った砕けやすい氷だった。

「たとえ聞いていたとしても」ジャーニンガムはぶっきらぼうに言った。「なんの用があって午前三時にうちのドアをノックしたんだね？」

コリンズは首をかしげた。

「ぼくに訊いてるんですか！」いかにも驚いたという口ぶりだ。

突然、コリンズはつかつかと歩いてリビングルームへ入り、ゆっくりと回れ右をした。そしてぼくの部屋着のジャケットとジャーニンガムの皺だらけのツイードの上着を見た。再び口をひらいたとき、声に不安な響きがあった。

「用件は知ってるでしょうに」コリンズはけんか腰だった。「あなたは起きていて――服を着ている。

寝てなかったんだ」

「寝ていたはずだったさ――今ごろは！」ジャーニンガムは苦々しげに言った。

だが、ぼくはジャーニンガムの目の奥のほのかな光に気がついた。けだるい態度の陰で、彼はコリンズの一挙手一投足を見つめている。

その若い男は中国の絨毯の真ん中で足を踏ん張り、首をかしげ、困惑したように眉をひそめていた。

「どこかおかしいですよ」コリンズは文句を言った。「どうして彼はあなたに電話しないんです？だいいち、彼からの電話がなかったなら、なぜあなたは起きてるんですか？」

ジャーニンガムはため息をついた。

「誰もわたしが――たまには――仕事をすると思わないらしい」

「この時間に？」コリンズが疑わしげに訊いた。

「いかにも。この時間は」ジャーニンガムは例の悠然とした笑みを浮かべて説明した。「ありがたいことに邪魔が入らないからね」

コリンズはにやりとした。ちょっと申し訳なさそうに、頑固な薄茶色の髪を撫でつけた。髪の――ついでに自分の――図々しさを押さえつけようとしたのか。

「すみません！　あなたは身なりがきちんとしてるもので――徹夜していた割に。ただ、ちょっとわからないのは――」

コリンズは重い足取りで机に近づいて、タイプライターや散らかった原稿や電話機を眺めた。

「ぼくの勘違いでした。いい、ちゃんと仕事をしてたんですね。いつから受話器を外してあるんです？」

「十八時間くらい前かな」ぼくは答えた。

コリンズの目に勝利の輝きを見て、今の質問に答えてよかったのかどうかと考えた。

「それで辻褄《つじつま》が合う」コリンズは言った。

彼は大きな椅子のひとつに歩み寄り、いかにも居座りそうなしぐさで腰を下ろし、煙草の箱を取り出した。

「煙草は？」コリンズが箱を差し出す。

「パイプをやる」ジャーニンガムは答える。

ジャーニンガムも机の角に無造作にもたれかかり、愛用のブライヤーのパイプにのんびりと刻み煙草を詰めた。こちらはのんびりした気分ではなかった。

「思うに――」ぼくは切り出した。

「こいつに事情を説明させるべきだと？」コリンズが言った。「そりゃそうだ。でも、ぼくは説明しない。悪しからず！」

ジャーニンガムはパイプの煙越しにコリンズを温かく見つめている。

「詫びることはない。きみは洗いざらい話してくれた」

コリンズはぎくりとしてジャーニンガムを睨んだ。

「ああ、話しましたよ！」

ジャーニンガムは頷いた。

「どうせ記事のネタを追っていたんだろう。特ダネをつかんだがおじゃんになったな。さもなければ、朝になってから来たはずだ」

「図星ですよ」

「一面の記事だね。つまり、一面を飾っていたであろう記事だ――きみがものにできていたら」

ジャーニンガムはコリンズの顔を見つめていた。

「しかし、きみは失敗した。どういうわけか」

ジャーニンガムの突き出した眉毛の下できらめく光が見えた。

「おおかた放り出されたんだろう」

コリンズの顔が曇った。

「そうかもしれません」

「そこでここへ来た。わたしが知らせを聞いていると踏んで。だから一度も誘導尋問をしなかった」

ジャーニンガムはパイプの煙でゆうゆうと輪を作った。

「きみはわたしが答えないのを知っていると見える。すると、ただの一面記事じゃない。極秘のニュースだな」

コリンズの顔に初めて不安の影がよぎった。

「そのニュースにはわたしではなく、わたしの友人がかかわっている」

「どうしてそんな見当をつけたものやら！」コリンズが噛みついた。

「ついさっき、きみはわたしが何も知らないと確信した。その一件がわたし自身に影響を与えるとしたら、きみはあの時点でわたしに飛びついただろう。こちらの出方をうかがうためだ」

「おそらく」

「ところがそうせず、きみは口をつぐんで――腰を下ろした。だから、書いている記事の最新情報がここで入手できると見込んだ」

ジャーニンガムはまたゆうゆうと煙の輪を作った。

「実は、きみはわたしの友人がみずから現れると思っている。今にもだ」

コリンズはぐいと身を乗り出した。

「なぜ――」

「きみはその男を探した。入ってきたときに」

「ええっ！」コリンズの声には恐れ入ったという響きがあった。

「悪くない思いつきだ。先回りして、彼がわたしに話すことを聞くとはな。だが、うまくいかないとわかっているだろう」

「それはどうでしょう」コリンズは思案顔で答えた。髪はさっきより逆立っているように見えた。

「ぼくは思いつきを捨てたくないんで」

「今回は」ジャーニンガムがやんわりと言った。「わたしが――」

ジャーニンガムの話が玄関ドアのノックの音でかき消されるのは、これで二度目だった。彼は音のするほうに目もくれない。

「今回は」声が通るようになると、ジャーニンガムは繰り返した。「わたしが強く助言する。考え直すんだ」

「助言を受け入れるのはまっぴらです」

ジャーニンガムはぼくを見た。

「ふたりともここで十分くつろいでもらえそうだ」彼は改まった言い方をした。「少々席を外しますがお許しください」

ジャーニンガムはくるりと振り向き、部屋から部屋を通り抜けて裏口へ向かった。一瞬、ぼくはコリンズがその場にいてくれればいいと願った。その願いははかなく消えた。

「悪いね」コリンズは愛想よく言った。「でも、考え直したくないんだ。たいへんな頭脳労働だから」

そう言って、コリンズはジャーニンガムを追って姿を消した。

ぼくは突っ立っていた。コリンズのやつをなんとかしなくては。だが、ジャーニンガムからじっとしていろと厳命されていた。ぼくは息をひそめて耳を澄ました。

アパートメントの奥で、ドアが勢いよく閉まる音がした。続いて足音が戻ってくる。ジャーニンガムだ——ひとりだけ。片方の眉が茶化すように上がり、もう片方はなだらかだ。

「コリンズは何をしているんです?」ぼくは首をひねった。

「頭脳労働さ」ジャーニンガムが手短に答えた。「カンヅメ状態でもある」

ジャーニンガムなら本当にやりかねない。

「どこにいるか教えてくれませんか?」ぼくは詰め寄った。

「食料品室だ」

その言葉でコリンズはあっさり片づけられた。忘れられた。もともといなかった。

胸騒ぎを抑え、ジャーニンガムは廊下を歩いて玄関ドアに手をかけた。

# 第二章　暗闇への扉

ドアがひらく間際まで、ぼくはこう思っていた。願わくはジャーニンガムが思い違いをしていて、外に立っている人間は赤の他人で、他人の使いであってほしい、と。

ところが、他人ではなかった。ぼくたちがよく知り、好感を抱いている若者、旧家ダーニール家の子息スティーヴン・ダーニールだ。若者は立ち尽くし、こわばった白い顔に黒くあいた目でこちらを見つめている。

「スティーヴンじゃないか！」

スティーヴンは避難所に入るようにドアの敷居をまたいだ。

「ジェリー！　いてくれてよかった」

ジャーニンガムが青年の肩を抱き、深い愛情を示した。

「何事だね？」

「助けてほしいんだ」

「なんなりと力になるよ」

「実は――」

そこでスティーヴンが口ごもった。先を続けると思ったが、沈黙が長引いた。彼の態度が少しずつ変わり、落ち着き、ジャーニンガムのそばにいるだけで安心したようだった。ようやく青年が顔を上げた。それはささいなしぐさであり、ぼくたちが知っているスティーヴン・ダーニールの、若々しく誇らしげに顔を上げるしぐさの名残だった。若さは跡形もなく消えていた。しかし、誇りはまだ残っている。

「とても頼めないよ、ジェリー」スティーヴンは言った。「ぼくに、きみたちふたりを巻き込む権利はない」

「まあ慌てるな。頼むまでもないさ」ジャーニンガムが言った。「何があった？」

「起こってしまったことはどうしようもない。でも、今後の問題は――」

スティーヴンは言い淀んだ。口元がまたしても引きつった。

「どうすれば止められるかわからない。きっと――あなたならできるだろうと」

「話してくれ」ジャーニンガムは促した。

スティーヴンが両手を握り締めた。

「父が死にそうなんだ。銃弾が頭に当たって」

ジャーニンガムの細面はピクリともしなかった。しかし、目が暗くなった。

「事故で？」

若者がやっと保っていた自制心が吹き飛んだ。

「違う！　ああ！　あれが事故でさえあったら！」

しばらくその場がしいんとした。やがてジャーニンガムがちょっと胸を張り、もったいぶって、問題を引き受けたといわんばかりだった。

「それはどこで起こったんだ、スティーヴン？」

「うちの屋敷で。〈グリーンエイカーズ〉だよ」

「じゃあ、道道、説明してもらう時間がありそうだ」

三分後、ぼくたちは通りに出た。夜の空気はひんやりして静かだった。この街路は平和そのものなのに、二キロあまり先の〈グリーンエイカーズ〉で、ゴードン・ダーニールが頭に銃弾が当たって死にかけているとは、およそ似つかわしくない。事故ではない、とスティーヴンは言っていた。事故ではない。ぼくはその言葉の含みを考えまいとした。

通りに人影はなかったが、縁石に一台のオープンカーが停まっていた。スティーヴンは車の横で立ち止まった。

「自分で運転してきたんだ。本当は気が進まなくて――」彼は途中で話をやめた。「帰りはマックに頼んだほうがよさそうだ。そのほうが無事に着ける」

ぼくは運転席に座り、ほかのふたりも乗り込んだ。スティーヴンはぼくとジャーニンガムのあいだに、小さくため息をついて座った。しっかりと挟まれたので、多少は安心できるようだ。だが車を出すと、もう話ができそうになかった。一ブロックまた一ブロックと、沈黙の中で過ぎていく。とうとうジャーニンガムが、意外な方向から質問をした。

「何人が知っているんだい、スティーヴン？」

「アンドレアと――」

ちょっと気持ちが沈んだ。スティーヴンのすらりとした妹を忘れていた。

「よし」ジャーニンガムが言った。「アンドレアには話しておいたほうがいい」

「話さなかった。ぼくは妹と一緒にいたとき――父を見つけたんだ」

スティーヴンの途切れた声を聞いて、光景が目に浮かんだ。ほっそりした若い女性が物言わぬ人物の傍らで膝をつき――自分の手についた血を見つめている。しかし、ひるんでもいなければ、悲鳴をあげてもいない。ゴードン・ダーニールの娘は臆病風に吹かれたりしなかった。

「ほかに誰が知っている?」ジャーニンガムが訊いた。

「医者が。ヤーキーズ先生だよ」

「ハロルド・ヤーキーズ医師?」

「そう」

「立派な人だ」ジャーニンガムは言った。「最高の医師だよ。腕前も思慮深さも。彼は屋敷に滞在するんだね?」

「そうしてくれるらしい。もしかしたら――」スティーヴンは無理に声を落ち着けた。「できることがあるかもしれないと」

「ほかには?」

「ほかには誰もいない」

スティーヴンとアンドレア。医師。ほかには誰も知らない。ぼくはそのリストを頭に叩き込み、何も問題はないと思った。ジャーニンガムは、ぼくの完全無欠な記憶にすこぶる満足することがある。その夜、ぼくは自慢の記憶力を発揮していなかった。

「どの使用人も?」

「そう。ぼくたちは先生が来るまで父の体を動かさなかった。三人いれば、母屋へ連れ戻せたんだ」

「母屋へ」ジャーニンガムが繰り返した。「すると、それは外で起こった？」

「離れのロッジで。父は仕事をしていた。邪魔しないでほしいと言って。そのうち夜も更けて、アンドレアとぼくは心配になった。ぼくはロッジに電話をかけた。でも返事がなかった」

ぼくの目は、前方に伸びる黒いアスファルトときらめく宝石のような信号に向いていた。しかし、それを見てはいなかった。

見ていたのは、〈グリーンエイカーズ〉の素朴なロッジが、白い樺の木立の斜面にひっそりと張りつくように立っているところだ。心温まる場所。ゴードン・ダーニールは孤独を求めてそこへ行き、死に出くわした。あの静かな部屋での死。大きな暖炉と背の低い窓があり、屋根の突端に粗削りな垂木が渡された下で、電話が鳴っても――鳴っても――返事がない。

「だから行ってみたんだ」スティーヴンが言った。「妹と一緒に。行かなかったら、父は今でもあそこに、ひとりきりでいただろうな」

「続けて」

「ほら、ロッジはどの窓にもカーテンが掛かっていないよね。かなり離れた小道から、父が机に向かっているのが見えた。そのうち急な下り坂に差しかかり、視界がさえぎられた。反対側に回ってロッジの玄関に続く階段を上るまで、何も見えなかったんだ」

スティーヴンはしばらく黙っていた。

「ドアがあかなかった」スティーヴンはかろうじて言った。

「鍵がかかっていて?」ジャーニンガムが訊いた。

「いいや。鍵はかかっていなかった。ドアはわずかにひらいて止まった。何が引っかかっているのかわからなくてね。ドアの窓ガラスは高すぎる。ただ、父が――どこにもいないのは見て取れた」

スティーヴンはまた言葉を切った。

「結局、ドアをこじあけた。すると、戸口に父が倒れていた。内側に」

「意識を失って？」

「そう。昏睡状態、とヤーキーズ先生は言っている。意識を回復しないまま死ぬそうだ」

「ヤーキーズの診立てではいつまで持ちそうかね、スティーヴン？」

ジャーニンガムの問いかけこそやさしかったが、そこには思いやり以外の何かが潜んでいた。そしてスティーヴンの答えには悲しみ以外の何かがあった。切迫したものが。

「時間の問題だと」スティーヴンは答えた。「その後――」

最後まで言う必要はなかった。ゴードン・ダーニールの存命中は秘密が守られる。しかし、死後は……。

威厳に満ちた静かな生活を長らく送ってきたにもかかわらず、ダーニール一族で形作られたプライバシーを大切にしていたにもかかわらず、ダーニール姓につきまとう清廉潔白すぎる人柄で通っていたにもかかわらず――ゴードンの死は〝ニュース〟になりそうだ。その死に方も世間の容赦ない好奇心の的になる。連中は探って、探って――何を？　何が見つかる？　ぼくは考え直した。何を見つけられる？

ジャーニンガムがまた話し出していた。

「じゃあ、きみもアンドレアも何があったか見ていないんだな？」

「ああ」スティーヴンはぎくりとしたような口調で言った。

「ほかには誰も？」

「ほかには誰も」

静かな声が続いたが、ジャーニンガムはスティーヴンに話しているというより、ひとり言を言っている感じがした。

「ロッジに銃があったね――当然ながら」

「もちろん」

スティーヴンの肩がこわばってぼくの肩に押しつけられた。

「どこにあった？」

「父の手に握られていた」

「どちらの手に？」

「左手」

「左手に！」

「父は左利きだったんだ」スティーヴンが言った。「気がつかなかった？　ずっと左手で銃を撃っていたんだよ」

「気がつかなかったなあ」ジャーニンガムはちょっと情けなさそうだ。「そういうことはよく見ない限りわからない性分でね。マックのほうは、われわれが父上と出会ったときに気づいたはずだ。なあ、そうだよな？」

「お父さんとはカントリークラブでお目にかかったんだ」ぼくは言った。「ゴルフも左打ちなんだね」

すぐに言わなければよかったと思った。そのふとした瞬間、ぼくはゴードン・ダーニールがゴルフクラブとは完全に縁が切れたことを忘れていた。

「おそらく」ジャーニンガムは言葉を選びながらスティーヴンに言った。「その銃には見覚えがなかっただろうね」

「本人の銃だった」スティーヴンは答えた。その言葉にふてくされた響きがあった。

「間違いないのかい？　たいていの銃は見た目が似たり寄ったりだぞ」

「父の銃を撃ったことがある。何度もね。射撃練習で。父はよくぼくをつきあわせたんだ。一緒にやっていたんだよ——ついきのうの午後も」

「そのあとで、父上は銃に装填し直したのかな？」

「いつものとおり。あのロッジで、机に向かって、銃の掃除をして、クリップを詰め替え、机の下の釘に掛けた。そして父が言うには——」

スティーヴンは咳払いをしたが、声がますますかすれるいっぽうだった。

「父が言うには、おまえがロッジのまわりで遊ぶ孫たちをつくってくれたら、もう銃は置かないよ、と。それから八時間後に——」

若者の声があからさまに途切れた。

「しっかりするんだ。父上はクリップを詰め替えたと言ったね？　弾薬は何個ある？」

「八個だよ」

「では、今は銃に何個入っている？　わかれば教えてくれ」

「確認したんだ。全部で七個だった。クリップに六個で、弾倉に一個」

「一個だけなくなっているのか」

「そのとおり《ザッツ・ライト》」

ところが、その話は何から何までまともじゃなかった。弾薬が一個見当たらない。ゴードン・ダーニールは頭に銃弾が当たって死にかけている。いったいどういうことだろう？　空白の八時間に何があったのか？　ぼくはふと、知らないほうがいいと確信した。

「スティーヴン」ジャーニンガムが尋ねた。「父上は顔を撃たれたのかい？」

「いいや」スティーヴンは物憂げに答えた。「側頭部を。耳のうしろだ」

「左側か——それとも右側《ライト》かな？」

「左側」

ジャーニンガムは何も言わず、それ以上尋ねなかった。まるで、起こらない何かを待ち受けているようだ。ひっそりとした数ブロックが過ぎていった。ようやくジャーニンガムが、新たな威厳を帯びて話し出した。

「それはありえないね、スティーヴン。いったい何を考えて——何を隠している？」

「あなたならわかると思った」

ぼくは月並みな言葉という命綱にしがみついた。

「ほかにどんな見方があるのかな」ぽつりと訊いてみた。「事故でないとしたら？」

スティーヴンがこちらにけげんそうな目を向けた。

「事故じゃないと言ったじゃないか」

「理由を言わなかった。なぜ事故じゃないとわかる？」

「きみは父が銃を扱ってるところを見ていないからだ」スティーヴンが重い声で言った。「どうしたって起こらないこともある。ダーニール家に発砲事故は起こらない」

「たぶん――」ぼくは切り出したものの、口をつぐんだ。

事故は誰の身にも起こる。しかし、スティーヴンの絶望がにじむ声には強い信念が感じられた。

「事故だけは考えなかった」スティーヴンは苦々しげに言った。「火器を大切にするのは父の宗教みたいなものだった。ぼくは父から十戒を教わる前に、銃でしてはいけないことを教わったんだ」

「賢明な父親だ」ジャーニンガムが神妙な口ぶりで言った。「無煙火薬は神の怒りよりはるかに効き目が速いからね」

だが、スティーヴンは教義問答を繰り返すように話し続けている。

「リボルバーは撃鉄を載せておけるよう、シリンダーをひとつ空にしておくこと。オートマチックはクリップを満載にしないといけないが、銃身に弾薬を入れないこと」

絶望的な問いかけをするスティーヴンの声が大きくなった。

「父が弾薬を取り出したうえに引き金を――偶然に引いたと思うかい？　それに、父は銃を持って何をしていたんだ。あんな夜更けに、わざわざドアのそばまで来て」

「そうした――わたしが知らなかったことはさておき」ジャーニンガムは静かな声で言った。「父上は耳のうしろを撃たれた」

「それはなんの関係があるんですか」ぼくが言った。

「自分の耳のうしろを撃つのはすごい芸当だ」ジャーニンガムが言った。「そのうち試してみるといい。弾をこめていない銃で。できることじゃないよ――偶然には」

「それでも――」ぼくは口ごもった。「それでも、事故じゃなかったとしたら――」

「自殺か殺人だね」ジャーニンガムが言った。「で、スティーヴンの望みは――」

ジャーニンガムは言葉を切り、様子を見た。スティーヴンは黙り込んでいる。

「スティーヴンがわれわれに望むのは――」ジャーニンガムは穏やかに締めくくる。「これは自殺だと証明することだ」

ぼくの肩に触れるスティーヴンの肩がぴくっと動いた。

「違う！」スティーヴンが叫んだ。「殺人に見せかけてほしいんだ！」

その言葉はどうしても信じられなかった。スティーヴンは何を言ったかわかっていないのだ。

「とすると」ジャーニンガムは慎重に切り出した。「殺人であるという証拠を見つけてほしいんだね？」

「無茶な要求はしてないよ」スティーヴンが言った。「だから――殺人に見せかけてくれと」

ジャーニンガムの冷静な声は変わらない。

「それが殺人であってもなくても？」

「そのとおり」

「スティーヴン」ジャーニンガムが声をかけた。「きみは今回のことでショックを受けて、どうかしてしまったな」

「そうじゃない」

スティーヴンの声に潜む何かが、ぼくの目の前で暗闇への扉をひらいた。

「そうじゃないんだ」スティーヴンは訴えた。「あなたならわかってくれると……ぼくは狂ってない……気がかりなんだ」

# 第三章　スティーヴン、選択す

「自分のことが気がかりかな？」ジャーニンガムは尋ねた。「それともほかの誰かが？」

その言葉には厳しい響きがこもっていて、ぼくはジャーニンガムの不安を感じ取った。

「ぼく自身。アンドレア」スティーヴンが硬い表情で言った。「叔父。ぼくら遺族全員だよ」

「まさかとは思うが」ジャーニンガムは言った。「怖い——怖いのではあるまいね」なじるような口調になった。「ゴシップが——スキャンダルが——どんな噂が立つか！」

スティーヴンは目にいくらか生気を取り戻して言い返した。

「そんな目的でここに来ると思う？」

「いいや。てっきり、きみは父上の死が誰かと結びつく可能性があると考えたのかと。きみか、きみが気にかけている人物か。ところが、その心配をしていない」

「ああ」

「心配していないどころか、たとえこの一件が殺人でなくても、殺人に見せかけてくれと言う。わたしには荷が重いね」

「やり方を教えてくれないか」スティーヴンが持ちかけた。「責任は持つから」

「偽証罪についても？」

「世の中には偽証より悪いことがいろいろあるよ」

「では、罪のない人たちが巻き込まれていったら？」

「そうはならない」スティーヴンが言った。「ダーニール事件は迷宮入りするから」

さらにスティーヴンは無心につぶやいた。「うまくいけばね！」

「スティーヴン」ジャーニンガムが言った。「きみはなぜ父上が撃たれたのか知っているのか？」

「いいや」

「では、なぜ殺人でなければならないんだ？」

「殺人は」スティーヴンが沈んだ口調で言った。「珍しくもない、理解できることだよ」

「珍しくない！」

「人が殺されるには理由がある――よい理由も悪い理由も。敵がいるから。あるいは立派な人物だから。あるいはポケットの金を狙われるから。どうあがいても――立ち向かえない。ある条件のもとでは、誰だって殺される。あなただって。ぼくだって。それだけの理由があれば」

「それだけの理由があれば」ジャーニンガムはゆっくりと答えた。「誰でも自殺する」

スティーヴンの肩がこわばったのがわかった。

「教えてくれ」スティーヴンは押し殺した声で言った。「どんなことがそれだけの理由になるだろう――父にとっては？」

それは明らかに挑発だった。スティーヴンは勇気を奮い、返ってきそうな答えに備えた。敢然と立ち向かいつつ、恐れていた。

だが、答えは返ってこなかった。何がゴードン・ダーニールにとってそれだけの理由になるのか？

ここ数年に見られた、哀れでありきたりな自殺の理由——損害や失敗や背任行為の露見、信頼に対する裏切り——ではなく。こうした理由で自殺するのは人一倍弱いか、恥を知らない人間だ。

しかし、ゴードン・ダーニールは巨大なプルーデンシャル信託銀行の社長ゴードン・ダーニールだ。プルーデンシャルは、進取的な銀行の羨望の的であり、暴落にも恐慌にも揺るがずに従来の業務を続けてきた。それは謝罪することではない。弁解することでもない。

そしてプルーデンシャルはゴードン・ダーニールの生涯をかけた仕事であり、その公明正大さの賜物であり、彼自身の確固とした公正な取引の結晶だった。ゴードンの銀行の公開記録は、彼の人生の公開記録に一致していた。

名誉、尊敬の念、愛する仕事、かけがえのない息子と娘——。こうしたものの代わりに、死が何を与えてくれるのか?

「あなたたちは父を知っていた」スティーヴンは、ぼくたちが返事をしないでいるとこう言った。「仮にも父がこれほどみっともないことをすると、今夜、責任を取らずに銃で自殺すると思うかい?」

「思わない」ぼくは言った。

「思わないね」ジャーニンガムも言った。

「だったら、自殺説は捨てられる」スティーヴンは言った。「父が死ぬ理由がなんであれ——それじゃない」

スティーヴンはしばらく話をやめ、声を落ち着けて先を続けた。

「病気でもなかった。ヤーキーズ先生に確認したんだ。父は疲れ果てていなかった。ピリピリしてもいなかった。父は——ごく普通だった。たとえ心身に問題があったとしても、諦めなかったはずだよ

――働けるうちは」

スティーヴンの言葉には英雄崇拝の念がこもっていた。

「金の問題じゃない。父は金に頓着しなかった。金の持つ力さえ意に介さなくてね。去年、財産をぼくとアンドレアに分けた。その分を国債にして、ぼくらといずれ生まれる子供たちに備えてくれたんだ」

「自分の分はどうしたのかね？」

「ほとんど寄付したよ。結局はチャリティに入る金だし、寄付するにはもってこいの年だと言って。世間の人がしているように〝勤労所得〟で暮らせると言って」

「〝天に宝を持つ〟」ジャーニンガムは聖書を引用した。「確かにそうだな、スティーヴン。金の問題じゃない」

「そうに決まってる」スティーヴンはむきになって言った。「父が死ぬ理由は金じゃない。健康の問題でもない。これまでしたことでもない」

スティーヴンの声が変わり、急にしゃがれた。

「決して――ありふれた――理解できるものじゃない」

「それでも」ジャーニンガムが指摘する。「きみは父上が自殺を図ったと思っている」

「ああ」

スティーヴンがはっと息をのむ音がした。

「もうわかるだろう――わからないいかな――」

スティーヴンが口をつぐんだ。

「何がわかるんだ？」ジャーニンガムは促した。

「さっき、訊いたよね」スティーヴンが言った。「なぜ殺人でなければならないかと」

ジャーニンガムはため息をついた。

「わかっているだろう。ここで手がかりを台無しにしたら、真相を知ることはできないぞ」

「知りたくない」

若者の必死の思いは一見してわかった。

「知りたくないんだ。必要なら、どんな手でも使ってもみ消す」

「そういうわけで」ジャーニンガムは尋ねた。「きみはコートの右ポケットに銃を入れているんだね？」

スティーヴンがさっと向きを変えた。愕然としている。

「知っていたのか。最初から？」

「いろいろなことに気がつくさ」ジャーニンガムは答えた。「きみはその銃で何をしているのか、話したほうがいいんじゃないかな」

「わかりきったことじゃないか」

「かもしれん。それは――その銃が誰のものかによるな」

「父のものだよ」スティーヴンはぼんやりと言った。「ぼくはこれを拾った――頭が働くようになったとたんに」

「言うまでもなく、きみは銃を手に取り、弾薬を数えた」

「いいや。気をつけたよ。ハンカチを使った。気をつけていても無駄だけど。指紋は父のものしか残っていないはずだ」

「今はそうだ」ジャーニンガムが頷く。「一時はほかの指紋がついていたとしても。しかし、きみは銃を拾うという過ちを犯した。銃を拾うのはつねに過ちだ」

「この場合は違う」

「その銃をどうするつもりだった――この場合？」

「ふたつの選択のうち、どちらかひとつを。どちらかわからない。いつもの置き場所で見つけてもいい。銃身が掃除され、弾倉に弾薬が詰まっている状態で。または――ずっと見つけなくてもいい。どちらにしても、誰もこの件を自殺とは言わないさ」

「言わないだろうね」ジャーニンガムは認めた。「では、なんと言うかな？」

「殺人と」

「誰のしわざだ？」

「単数か複数の未知の人物だよ」

「そんなばかな」ジャーニンガムの声は不安そうだ。「いいかね、スティーヴン！　きみはいつもの置き場所で銃が〝見つかる〟ようにそこへ戻せと言うのか。よかろう。では、自分でしたらどうだね？　杓子定規《しゃくしじょうぎ》な警官は、まずは発砲された銃を探し始める。真っ先に尋ねるのは、父上が銃を所持していたかどうか。真っ先にするのは、その銃を小火器の専門家に渡し、父上に致命傷を負わせた弾丸と比較させることだ。銃がどこで〝見つかって〟もね！　警察は間抜けかもしれないが――その点を考慮しないほど間抜けだろうと高をくくっては駄目だ」

「そこまで考えてなかった」

「では、父上が自分の銃で撃たれたとしたら——そこは確信しているんだね？」

「ああ」

「だったら、小火器の専門家にはわかる。問題の銃でもう一発撃ち、その弾丸と父上に重傷を負わせた弾丸を顕微鏡で見比べればいい。そこに残った引っかき傷と引っかき傷を——もし二個の弾丸が同じ銃から発射されたなら、同じ模様を描き、同じ〝署名〟を残しているんだ。だから警察には——父上が自分の銃で撃たれた事実だけでなく——誰かが事後に銃を再装塡して片づけたことがわかってしまう。誰が？　どんな理由で？　屋敷の内部の人間が外部の犯行に見せかけようとしたか。きみは〈グリーンエイカーズ〉の人間にひとり残らず嫌疑をかけることになる」

スティーヴンはもぞもぞと体を動かした。

「きみは罪のない人たちを巻き込まないと言った」ジャーニンガムが念を押した。「万一の場合はどう対処するつもりだね？」

「ぼくがやったと自白するかな」

「それでは埒《らち》が明かない。自分自身に疑いをかけ、これまで重ねた発言の信用を傷つけるだけだ」

「つまり、自白したらただではすまないと？」

「ただではすまないとも」

「わかったよ」

スティーヴンの開き直った口調に、警告を感じるべきだった。だが、ぼくは警告を聞き漏らした。ちょうど車が橋を渡っていて、前方の道路に目を据えていたのだ。

そこへスティーヴンが急に身を乗り出した。彼は幌が上がったオープンカーで体を泳がせ、車の動きに合わせて揺れている。

急ブレーキをかける勇気がなかった。いきなり車が止まったら、スティーヴンはつんのめる。神経がすり減るほどじわじわと、ぼくはスピードを緩めた。そして頭を巡らした。そして見た。

ジャーニンガムが二本の手で若者の手首をつかんでいた。しかも、怒っている。そんな姿はめったに見たことがない。

「座れ、ばか者!」ジャーニンガムは言った。「その銃をよこすんだ」

スティーヴンはふてくされた様子で従った。ハンカチに包まれた、ずんぐりした物が彼の手からジャーニンガムの手に渡り、後者のポケットに消えた。

「ほっといてくれたら」スティーヴンが言った。「その銃は川底に沈んで——小うるさい警官に見つからなかったのに」

「きみが捕まったほうがいいのかね?」

「あなたが警察に話すってこと?」

「やれやれ、スティーヴン!」ジャーニンガムはうなった。「頭を使え! いいかね。〈グリーンエイカーズ〉の使用人のうち何人が、父上が銃を持っていたことを知っている?」

「全員、だと思う」スティーヴンはしばし考えてから答えた。「ロッジの外で的を撃つ音は、母屋にいても聞こえるんだ」

「なるほど。では、父上はそもそも銃を持っていなかったと使用人たちに証言させるのかい? そうするのか? そうできるかね?」

「とんでもない」スティーヴンはこわばった声で言った。

「できないね」ジャーニンガムが言った。「では、きみが最後に射撃練習をした、きのうの午後には銃があった事実を認めなくてはならん。きみは銃があることは認めても、銃を差し出せない。そこから警察がどんな推測をすると思う？」

「なんでも好きなように推測すればいいさ」スティーヴンは意固地になって言い返す。「銃が見つからなかったら、何もかも当て推量になるわけだし」

ジャーニンガムはため息をついた。

「それは違う。射撃練習では何を撃っていた？」

「紙の的だよ」スティーヴンが答え、手で小さな空間を作ってみせた。「ほぼ真四角の」

「どこに留めて？」

「斜面に置いた枯れ木の幹に」

「では何個の銃弾が、それぞれ父上の銃の特徴を残すものが、その幹に埋まって――警察の捜査を待っているだろう？」

少し沈黙が続いた。スティーヴンの肩がぼくの肩にもたれる感じがした。

「そうだね」スティーヴンはようやく口をひらいた。「どうやら――頭が働いてなかったらしい」

スティーヴンは一瞬言葉を切った。

「でも――力になると言ってくれたね、ジェリー」

「きみがその身を危険にさらす力になると言った覚えはない」ジャーニンガムはムッとしている。

「なんらかの方法があるはずだ」スティーヴンが食い下がる。「この出来事を殺人に見せかける、絶対確実な手が。その方法を見つけてくれ、ジェリー。誰にもできなくても、あなたならできる。どうすればいいか教えてくれ。言われたことはなんでもする。ただ、なんらかの手を打たないと。父の――自殺――」

スティーヴンの言葉は語尾が消えていった。

「それを――考えるのは――耐えられない」

「スティーヴン」ジャーニンガムは言った。「きみは無茶なことを要求している」

「あなたならできる」

「できるかどうかはわからない。しかし、これだけは言える」

スティーヴンはふと期待を抱いて顔を上げた。

「もしわたしが」ジャーニンガムが切り出した。「完璧に、絶対確実に殺人を偽装する方法を知っていたら――」

「それなら?」

「きみにそんな真似をさせない」

しばらく車内がしんとした。やがてスティーヴンが静かに、さもどうでもよさそうに言った。

「わかってくれたと思ったけど」

「嫌というほどわかっているさ。きみは父上が自殺を図ったと信じている。その理由をどうしても知りたくない。きみは人生には生きる価値がないと思っている。そうかもしれん。わたしは知らない。しかし、きみが知らないまま生きていけば、人生はどれだけの価値を持つ?」

「そんな質問はしてほしくなかったな」

「いいや、スティーヴン。駄目だ。警察に何を言ったところで状況は変わらない。きみは警察に嘘をつくことはできる。しかし、自分にもアンドレアにも嘘をつけないぞ」

「じゃあ、どうしたらいい？」

「真相を突き止めてそれに向き合うことだね。どこかに何らかの救いがあるとしたら、それは真実がもたらすんだ」

「言うだけなら簡単だ！」スティーヴンは声をあげた。

「きみが頼んだからさ」

「ぼくは力を貸してほしいと頼んだんだ！」

「わたしなりのやり方でないと力を貸せない。それを断ると言うなら――」

ジャーニンガムはちょっと間を置いた。

「スティーヴン、なぜ今夜わたしに助けを求めて来たのかね？」

「以前、デイヴィッド・トレントから聞いた話を思い出したんだ。あなたが〈カーンストーン・ハウス〉でしたことを」

「では、聞くんだ。きみはデイヴィッドの知り合いだね。リンダにも会ったかな？」

「ああ」

「もしわたしが〈カーンストーン・ハウス〉で、デイヴィッドに頼まれたこと、きみに頼まれることを――わたしが真実を無視するとして――実行していたら、リンダは死んでいただろう」

「あのときとは事情が違う」スティーヴンが言った。

「そうかな？」

「あれは殺人事件だった」

「今回もそうだ——十中八九」

　スティーヴンがうなった。

「そう思えたら苦労はないよ！」

「思ってみたほうがいい」

「無駄だね。ぼくには——わかってる」

「すると、まだ伏せていることがあるんだな。きみはなぜ殺人ではないとわかるんだね？」

「本人が知っていたからだよ。父はあんなことが起こると知っていた。ぼくに話そうとしたのに！」

　それは悔恨の叫びだった。

「十一時ごろ母屋に戻ってきた父は、なんだか——老けて見えた。ぼくは父が疲れているだけだと思った。でも、父はあのとき知っていた。何が起こるのか知っていたんだ。ほかの人もいたから、父とは二言三言交わしただけだった。父にこう言われたんだ。一時間ほどロッジで仕事をするから、それまでアンドレアのそばにいるように——妹がおまえを必要とするといけないから、と」

「だからアンドレアに付き添っていた？」

「ああ」

「それで何事も起こらなかった？　アンドレアはきみが必要にならなかったのか？」

「ふたりで父を探しにロッジへ行くまでは」

　スティーヴンの声が震えた。

「ぼくを必要としたのは父だった——なのに、それを見抜けなかった」

「しっかりしろ！　自分を責めては駄目だ、スティーヴン。きみは父上を止められなかっただろう」

「やってみればよかったんだ」

「仮に、父上が本気で自殺しようとしていたら無理だった」

「仮にだって！　仮にどころの騒ぎじゃない」スティーヴンはみじめな様子で言った。「あのとき父は銃をポケットに入れていた。ぼくの横をすり抜けたときにわかった。それでもぼくは気にしなかった――手遅れになるまで」

「父上は何かをしようと決めたんだ、スティーヴン。それが自殺かどうか、きみにはわからない」

「父のことはわかってる。父から銃を取り上げて――撃った人間はいなかった」

「ああ」ジャーニンガムもしぶしぶ同意した。「確かに――いなかった」

現実とは思えないと感じながら、道路の脇に見知っている門が、あの夜に車で通り抜けた入口が見えた。ぼくはオープンカーをそちらに入れ、ゆっくりと、しかたなく、曲がりくねった私道を走らせた。

前方の、木立の向こうの大邸宅で、ゴードン・ダーニールが死にかけている。そして、ゴードンの死にまつわる秘密は彼とともに死ぬ。もし、ぼくたちが死なせてしまえば。

救いは真実に向き合うところにのみある、とジャーニンガムは言った。そのくせ彼も、三人で車を降りたとき、ダーニール家の悲劇を隠している白い大扉に続く階段を上ろうとしなかった。その場に立ったまま、考えている。ぼくたちを取り巻く夜はひっそりしていた。

「スティーヴン」とうとうジャーニンガムが言った。「おそらく――」

ぼくはジャーニンガムが先を続けないものと思った。

「おそらく父上は他人の銃で撃たれたのだろう」

スティーヴンは息を吸ったが、それはすすり泣きに聞こえた。

「ジェリー、そんなふうに思ってるのかい？」

「そんなふうに願っているんだ」

「だけど、あれは殺人に決まってる！」スティーヴンが言った。「殺人としか——絶対に——考えられない」

スティーヴンの言葉と新たな決意にプライドが響いた。ダーニール一家がお互いに清廉潔白でいられる限り、死はささいなことであり、殺人もささいなことだという強固な決意だった。

「ぼくもそれを考えるべきだった」スティーヴンは静かに言った。「どうしても思いつかなかったんだ。……他人の銃か！　そうとしか説明がつかない。それくらいだな」

「今わかるのはそれくらいだ」ジャーニンガムは言った。「ほかにどんな——誰にもわからん」

少し沈黙が流れたあとで、ジャーニンガムが話を続けた。

「きみは、われわれにここに残って真相を究明してほしいかね、スティーヴン——それとも、帰ってほしいかい？」

両手に運命を握る男がいるとしたら、そのときのスティーヴン・ダーニールがその男だった。そして、彼は知っていた。ぼくたちのどちらよりもよく。

スティーヴンは顔色ひとつ変えずに選択した。

「残ってくれ」

スティーヴンは振り向き、何世代も続くダーニール一族にひらかれてきた重厚な扉へ案内した。

ぼくたちはついていった。

あの選択をしたのはスティーヴンだったと思い返すのが、今のぼくにはせめてもの慰めだ。

# 第四章　ヒポクラテスの誓い

　スティーヴンがぼくたちを招き入れた母屋はひっそりしていた。人気《ひとけ》のない豪華な部屋のあちらこちらで、ほのかに照明が灯り、磨かれた床で輝いたり、ぼくたちの足音を消す絨毯の長い毛足にのみこまれたりした。大型の箱時計が玄関ホールで時を刻む。そのほかに物音ひとつしない。

　スティーヴンは立ち止まらず、ぼくたちを小さめの部屋に案内した。暖炉と大きな椅子と本が置かれた、くだけた雰囲気の快適な部屋だ。薪の燃えさしがくすぶっている炉床の傍らで、スティーヴンは立ち止まってジャーニンガムを見た。

「何をしたい？」彼は尋ねた。「手始めに？」

「きみはヤーキーズ先生に会いたいだろう」ジャーニンガムが言った。「そのあとで、もし先生に時間があれば、少しだけ――」

「ぼくが階上《うえ》から連れてくる」

　ジャーニンガムはちょっと言い淀んだ。

「先生に下りてきてもらってくれ、スティーヴン」

　訂正されて、スティーヴンの顔つきが変わったように見えた。ジャーニンガムはこう続けた。

「アンドレアは、きみにそばにいてほしいだろう」

「そうだね」スティーヴンは言い、立ち去った。

しかし、ジャーニンガムがアンドレアを思いやったのは後知恵だという気がした。とにかく、ヤーキーズ医師は階下に現れた——ひとりで。

医師は物静かな、軍人ふうの男性で、こめかみが白くなり、顔に人柄が浮き彫りになっていた。ぼくたちは医師と面識があり、先方も覚えていた。

「この時間によく来てくれましたね」医師がジャーニンガムに言った。「本当にありがたい。今回のことは——スティーヴンには衝撃でした」

「容体に変わりはありませんか？」

ヤーキーズ医師が首を振った。

「実際、快方に向かう見込みはありません。徐々に悪化しています。手の打ちようがありません」

「スティーヴンからもそう聞いています。ダーニールはまったく意識が戻りませんでしたか？」

「ええ。弾丸が頭に入ったまま、生きているだけで驚異的ですよ」

「弾丸を取り出せなかった——」

「摘出しませんでした。試みると、わずかな可能性が失われかねないので」

「というと、可能性はあるのですね？」

「万にひとつ、でしょうね。それくらいを考えなくてはなりません——奇跡を待つのです」

医師の声には、前途の困難を見据える人間の疲労がにじんでいる。医師はゆっくりと部屋を横切り、大型の椅子にどさっと座り込んだ。また口をひらいたときは、尋ねるのではなく断定した。「その弾丸に関心があるのですね」

「疑問に思う点がありまして」ジャーニンガムは頷いた。「弾丸はダーニール氏の銃から発射されたのか――そうではないのか」

ヤーキーズ医師はジャーニンガムを見つめてから言った。

「お尋ねの件は――」ついに単刀直入に訊いた。「これは自殺未遂か――殺人未遂のどちらなのかと？」

その発言には省かれた部分があった。ジャーニンガムがぱっと振り向いた。

「言いませんでしたね――事故とは」

医師は挑戦を受けて立った。

「銃による事故が起こる原因は無知か――不注意か――」

声が暗くなった。

「もしくは故意です。ゴードン・ダーニールを知っていますから、事故は考えません」

「ダーニールを知らなかったら、純粋に医療従事者として話したら、事故の可能性はあると言いますか？」

「言わないでしょう。銃弾は耳のうしろから、ほぼ水平に近い角度で頭部に入っています」

「火薬によるやけどは？」

「あります」

「そのやけどから考えて、銃はどのくらい離れて発射されたのでしょう？」

「十五センチ以上離れていません。もっと近いはずです」

心ならずも、ゴードンの姿が目に浮かんだ。銃を持ち、あえて手を上げ、どんどん近づけて――。

医師が辛辣な声で言った。彼も目にした同様の光景をさえぎるように。

「事故のたぐいでは説明がつきません！」

ぼくはジャーニンガムを見た。彼が自分の判断に裏付けを求めていたとしたら、医師の言葉は裏付けになった。だが、彼は裏付けを求めていなかった。自分が間違っていることをヤーキーズ医師に示してほしかったのだ。

「スティーヴンと同意見ですね」ジャーニンガムはようやく言った。

医師は首を振った。

「スティーヴンとわたしは事故について話しませんでした」

「殺人についても？」

「殺人についても。スティーヴンは弾丸が他人の銃から発射された可能性に思い当たらなかったようです」

「誰の銃が使われたか、それがわかりさえすれば――」ジャーニンガムは声を殺した。

「わかりません」ヤーキーズ医師は言った。「ダーニール氏が死ぬまでは。わからないほうがいいでしょう」

「すると、先生の考えでは本人の銃から――」

医師は押し黙った。

「たとえそうだとしても――」ジャーニンガムはひとり言を言っている。「やはり殺人ではなかったのかな？　何者かがダーニールと格闘し、彼が持っていた銃をひねって――」

医師は気が重そうに首を振った。

「それは考えました。格闘の跡を探したのです。しかし、皮膚に痕跡がありません。あざもない。引っかき傷もない。何もありません。何ひとつ」

ぼくはスティーヴンの確信に満ちた言葉を思い出した。〝父のことはわかってる。父から銃を取り上げて——撃った人間はいなかった〟

気が滅入るとともに、つくづく思ったのは——少なくともぼくとジャーニンガムにとって、医師とスティーヴンにとって——弾丸という証拠が決め手になることだ。

ゴードン・ダーニールは何が起こるか知っていた。少なくとも、何かが起こると知っていた。アンドレアのそばにいるよう、スティーヴンに伝えておいた。来るものへの準備を整え、ポケットに銃を忍ばせた。となると、ある結論を出さざるを得ない。ゴードンが自分の銃で撃たれたならば、彼は自殺を図ったのだ。

たぶん、ヤーキーズ医師が感じているように、真相はわからないほうがいいのだろう——今のうちは。

ジャーニンガムが沈黙を破った。

「スティーヴンが好きなんですね」

「彼が八歳のときに虫垂炎を治療しました」医師が答え、声が温かくなった。「十一歳のときには複雑骨折を。虫垂はわたしの専門分野ではありません。しかし、ダーニール一家はわたしの患者です。スティーヴンが好きだと言ってかまいませんよ」

「父親のほうも」

「ええ」医師が手短に言った。

「先生は、スティーヴンにできるだけのことをしてやりたいのですね」

「できるだけのことを」ヤーキーズ医師は同意した。

またしても沈黙。ジャーニンガムの狙いはなんだろう。

「スティーヴンから聞いています」少ししてジャーニンガムが続けた。「先生は彼の父親が自殺する理由はわからないそうですね。スティーヴンが先生に尋ねたとか。確か、ダーニールは病気ではないと聞きました。疲れ果てても、神経が高ぶっても、痛みを感じてもいなかったと」

ヤーキーズ医師が頷いた。

「スティーヴンにそう伝えました」

「先生はそう伝えましたね。しかし、理由――忌まわしい理由――を知っていたとしたら……」

それは厳密には質問ではなかった。医師はジャーニンガムが先を続けるのを待った。

「先生のような職業のかたは今なお、医者の倫理を定めたヒポクラテスの誓いに縛られているのでしょう」

ジャーニンガムが、記憶の宝庫から重厚な言い回しを探っているのがわかる。

「どんな内容でしたっけ？　人命のことで――患者に付き添っているとき――あるいは病床を離れてからも――見聞したどんな秘密も――口外してはならず――口をつぐんで――」

ジャーニンガムは座ったまま、ぐいっと身を乗り出した。

「先生が理由を、忌まわしい理由を知っていたら、スティーヴンに教えていたでしょうか？　それとも――黙っていたでしょうか？」

「それは」ヤーキーズ医師がようやく答えた。「何を知っていたかによります」

「やはりそうですか」ジャーニンガムは言った。「先生がスティーヴンに話したのは――取るに足りないことだった」

ヤーキーズ医師は気分を害した口ぶりではなかった。

「わたしが嘘をついたと言いたいわけですね」

「いいえ」ジャーニンガムは言った。「ただし、先生は嘘をつきかねない――それがスティーヴンのためになると考えた場合は。ですから、彼のいないところで話したかったのです」

「先ほど、ヒポクラテスの誓いを持ち出されましたね」医師が考え込むように言った。「今度はわたしに誓いを破れと言うのですか？　スティーヴンにも教えなかったことを教えろと？」

「スティーヴンに教えてほしいのです――いよいよとなったら。これが自殺であったら――スティーヴンは理由を知りたいはずです」

医師はしばらく黙っていた。

「かなり自信があるようですね」医師は重い口をひらいた。

「わたしもスティーヴンが好きです」ジャーニンガムはあっさり言った。「また、あの若者がこうしたことから逃げられないのも知っています。真実がわからないなら、想像をめぐらすか――あるいは、もっと厄介なことをするでしょう」

「あるいは、もっといいことを」医師がつぶやいた。

ジャーニンガムの注意深い目の中で、推測が確信に変わった。

「先生は理由《わけ》を知っていますね」

医師は急にそわそわと体を動かした。

「わたしの言うことを信じてくれますか？」医師が訊いた。

「もちろん」

「わたしは何も知らないと断言します」

「何も知らない」ジャーニンガムは陰気な声で繰り返した。

「ありがたいことに」ヤーキーズ医師は熱心に言った。

「それでも」ジャーニンガムが言った。「先生には、その気になれば教えられることがあるはずです」

「もしあれば」ヤーキーズ医師は答えた。「考えたり、推測したり――懸念を抱いたりした点があれば、それは自分ひとりの胸に収めると約束します」

医師は決然と立ち上がった。

「では、階上の患者のところへ戻ります」

ドアのところで医師が振り向いた。

「ところで、スティーヴンのことばかり考えないでください」彼は言った。「ここにはアンドレアもいますので」

# 第五章　アンドレア

医師の背後でドアが閉まった。ぼくはジャーニンガムのほうを向いた。彼は険しい顔でドアを見ている。

「ヤーキーズはどういう意味で言ったんでしょう?」ぼくは不安な思いで尋ねた。

「自力で探り出さねばなるまいね」ジャーニンガムが言った。「先生は手を貸してくれない——手を貸せるとしても」

「でも——アンドレアのことは?」

「そこが一番困るところだ」

ジャーニンガムはそそくさと立ち上がり、行ったり来たりし始めた。

「アンドレアと話すんですよね?」水を向けてみた。「はたしてスティーヴンはアンドレアになんと言ったのか——」

「それはどうでもいい」ジャーニンガムは言った。「そのうちアンドレアにもわかる。何も言われなくてもな」

「何がわかるんです?」

「われわれが考えていることはすべて。しかし、アンドレアはまだ気づいていないだろう」

ドアが勢いよくひらいた。スティーヴンが戻ってきたのだ。

「手がかりをつかめた？」スティーヴンは待ちかねたように尋ねた。

ジャーニンガムが首を振った。

「弾丸がなくては、確実だと言えることはないな」

「わかってるよ」スティーヴンの顔に硬い忍耐の表情が戻った。

「しかし、ほかにも確かめたい点はいろいろある」

「ぼくに教えられることはあるかな？」スティーヴンは期待を込めて訊いた。

この会話は息抜きだとわかり、一瞬、ジャーニンガムはわざとしゃべっているのかと考えた。

「スティーヴン、きみの知る限り、父上に悩みはあったかね？　まったくなかった？」

「なかったんじゃないかな」

「欲しかったのに持っていないものは？　あるいは手に入らなかったものは？」

「父が欲しがるものなんか知らないよ」スティーヴンは言った。「しいて言えば――」

スティーヴンはためらった。

「言えば？」

「しいて言えば、孫かな」スティーヴンは打ち明けた。「父は口癖のように〝おまえとアンドレアが結婚したら――〟と言ってたから。催促したかったんだ」

「アンドレアにも？」

「父は必ずぼくたちふたりの名前を出してたよ。〝おまえとアンドレア〟とね。ぼくたち――ぼくたちはよく父をからかった。一の矢を外しても二の矢がある、というやつさ。父は孫のことばかり考えてたな」

何やら思い当たるふしがあった。情けないくらい頼りない手応えだが。やがてジャーニンガムが話し出し、何やらは手探りのまま消えていった。

「しかし、ふたりとも父上の言うことを聞こうとしなかった？」

ぼくはスティーヴンがちょっと赤くなったような気がした。

「アンドレアは婚約したよ」

「その話は初耳だ」

「正式には発表されてない。二、三週間前に決まったばかりだ。相手はグラント・ベイリス。知り合いかな？　相当の切れ者だよ」

「面識はない。どんな人だね？」

「プルーデンシャルで、父の右腕として働く男。若いけど――。もうかなり出世してる」

「それなら、父上も――喜んでいるね」

「大喜びさ。父はこの話にびっくりしたんだ。でも、遺伝を考えれば、ダーニール一族に備わる南部人の短気な気質には最高の解毒剤を選んだと、アンドレアに言ってたね」

「ところで、きみのほうは？」

「ああ、ぼくもグラントが好きだ。誰だってそうさ」

「いや、きみ自身がダーニール王朝に負う義務はどうなんだい？」

スティーヴンの顔が紅潮したのは紛れもなかった。

「話がまとまったよ」彼はできるだけさりげない口調で言った。

ジャーニンガムはほほえんだ。

「つい最近のことだろうね」

「昨夜《ゆうべ》なんだ」スティーヴンがしゃべり出す。「だから、父には教えられなかった。教えておけばよかったよ」

「父上が聞いていたら、やっぱり喜んだだろうね。お相手のお嬢さんを知っていたのかな?」

「ぼくが選んだつい数日後に、父が自分で選んだ娘《こ》だ。ぼくの前で遠回しに彼女の話をするようになったよ。父に説得力を無駄遣いするなと言ったんだ——彼女に発揮するほうがいいからね」

スティーヴンは楽しい思い出をよみがえらせて、ほほえんだ。ふと、顔全体が生き生きして若やいでいる。

「ヴァージニア州の出なんだよ」スティーヴンは簡単なほめ言葉として言った。

「ダーニール一族に備わる南部人の気質」ジャーニンガムはさっきのスティーヴンの言葉を持ち出した。

「そうそう。われわれダーニール家の男はみんな南部娘と結婚する。何世代にも渡ってそうしてきた。なぜかわからなかった——以前はね」

「ところで、お嬢さんの名前は?」

「シスリー・キャロル」

「すてきな名前だ」ジャーニンガムは褒めた。「いつ会えるかな?」

スティーヴンは炉棚の上の時計を見た。五時十五分前だ。

「シスリーが起きたら、いつでもどうぞ。ちょうど母屋に泊まっているので」

「ホームパーティかな？」

「いや、そうじゃない。シスリーはたまたまアンドレアに会いに来てるんだ。ふたりは学校時代の友人でね」

「では、泊まり客はひとりだけ？」

「ほかにはいない。ただし——フィル叔父さんは年じゅうここにいる。知ってのとおりさ」

「双方に話を聞きたいね——もう少しあとで」ジャーニンガムは言った。「それからアンドレア——」

ジャーニンガムは問いかけるようにスティーヴンを見た。返事をしたのは、スティーヴンの言葉ではなく目つきだった。

「今アンドレアと話してもらえないかな。ぼくには無理だ。妹が何を考えてるかわからない。妹はそこに座って——」

スティーヴンは口をつぐんだ。

「アンドレアがかまわないなら——」ジャーニンガムが言った。

スティーヴンは、どこかほっとした様子でアンドレアを呼びに行った。シスリーの話をしたのが功を奏したようだ。シスリーは明日を象徴している。明日を今日のやりきれない気持ちからの避難所にしている。

「スティーヴンの恋人のシスリーは、すばらしい伴侶だといいが」ジャーニンガムは思いを口にした。

「あの若者には彼女が必要になる」

「アンドレアにも同じことを願ったほうがいいですよ」ぼくは言った。

ジャーニンガムは妙な目つきでこちらを見た。

「アンドレアにとっては意味が違う――いささか。違いを感じないか？　グラント・ベイリスがどんなに立派な青年であろうと――」

ジャーニンガムは品定めできない人物に思いをめぐらして、ためらった。

「アンドレアならひとりで立ち向かう」

不承不承、ぼくは同意した。スティーヴンは他人の強さから勇気をもらえる。だが、窮地に立ったアンドレアは、たとえ恋していても、必ずひとりでやっていく。

ジャーニンガムが椅子から立ち上がるのが見え、振り向く前に、入口にアンドレアが立っているとわかった。寝ずの看病で青白くても、彼女は記憶にある姿より美しい。曲のハーモニーは、記憶に長く残っているメロディーより魅力があるように。アンドレアには若々しい気品がありながら、顔にあどけなさがあった。小さな黒い頭の中にはプライドが、大きな灰色の目には悲しみが、憂いを帯びて引き結んだ唇には勇気があった。

アンドレアはまっすぐジャーニンガムに近づき、彼の手に手を滑り込ませた。

「アンドレア」ジャーニンガムは声をかけた。「気の毒に――」

「そうよね」アンドレアの声が詰まった。「後生だから――言わないで」

それでも、先を続けたときは言葉がはっきりしていた。

「よく来てくれたわ、ジェリー。ふたりとも、ありがとう。わたしたちに必要なのは――賢明な人よ」

「賢明であればいいがね」

「スティーヴンは――」

アンドレアは一瞬口ごもった。

「スティーヴンは、あれが自殺だったと考えているの」

「直接話を聞いたのかね？」

アンドレアは首を振った。

「兄はわたしに話す気になれないのよ。気持ちはわかるわ」

「では、きみの意見は？」ジャーニンガムがずばりと訊いた。

「自殺は考えられない」

アンドレアは暖炉の前に並んだ大型の椅子にゆっくりと歩み寄って、そのひとつに背筋を伸ばして座り、ほっそりした手を片方の膝の上で組み、消えかけた火を見つめた。ぼくが残り火に新たな薪をくべて火をおこすと、ちらちら瞬く炎がアンドレアの象牙色の顔に赤みを差した。

ジャーニンガムは黙って彼女を見守った。

「信じられる？」アンドレアが穏やかな声で訊いても、ジャーニンガムは答えなかった。「父が自殺を図ったなんて」

「事故だったとは思えないね」

「同感ね。でも――警察は事故だったと言って、なんの手も打たないでしょう。わたしたちはずっと真相がわからないまま――」

アンドレアの声に憤りが加わった。

「しかも、あんな真似をした人間が野放しになる」

アンドレアの目が上がってジャーニンガムと視線が合った。

「あなたが手を貸してくれない限り」

「そのために来たんじゃないか」ジャーニンガムがアンドレアに言った。「きみたちに真相がわかるよう手を貸すために」

ジャーニンガムはためらいを見せた。

「どんな真相が現れるかは請け合えないが」彼は正直に言った。

「心配していないわ」アンドレアは言った。「父のことだもの。父の人生に、スティーヴンの人生に、わたしの人生にも、心配する点などないから」

それは信頼の告白だった。ジャーニンガムがなんと言ったら信頼してもらえるかは、ぼくにも察しがつく。ところが、アンドレア自身の率直さが率直な返事を求めていた。

「あれが殺人だったとも請け合えない」ジャーニンガムはしつこく念を押した。「それは弾丸が残した証拠で決まるんだ」

灰色の目が見ひらかれた。

「そこは考えなかったわ。その結果――どの銃が――」

アンドレアはじっくり考えていた――ひとつの厄介な事実があれば、あらゆる信頼が偽りであるとされかねない。しかし、彼女の確信は揺るがなかった。

「なおけっこうね」アンドレアは静かに言った。「それで事実がわかるんですもの」

ジャーニンガムの沈黙は称賛のしるしであり、ぼくは思わず声をひそめて言った。「神よ！　どうか彼女の言うとおりにしてください」まるで、祈れば弾丸の引っかき傷が変わったり、起こったことに変更が加わったりするかのように。

「事実が判明するまでは、わたしがお役に立とう」ようやくジャーニンガムが言った。「できることはする。ただし、言うまでもなく、警察に通報しなくては駄目だ」

「父が死んだら通報するわ」アンドレアは言った。「それまでは動かない」

「捜査の機会を与えなかったと言われるぞ」

「捜査の機会を与えたとしても、警察はそれを生かさない。父が死んで、今回の出来事は殺人だったと証明する弾丸が手に入るまで、事故だと言い張り――何もしないでしょうね」

「おそらく」

一瞬、アンドレアの自制心が消えた。

「何もしないなんて耐えられない」

「なるほど」ジャーニンガムは言い、通報の話を忘れようとした。「警察に先んじて動き出せば、それだけ有利な立場に立てる。世間が騒ぎ立て、記憶と想像が混同されてしまう前に」

ジャーニンガムは眉間に皺を寄せた。

「〝あんな真似をした人間〟と言ったね。昨夜、その人間だった可能性のある人物がここにいたのかな?」

「そんな人はいなかったわ」アンドレアは暖炉の炎を見つめている。「夕食の席には家族と、それからシスリー――」

アンドレアが目を上げた。

「シスリー・キャロル。わたしの親友のひとりよ」

ジャーニンガムは頷いた。

「スティーヴンに聞いたよ。家族とシスリーだけだね？」

「それにグラント・ベイリスも。六人でテーブルを囲んでいたの。父とフィル叔父。スティーヴンとシスリー。グラントとわたし」

アンドレアの頬がほんのり薔薇色に染まった。それは暖炉の火のせいか、彼女の物思いのせいだろうか。

「グラントは――。わたしたち、結婚するの」

「スティーヴンが教えてくれたよ。うんと幸せになってくれ」

「ありがとうございます」アンドレアは改まった調子で言うと、黙り込んだ。

「では、昨夜ここにいたのは六人だけだね？」ジャーニンガムが念を押す。「それとも、あとで誰か来たかい？」

「ああ、そう言えば。クリテンドン夫妻が来たわ。ハーヴィー・E・クリテンドン夫妻」

アンドレアの言い方は少しぎこちなかった。

「一家のご友人かな？」

「いいえ」アンドレアはきっぱりと否定した。「ただの――訪問客よ」

アンドレアの滑らかな額に皺が寄った。

「それもおかしなことだった」彼女は続けた。「クリテンドン氏は父に面会を求めたの。ハンフリーズが父は外出中だと伝えると、クリテンドン氏は待つと言ったのよ。夫妻はそうしたわ。夜が更けるまで！」

アンドレアはため息をついた。

「しかし、父上は外出していなかった？」

「敷地内のロッジにいたの。ハンフリーズは、誰にも邪魔させないようにと父から言いつけられていて。でも、その言いつけは、待つという客には当てはまらないのよ」

「そこで、きみたちはクリテンドン夫妻をもてなした――夜が更けるまで」

アンドレアは浮かない顔でほほえんだ。

「あまり楽しくなかったわ。クリテンドン夫人が好きな遊びは、ブリッジと――骸骨《スケルトン》探しだけですもの」

「骸骨《スケルトン》かね！」

「家庭の秘密《ファミリー・スケルトン》よ。世間に知られては困る秘密。あの人はそれを集めているの。三十分ほどたって、しかたがないのでブリッジをしたわ」

「全員で？」ジャーニンガムはがぜん興味を引かれ、しっかり確認した。「そのときは七人しかいなかったのだね？」

「六人よ。フィル叔父は、いつものとおり読書に逃げたから。ほかの人たちはゲームに入ったり出たりしていたわね。わたしは一度ラバーでグラントとペアを組んだ。そのうちスティーヴンがシスリーを連れて、しばらく席を外したの。クリテンドン夫妻は、夫婦で組む番になったら帰るだろうと思ったのに！」

「ところがそうはいかなかった？」

「結局、ふたりは組まなかったの。みんなでパートナーを変えてしまったので、その組み合わせにならなかったのよ」

「クリテンドン夫人の申し出で交代したな」ジャーニンガムがつぶやいた。

「まあ——そうよ。よくわかったわね」

「クリテンドン氏以外は誰もパートナーを変わりたいと思わないはずが、氏には提案する勇気がなかった。そうだね？」

アンドレアは頷いた。

「奥さんの話では、ご主人はいつも以上に調子が悪く、もう一ゲーム組むのは我慢できないと。心ここにあらずだと言っていたの」

「それには理由があったのかもしれないぞ」ジャーニンガムが考え込むように言った。「クリテンドン氏は父上と面会できなかったんだね？」

「ええ」

「スティーヴンが、父上は十一時ごろ数分だけ母屋に来たと言っていたが」

「夫妻は父に会わなかったはずよ。とにかく、その後もずっと居座っていたから」

「しかし、用件は言わなかった？」

「わたしたちが船旅に出る前に父に会いたいとだけ」

ジャーニンガムはアンドレアをまじまじと見つめた。

「船旅に出る前に！」

「今日、モーリタニア号で出発する予定だったの」

モーリタニア号——。ほんの一瞬、ジャーニンガムのアパートメントの机に置かれたタイプ原稿を思い出した。あれもまた、今日モーリタニア号で航海するはずだった。そこへジャーニンガムのひとことがぼくの物思いをさえぎった。

「わたしたち？」

「父とわたし」

「なぜ？」

問いかけはさりげなく響いたが、ジャーニンガムが答えを聞こうと心もち身を乗り出したような気がした。

「父がなぜ行くのかわからないわ。あまり話し合う機会もなかったし。でも、父はわたしに同行してほしいようだったの。たぶん――ふたりきりで出かけるのは最後になりそうだから――」

アンドレアの声が途切れた。

「すると、急に決まった話なんだね？」

「父がきのうの夕食の席で言ったのよ。モーリタニア号がいつもの水曜日ではなく週末に――西インド諸島クルーズのために――出港するから、船旅に出ると」

「急な話だったね」

「父はいつもそうよ。次の列車か次の船でなくては駄目――こうと決めたら待てなくて」

「すると、父上が旅行を決めたのはきのうだと思うのかね？　昼間のうちに？」

アンドレアは頷いた。

「では、クリテンドン夫妻はどうやって予定を知ったのだろう？　というより、夫妻は知っていたのかい？」

「ええ。知っていたわ。クリテンドン氏が急いで父に会おうとしたなら、銀行の人に聞いたのね」

「そこは調べがつく」

「そうね」アンドレアが同意した。「銀行で知りたいことがわかるように、グラントに手配させるわ。どう考えて――」

「考えていないよ――まだ。しかし、昨夜きみたちが遊んだブリッジには興味がある。スコアを保存していないだろうね?」

「あるんじゃないかしら」アンドレアがけげんそうな顔で言った。「午前零時以降にハンフリーズか誰かが部屋を片づけていない限り。見てみましょうか?」

「もしよかったら」

どうにも信じられずに眺めていたが、アンドレアはいったん隣室に姿を消し、普通のスコア用紙を手に戻ってくると、そこから数枚を引き抜いてジャーニンガムに手渡した。彼の求めにはちっとも納得がいかなかった。ゲームじたいを見ていたら、プレーヤーの性格がある程度はわかる可能性もあった。しかし、スコアだけでは――。

ジャーニンガムはスコアをざっと眺めて、ポケットに入れた。それからアンドレアの興味津々の目と目を合わせた。

「これを見ても何もわからないだろうが、外部の人間はクリテンドン夫妻だけだったなら、まずクリテ――」

アンドレアを見ていたジャーニンガムは言葉を切った。彼女の両手がぴくりと動き、にわかに顔が上がった――。

「忘れていたわ」アンドレアは慎重に切り出した。「あとひとりいたの――外部の人間が」

軽蔑より激しい感情が最後の言葉にこもっていた。嘲りだろう。アンドレアの頬に広がる怒りの色を見て、ぼくはそう思った。

「彼が来たわ――ある男性が来て」アンドレアが言った。「わたしに――私生活の件で立ち入ったことを訊いたの」

それでピンと来た。だが、ぼくは興味を引かれて耳を傾け、最後まで話を聞いた。

「それで、きみはその男になんと――?」

「二度とこの家に足を踏み入れないでと――二度とわたしに話しかけないでと言ったの」

一瞬、アンドレアが炎の剣を持った天使に見えた。やがて彼女の顔から鮮やかな色がすうっと消え、両手は膝の上に静かに置かれた。

「二度と来ないはずよ」

ジャーニンガムはしばらく黙ってアンドレアを見ていた。

「きみが知っている男だね」ひとしきりして、彼はやさしい口調で確かめた。

「知っていたわ――以前は」

「では、何者だね――今は?」

「記者よ」アンドレアがぽつりと言った。「コリンズという記者」

# 第二部

# 第六章　コリンズという記者

コリンズ――そう言えばそうだ。ぼくは大きく息を吸った。ぼくたちが忘れていたのはコリンズであり、推測から除外していたのがコリンズだった。ずっと、重要なことが見落とされていたという感じが拭えなかった。これでわかった。

この状況でコリンズの出る幕はない。ところが、彼は登場した。

「そうだと思ったよ」ジャーニンガムは言い、左の眉を皮肉っぽく吊り上げた。「コリンズだろうとね！」

アンドレアは目を上げた。

「会ったことがあるの？」面食らったように問い返した。

「二度ね」

「でも――」

「非公式に」ジャーニンガムは説明した。「あくまで非公式にだ。実は――楽しいひとときに――」

アンドレアはふと強い懸念を示して身を乗り出した。

「あの人はどこにいるのかしら――今ごろ？」

「うちの食料品室に閉じ込められているよ」

「お宅に行ったの？」アンドレアはかぼそい声で言った。「お宅に行ったのね」

「すぐあとでスティーヴンが来た」ジャーニンガムは説明した。「それでコリンズが――邪魔になってね。とっさに思いついた場所が食料品室だった」

「でもなぜ？」アンドレアが詰問した。「なぜあの人はあなたの家に行ったりしたの？」

「スティーヴンが話したことを聞くため、だろうね」

「では、あの人は知っていると？」

「何かを知っているのは確かだ」

「何か知っているとしても」アンドレアがしつこく言った。「父が――けがをしたことよ。あの人はこそこそ嗅ぎ回って、それを記事にして――」

アンドレアの膝に置かれたほっそりした両手が握り締められた。

「それをスキャンダルにするの。わたしが言ったことのせいで」

つかの間の沈黙が流れた。

「あの人は根に持つ性分《グッド・ヘイター》ですもの」アンドレアが低い声で言う。

「あの男は優秀な記者《グッド・リポーター》だ」ジャーニンガムは悔しそうに認めた。「ほかの記者だったら助かったろうな」

「わたしもよ」

アンドレアはうつむいて、握り締めた両手を見下ろしている。

「もしも――ほかの記者だったら」彼女が言った。「待ってください、新聞に載せないでくださいと頼めたわ。こちらで――こちらで警察に届けるまでは。でも、ロッド・コリンズが相手では話が通じない」

ジャーニンガムは頷いた。

確か、以前にぼくたちがコリンズに待ってくれと頼んだとき、彼はおとなしく従った。しかし、真相を教えると約束して納得させたのだ。今回は真相がうかがい知れない。

「同感だ」ジャーニンガムが言った。「コリンズにはなんの要求もせず、交渉もせず、約束もしない。しかし、彼とつきあわなくてはならない。ひとつ確かめたいんだが、アンドレア――」

「はい？」

「コリンズはただの記者なのか――それ以上の存在なのか」

灰色の瞳が怒りに燃えた。

「それ以下よ――この世に記者以下の存在があるならば」

「なぜかな？」

アンドレアは口をつぐんだ。そう言えば、ダーニール一族は押し寄せるマスコミに対してかたくなな姿勢を取ってきた。

「コリンズはきみに何を訊きに来たのかね、アンドレア？」

「わたしが本当にグラント・ベイリスと結婚するのかどうか。本当にするけれど、発表していないし、これは個人的な事柄よ。わたしは決して――。あの人はわたしの気持ちを――わたしたち家族の気持ちを承知のうえで――」

アンドレアの口調に拍車がかかり、言葉が先を争って出てきた。反感と憤りとで、顔面が蒼白になった。

「断じて許せないプライバシーの侵害だわ」

「それをコリンズにも言ったんだろうね」

「まだあるのよ」アンドレアが言った。「いったいどんな権利があって、わたしにあれこれ訊くのかと問い詰めたの！　すると、あの人は――」

アンドレアはやや間を置いて、いよいよ頭をきっと上げて先を続けた。

「あの人はこう言ったの。〝うちの新聞の読者は、きみたちみたいな人間に興味があるようだ。どうしてかなあ！〟」

アンドレアの鼻孔がすっと膨らむ音がした。

「では、そのやりとりのあとで」ジャーニンガムはのんびりと言った。「なぜコリンズは出ていかなかったのかな？」

アンドレアは目を見開いた。

「出ていったわ」

ジャーニンガムの左の眉が吊り上がった。

「彼は午前三時にうちの玄関ドアをノックしていたんだよ！」

「つまり」アンドレアはのろのろと言った。「あの人はそれまで、ずっと敷地内にいて、何かを見て――または聞いて――」

「ここにいたか、帰宅したか。おそらく残っていたのだろう。しかし、なぜなのか――まるで見当がつかない」

「わたしもよ」アンドレアは思い詰めた顔で言った。「ジェリー！　あの人はこんなことが起こるとわかっていたのかしら？」

その言葉がぼくの頭に響いていった。スティーヴンは父親のことをなんと言っていただろう？〝本人が知っていたからだよ。父はあんなことが起こると知っていた。十一時ごろ母屋に戻ってきた。あのとき、知っていたんだ〟。コリンズもやはり知っていたんだろうか？

ジャーニンガムの目がにわかに熱を帯びた。

「コリンズがきみに声をかけたのはいつのことだね、アンドレア？」

「残念だけど、わからないわ」アンドレアはぼんやりと答えた。「時間を確かめなかったので」

「父上が母屋に来る前だった、そう思うかね？　あるいは、そのあとだと？」

「少し前よ」

「では、十一時の少し前だね。つまり、コリンズが戸外で待っていたとしたら、父上が歩いてくる姿を見たはずだ。さらに、あとでロッジへ戻ったところも見た。きみとスティーヴンが父上を探しに行ったのも見たかもしれない——。それは何時だった？　午前一時ごろかな？」

アンドレアは黙って頷いた。

「その場合、コリンズはヤーキーズ医師が到着したのも見ただろう」

「そして、わたしたちが父を母屋に運び込んだのを見届けて——」

アンドレアが言い淀むと、ジャーニンガムはすかさず続けた。

「スティーヴンが町へ向かうときに行き先を聞きつけた。時刻は二時を回っていたに違いない」

「三時間もいたなんて」アンドレアの目が翳っている。

「今の疑問点はこうだ」ジャーニンガムが思いめぐらす。「コリンズはその三時間で何をしたか。あるいは、待っていただけか――クリテンドン夫妻のように？」

「では、待っていたとしたら」アンドレアが声をあげた。「何を待っていたの？」

それに対する答えはなかった。

「本人に訊きましょう」ぼくは沈黙に向かって促した。

「いいとも」ジャーニンガムは同意した。「しかし、覚えているだろう、コリンズは今朝《けさ》訪ねてきたときになんの説明もしなかった。食料品室に入れても、口が軽くなるかどうか怪しいものだ」

「そう言えば」ぼくは訊いた。「コリンズを――いつまでも――食料品室に入れておくんですか？」

「考えないといかんな」ジャーニンガムはしぶしぶ認めた。「食料室の中では悪さを働けないが――なんの役にも立たない」

「役に？」

アンドレアの口調は雄弁だった。

「ひょっとすると、コリンズはなんらかの役に立つかもしれない」ジャーニンガムが強く言った。「仮に話さなくても。おそらく話すまい。彼はわれわれが知っていることを知らない。だが、われわれが知らない何かを知っている。その何かのせいで、ここに三時間もとどまった。何を知っているかはともかく、それを追跡するだろう」

最後の言葉は合点がいった。ぼくたちは〈カーンストーン・ハウス〉事件後にコリンズの仕事ぶりを見て、彼がぼくたちの手法に従うのを見てきた。ジャーニンガムに言わせると、あの男には、本来なら立派な人たちを噂話に走らせる才能がある。それだけではない。ひとつの事実を別の事実へ導くよう仕向ける不思議な力を持っている。それによって彼は危険な――見方によっては、すこぶる貴重な人物になった。

かすかな光が見えてきた。

「こういうことでしょうか」思い切って言ってみた。「コリンズを解放して——どう出るか見届けると?」

「人知の及ぶ範囲なら。やりたいかね?」

「人知の範囲を超えていますよ」ぼくはずばりと言った。「でも、お望みならやってみます。とにかく、コリンズを外に出しましょう」

「そんなことをしたら」アンドレアは言った。「あの人は新聞に記事を——」

アンドレアの声に絶望の響きがあった。こちらが何をしても、しなくても、いつまでもコリンズの口を封じておけない。

「コリンズが記事を書く新聞を知っているかい?」ジャーニンガムが尋ねた。

「《クラリオン》じゃないかしら」一瞬の間を置いて、アンドレアが答えた。

「朝刊紙だな」ジャーニンガムは満足そうに言った。「三時間前に印刷に回されたぞ。コリンズは明朝までどんな記事も出せない以上、それまではひと言も漏らすまい」

ジャーニンガムはアンドレアを見た。その目に思いやりがこもっていた。

「二十四時間はプライバシーが守られる。われわれはそれを生かすしかない」

アンドレアの両手が無言の抗議に震えた。

「いずれにせよ、時間はそれしか残っていないよ、アンドレア。明日の朝にはどの朝刊にも記事が出る」

アンドレアが覚悟を決めたのは傍目《はため》にも明らかだった。

「そうでしょうね」アンドレアは言った。それから単刀直入に訊いた。「その二十四時間をどうやって生かすの？」

# 第七章　三つのこと

「あくまで要点を外さないことだ」ジャーニンガムが言った。「要点だと判断できる範囲でね」

ジャーニンガムはせかせかと腰を上げ、炉棚に肘をついて炉床に立った。

「どうやら、これは殺人らしい」

ジャーニンガムは暖炉の火を見下ろしていた。アンドレアではない。ぼくたち三人とも、彼の推測は意志の証《あかし》となる行為であって、信念の証となる行為ではないとわかっていた気がする。あのときはどちらでもよかったのだ。

「問題は三つのことに絞られた」ジャーニンガムは続けた。「きのうゴードン・ダーニールの身に起こった三つのことだ。ひとつは日中、ひとつは夕方、ひとつは午前零時ごろの出来事だね」

「重要なのは最後のひとつ」アンドレアがつぶやいた。

「最後のひとつを導くのが最初のふたつだ。日中のどこかで、父上に今日モーリタニア号で船旅に出る決意をさせる出来事があった」

「でも、あれは出張よ！」

「本人がそう言った？」

アンドレアはためらった。

「いいえ。でも、グラントならわかるはず」

「父上が彼に話したならね。それはわからない――今のところ。昼間の出来事のどこかに〝ひとつ目のこと〟がある。そう簡単に見つからないかもしれん」

「しかも、ほかのふたつと関係ないかもしれないわ」

「そうかもしれん。だとすると、急な船旅は単なる偶然だね」

ジャーニンガムは眉間に皺を寄せた。

「わたしは偶然を信用したくない」

アンドレアは身じろぎもせずにジャーニンガムを眺めている。

「では〝ふたつ目のこと〟はどう?」

「夕食時と午後十一時のあいだのどこかで、父上がロッジにいるうちに、警告する出来事があったんだ」

「何を?」

「危機が迫っていると――二、三時間後に」

アンドレアが目を丸くした。

「それがわかるの、ジェリー?　なぜわかるの?」

「スティーヴンが教えてくれた」

「はっきりと?」

「十一時ごろにロッジを出てきた父上は憔悴した様子で、スティーヴンはそれに気がついた。父上はスティーヴンに、きみが困るかもしれないから、そばを離れないようにと言いつけたそうだ。また、ポケットに愛用のオートマチックを忍ばせていた」

「知らなかったわ！」アンドレアが叫んだ。

「スティーヴンを責めないでくれ」ジャーニンガムは言った。「彼は自分を責めている。しかし、あとになって気がついたんだよ」

「それではふたつ目のことは」アンドレアの息が切れた。「警告だったわね。場所はロッジで」

アンドレアがちょっと青ざめたように見えた。

「本当にロッジで起こったの？」彼女は唐突に尋ねた。「もしも、父が別の用事で母屋に向かい——外でロッド・コリンズに呼び止められ、話しかけられたとしたら？」

ジャーニンガムは首を振った。

「違うね。ふたつ目は父上がロッジを出る前の出来事だ。隠し場所から銃を出してポケットに入れたからには、父上はすでに何かを知っていたんだ」

「なのに、わたしはブリッジをしていた」アンドレアはそう言って、うつむいた。

再び顔を上げたアンドレアは、毅然としていた。

「あることが昼間に起こって」彼女は習い事をしている子供のように繰り返した。「父は船旅に出ようと決めた。あることが夕方に起こって、父は危機が迫っているという警告を受けた。三つ目のことが——」

「危機そのものだ」

「わかったわ」アンドレアは淡々と言った。「ひとつ目とふたつ目のことを解明できれば、三つ目もおのずと判明するわけね。わたしは何をすればいい？」

「三つのいずれにも関係がありそうな情報を片っ端から集めてくれ。情報源は問わない。一部の情報源――特に使用人――からは、きみのほうがごく自然に話を聞き出せる。そちらは任せるよ。あとはマックとわたしで手分けして――」

「要するに」ぼくはきっぱりと訂正した。「ジャーニンガムが質問して、ぼくは答えを記憶する。ぼくは言葉をいくらでも覚えられるけど、問いただすのは苦手でね」

「それは悪くない」ジャーニンガムが言った。「マックがそばにいれば、速記の記録をつけているも同然だ」

早くもアンドレアは〈グリーンエイカーズ〉の人々と彼らの知っていそうなことを頭の中で調べていた。

「フィル叔父とシスリーはどうなるの？」

「ふたりにも会いたいが」ジャーニンガムは言った。「実際の聞き取りはきみに頼みたい」

「ふたりが気づいたことはあまりなさそうね。シスリーはスティーヴンしか目に入らないみたい。フィル叔父のほうは――」

アンドレアの口調にやさしさが漂った。

「叔父と話したことがあったわね？　あのとおり、ローマ帝国の滅亡以降の出来事は眼中にない人」

「それでも、父上亡きあとは彼が一家の当主だ。父上が何かを気にかけていたなら、フィリップに話したかもしれない」

「必要に迫られなければ、話さなかったでしょう。話したら負担になるだけだから。叔父はとびきり気が弱い人で――。わたしたち、なるべく負担をかけないの。でも、確かめてみるわ」

「けっこう」ジャーニンガムが言った。「屋敷の人たちはきみに任せる。マックとわたしは一緒に敷地を調べ、手がかりになりそうな物を探してくる」

「ロッジには何かあるはずよ」アンドレアは言った。「ただ入り込んで、あんな真似をして、また出てきて、何も残さないわけがないわ」

「犯人が何かを残したとしたら」ジャーニンガムが言った。「マックが必ず見つけるよ。マックは何ひとつ見逃さないんだ」

「食料品室にいるコリンズのことを忘れていました」ぼくは白状した。それが心にわだかまっていた。

「あの人は忘れられたほうがいいわ」アンドレアはつぶやいた。

「忘れたほうがいいことはいろいろある」ジャーニンガムが言った。「たとえば――。表向きは、わたしとマックがロッジに行くことをきみは知らない。しかし――向こうにある父上の机に入った書類を検めてもかまわないかね？」

「お願いするわ。大事な物は、壁に埋め込まれた小型金庫に入っているはずよ。暖炉の右側の絵の裏にあるの。ただ、わたしはダイヤル錠をあける数字を知らなくて」

「スティーヴンはどうかね？」

「知らないんじゃないかしら」

「じゃあ、金庫は後回しにするしかない。まずは机から手をつけよう。わたしがあれこれ調べているあいだ、マックはアパートメントに戻ってコリンズを解放し、しばらく尾行して――」

「見失う」ぼくは憂鬱な声で言った。

「いずれはな」ジャーニンガムは頷いた。「コリンズに二時間貼り付いたら、立派なものだ。十時に、プルーデンシャルで落ち合おう」

「グラントに渡す手紙を書くわ」アンドレアが言った。

アンドレアは部屋の隅に置かれたライティングデスクに近づいた。

「どうかな」ジャーニンガムが言った。「もしよかったら――」

アンドレアはけげんな顔で振り向いた。

「なあに？」

「カードテーブルに向かって書いてくれないか」

「カードテーブルに？」

「きのうの夜、ちょうどきみが座っていた席に。明りをつけて」

「ええ、いいわよ」

アンドレアがペンと紙をまとめると、ジャーニンガムはライティングデスクに近づいて、服のポケットから何かを取り出した。ハンカチに包まれた重そうな物だ。

「考えるあいだ」ジャーニンガムは声を落とした。「これをきみに預けたい」

ジャーニンガムは包みをデスクに置いた。アンドレアは目を見開いたが、包みに触れようとしなかった。

「どこで――？」

「スティーヴンから取り上げたんだ」

ジャーニンガムの言葉の裏を読むように、アンドレアは彼をしげしげと見た。何も尋ねなかった。察しがついたのだろう。

「かわいそうなスティーヴン」

「それは——処理しないほうがいい。警察に訊かれたら渡すんだ」

「大事に保管するわ」アンドレアはハンカチの包みを机の小さな引き出しにしまい、鍵をかけた。

「ありがとう、ジェリー」

ほかには何も言わず、アンドレアは昨夜ブリッジをしていた部屋へ案内した。まだカードテーブルと四脚の椅子が置かれたままだ。トランプが二組、灰皿、スコアカードと鉛筆、煙草が入った銀の箱。どれも普通の見慣れた物だが、妙な空虚感をまとっていた。重要性が薄れていたのだ。フロアランプの明りが外から入ってきた灰色の朝の光で薄れていくように。

「どの椅子に座ったかに意味があるの、ジェリー？」

「父上が母屋に現れたときにきみが座っていた椅子は——思い出せるかね？」

アンドレアは躊躇せず、ドアに向かって腰を下ろした。

「わたしの席はここだった。父が廊下を歩いていくところがちらりと見えたから」

「ほかにテーブルを囲んでいた人たちも父上の姿を見たかね？」

「見ていないと思うわ。見ようとしたら別だけれど」

「ところで、そのときの顔触れは？」

「クリステンドン夫妻は揃っていたわ」アンドレアが考えながら言った。「ふたりが何かに気づいていないかと、そちらを見たことを覚えているの。でも、四人目は誰だったかしら。グラントだったような気がするけれど、はっきり覚えていなくて。たぶん彼はダミーで、ちょっと席を外していたのね」

「では、スティーヴンとシスリーは自由だった。そして、ことによるとグラントも……。きみたちはどのドアを使って、ロッジを行き来しているのかね？」

「正面のドアよ。あれはロッジの私道に近いので」

ジャーニンガムが両開きの窓に近づき、ぼくもあとに続いた。窓は敷石のテラスに面していて、そこに一、二台のテーブルと数脚の椅子が置かれていた。植込みの優雅で変化に富んだ線がテラスとの境界をなしている。その先に、〈グリーンエイカーズ〉のどこまでも続く芝生が背の高い木々の下に広がっていた。

「ちょっと待っててくれ、アンドレア？」ジャーニンガムは言った。「外で見たいものがあるんだ」

アンドレアは向きを変えて手紙を書き始めた。ぼくたちは外に出て、窓を閉めた。

「何を探すんですか、ジェリー？」

「空白の三時間、コリンズは――どこかにいた。彼が待っていた理由がわかれば、いた場所もわかるかもしれない。あるいは、場所がわかれば、理由がわかるかもしれないね」

ジャーニンガムはテラスを横切った。

「ここじゃないな。カードテーブルに近すぎる。ブリッジをしていた面々はときどきテラスに出たはずだ」

踏み石が植込みの隙間を縫って芝生の上で消えていた。芝は露に濡れ、ぼくたちの足跡は銀地に黒の模様で表れた。背後に大邸宅がそびえ、その悲しみを堂々たる静寂の中に隠していた。

「正面玄関から行こう」ジャーニンガムが言った。邸宅の端を曲がると、やがて私道に出た。

〈グリーンエイカーズ〉の広い私道は玄関へ伸び、その先で長い楕円形を描いて、訪問客の車をもと来た道へ送っている。ほとんどの人は気づかないが、狭いほうの私道は楕円形の向こう側で植込みを縫い、窪みをたどって小山を回り、別の窪みを縫ってロッジにたどり着く。

ジャーニンガムの関心を引いたのは、私道のうち邸宅の真正面に当たるエリアだった。彼は端から端までゆっくりと歩き出して、両側の砂利と芝生をためつすがめつ眺めた。

「この砂利には痕跡が残っていないようですね」ぼくはジャーニンガムと歩調を合わせ、地面をじろじろ見たが、そこには何もなかった。

「そうだな」ジャーニンガムは上の空で返事をした。「しかし、コリンズは煙草を吸う。そして喫煙者は一本も吸わずに三時間も待てないものだ」

楕円形を一周しても、マッチの燃えさしさえ見つからなかった。

ジャーニンガムは眉を寄せて立ち止まった。

「どうやら、コリンズが出入りを見張っていたのは——正面玄関ではなさそうだ」

「あとは何に注意すればいいですか?」

ジャーニンガムはぼくたちが出てきた部屋の窓を見ていた。

「この屋敷の人たちだ。コリンズがほかの——アンドレア以外の——誰かと話す機会をうかがっていたとしたら」

ぼくはジャーニンガムの視線をたどった。アンドレアが向かっているテーブルを照らすフロアランプの明りがぼんやりと見えるが、本人は見えなかった。

「この正面の外壁にある土台は高すぎる」ジャーニンガムは言った。「しかし、端にある両開きの窓は——」

ジャーニンガムは足取りを速めて、テラスと接する広い芝生へ向かった。

「ここなら見えたはずだ。見る気があれば、あの部屋で起こったことはすべて。問題は――コリンズに見る気があったのかどうか？」

ジャーニンガムはまた慎重に歩き出した。今回は、露に濡れて大きな弧を描く芝生を行ったり来たりして、消えた臭いを嗅いでいる猟犬のようだ。突然、ジャーニンガムがぱっと片手を出してぼくの足を止めた。

「それを踏んじゃいかん」

立ち止まり、かがんで下を見た。何もない。

「そこでは近すぎて見えないよ」ジャーニンガムは言った。「ちょっと下がってごらん」

言われたとおりにして、銀色になった芝土を好奇心に満ちた目で見渡した。

「わかりました」ぼくは言った。「小道にかすかな痕跡しか残っていませんが、何者かがあの二本のオークの木のあいだで見張りをしていましたね」

「その観察ではまだ足りないな、マック」ジャーニンガムが言った。「ここには何かあるはずだ」

確かにあった。ぼくは一メートルも歩かずに最初の煙草の吸殻を見つけ、オークの木の下でさらに五、六本見つけた。それを拾い、木の幹にもたれて母屋のほうを振り向いた。一番近くにある両開きの窓から、カードテーブルと、そこに向かっているアンドレアが見えた。

ぼくはジャーニンガムに近づいた。彼のいる木の下で、別の両開きの窓からカードテーブルを見渡すことができた。いっぽうジャーニンガムも吸殻を拾っていた。彼は吸殻を一本ずつ引っくり返した。どれも適度に吸われていて、まだ銘柄が見える長さだ。

「コルクフィルター付きのローリーだ」ジャーニンガムは言った。「そちらも？」

「そうです」

「変だな」

「なぜです？」

「コリンズはコルクフィルター付きの煙草を吸うタイプに見えなかった。徹底した個人主義——精力的な生活——」

「それでも、コリンズはローリーを持っています——フィルター付きの」

ジャーニンガムはぼくのほうに眉を吊り上げた。

「結論に飛びついては駄目だ」

「飛びついていません」ぼくは言い返した。「今朝《けさ》、コリンズはあなたにその煙草を差し出しましたよ」

ジャーニンガムは笑った。

「きみの勝ちだ」

ジャーニンガムは、テラスとその向こうの明かりのついた部屋のほうへ手を振った。

「きみの木からも、ここと同じくらいよく見えるかい？」

「まったく同じです。おまけに玄関ドアも見える」

ジャーニンガムは、自分で集めた吸殻からぼくが集めたものへ目を移した。

「にもかかわらず、コリンズはここで粘りに粘った。だから、玄関のドアを気にかけなかったんだ」

「それでも」ぼくは譲らなかった。「彼は玄関ドアが見える場所で何時間か過ごした」

「ブリッジのゲームを見ていたのさ」ジャーニンガムは言った。「なぜなのか、ぜひとも知りたいね」

ジャーニンガムがまた母屋のほうを見た。ぼくは彼のあとからテラスを横切った。アンドレアは手紙を書き終えていた。さっきの場所に座ったまま、身じろぎひとつしていない。ぼくたちが部屋に入っても、口をきかなかった。

ラジオの上に煙草がひと箱あった。ジャーニンガムはそれを手に取った。

「マルボロか」

アンドレアがわれに返った。

「スティーヴンの好きな銘柄よ」彼女は言い、カードテーブルの上の箱をあけた。「わたしのをどうぞ。ローリーが好きなの」

「コリンズと同じだ」ぼくは何気なく言った。

アンドレアがはっとして顔を上げた。

「まさか！」彼女は叫んだ。「あの人はキャメルにかぎると思っているわ。それもまた――。わたしたちは煙草の銘柄さえ気が合わない」

ぼくはジャーニンガムを見た。彼の目が勝利の光で輝いた。眉間にけげんそうな皺が寄った。

「わたしに一点入ったな、マック。こっちはかまわないでくれ、アンドレア。われわれは頭で煙草を吸っているんだ」

ジャーニンガムはカードテーブルに近寄り、灰皿の中身をつつき始めた。吸殻はほとんどローリーだ。マルボロは少し。ジャーニンガムは赤い色がついた三、四本を拾った。

「それはクリテンドン夫人が吸ったものよ。わたしは――」アンドレアはジャーニンガムの問いかけるような視線を浴びてかすかに頬を染め、口をつぐんだ。

「きみに口紅は必要ない」ジャーニンガムが笑みを浮かべてあとを引き取り、手がかりを残す吸殻を落とした。

アンドレアはテーブルの上の手紙をジャーニンガムのほうに押しやった。

「知りたいことをグラントに伝えれば、彼が手配するわ」

「助かるよ」

ジャーニンガムは封筒をポケットに入れた。

「町へ戻る前に、もう一度こちらに寄る。マックとわたしがロッジでどんな発見をしたか、報告できるはずだ。そのときには、きみのほうも詳しく話せるかもしれないね。なんでもいいから、三つのことのどれかに関する情報を」

一瞬、ジャーニンガムのほっそりした力強い手がアンドレアの肩に置かれた。これまで彼女が受け入れなかった、思いやりのしるしだった。やがて彼は顔をそむけた。

「行こう、マック」

ぼくはジャーニンガムのあとからテラスに出たが、入口のすぐそばで立ち止まって振り返った。ぼくたちが立ち去ると、アンドレアの誇り高い小さな頭がうなだれ、顔が両手に隠れた。

ぼくはためらった。どうすることもできず、なんとも言えず——。

内側の戸口で軽やかな足音と、柔らかな声がした。

「まーあ、アンドレア!」おっとりと伸ばした言葉が魔法になろうとは、不思議なものだ。「あなただと思わなかった」

一歩目の足音が聞こえ、アンドレアの黒い頭が上がった。

「シスリー！　もう起きたの？」

すると、入口に現れた若い女性はスティーヴンの恋人シスリーか。小柄で颯爽《さっそう》としていて愛らしい。ハート形の顔に金色の髪が撫でつけられている。ダーニール一族の男が南部娘と結婚する理由は、スティーヴンだけでなく、ぼくにもわかった。

「眠れなかったの」シスリーが言った。「幸せすぎて眠れなかったみたい」

「幸せで？　ということは――ああシスリー、よかった」

だが、シスリーの晴れやかな顔は不安で曇った。

「何か心配事があるんでしょ、アンドレア？　わたしにお兄さんのスティーヴンと結婚してほしくないの？」

「してほしいわよ。問題はあなたとスティーヴンじゃないの。要するに――」

「アンドレア！　何かあった？」

「きのうの夜、父が撃たれたの」

シスリーが片手を胸に当てた。

「まさか――大怪我では――」

「そのまさかで――」

シスリーの柔らかそうな唇が引き結ばれた。

「犯人はわかったの、アンドレア？」

「何もわかっていないわ」

「お父さまは自殺なんかする人じゃない！」

その言葉にこもった直感的で一途な信念は、アンドレアの張り詰めた自制心をいくらかやわらげた。

「あなたがいてくれるとほっとする」アンドレアは言った。

だが最後の言葉で声が乱れ、彼女は顔をそむけた。

シスリーは何も言わずに近づいてきてアンドレアの椅子の横に立ち、しっかりした小さな手を親友の組み合わせた指に重ねた。

「話さないほうがいい？」少ししてシスリーは訊いてみた。

「話してちょうだい」アンドレアはうわずった声で答えた。「なんでもいいから！　お願い！」

シスリーは頷いた。

「あなた、ひとりで考えすぎたのよ。さもなければ、お父さまが疑われるなんて思わないでしょ」

「新聞は疑うわ。父は銀行家ですもの。自殺説に飛びつくわよ」

シスリーの目がきらりと光った。

「頭に来るわ――みんな銀行員の話をしてる。からかってる。この州で選出された上院議員まで。もし議員が――グラントが言うとおりのことを言ったとしたら、わたしに投票権があったとしてもあの人には投票しない」

「上院議員はなんと言ったの、シスリー？」

「ゆうべ、夕食の席で聞かなかった？　お父さまは顔を殴られたみたいに見えたわ」

「グラントが持ち出した話のせいで？」

「カーター・グラス議員の話では、しばらく前に彼の故郷で、銀行員を白人女性と結婚した廉《かど》で絞首刑にしたそうよ」

「でも、グラントも銀行員だから、彼はそれを冗談と受け取ったとしたら――」

「どうでもいいわ」シスリーは言い切った。「グラントはとびきりすてきな人だけど、れっきとした北部人よ、アンドレア。それは避けて通れない」

アンドレアは思わずほほえんだ。

「わたしだって北部人よ、シスリー」

「あなたが！」怒ったシスリーが叫んだ。「あなたはそんなものじゃないわ！」

「生まれも――」

「お母さまはリッチモンドの出身で、父方のおばあさまはニューオーリンズの出身なのよ。あなたとスティーヴンは――。ああ、あなたとスティーヴンはわたしの身内も同然じゃないの」

シスリーはこっそり目元を拭った。「あなたたちは、現にわたしの身内で――」

ぼくはちょっぴり心が軽くなって、その場を静かに立ち去った。

ロッジの私道に入るあたりでジャーニンガムを追い抜き、一緒に端から端まで丹念に調べた。吸殻はなかった。だが、それはどちらにしろなんの意味もない。その私道は低木の植え込みを縫っている。そして白樺の木立が、小山を覆って前方の坂を伝い下り、生い茂っていた。この道沿いに秘密が隠れているとしても、見つかりそうもなかった。

ロッジじたいも隠れていて、小山を回るまで見えない。丘の斜面に埋もれた建物は、大昔からそこにあったようにひっそりしている。まるで岩と白樺と、水がこんこんと湧く大地のようだ。低い屋根が本を伏せたような形の切妻屋根になっている。丘を背にして、粗い石の煙突がそびえている。外壁の二面に、静かな木立に面する大きな両開きの窓があった。一番奥の、ここからでは見えないところがドアだ。

少し離れた場所から窓越しに室内をのぞくことができた。やがて道ががくんと下がり、下の窪地で終わっていた。そこはロッジの軒先であり、車がUターンするスペースだ。そこから一本の険しい小道が丸太のテラスへくねくねと続き、ずっと向こうが入口になっていた。

玄関に着くと、ジャーニンガムは足を止めた。

「言うまでもないが」彼は念を押した。「警察から見れば、われわれの行動には弁解の余地がない。現場を元のまま保存する義務があるぞ」

ジャーニンガムがポケットからハンカチを取り出してドアノブを回し、勢いよくドアをあけて、ぼくたちは中に入った。すると、灰色の朝がようやく心を決め、降り出した数粒の雨が屋根を叩いた。

ぼくは最初から諦めていた。自分が何を期待していたのか知らないまま、そこにはないとわかった。部屋は静まり返り、ひどく穏やかで、いやに整頓されていた。ゴードン・ダーニールの大きな机の上に書類は一枚もない。自然石で作られた大きな暖炉にごみはない――きちんと積まれた、点火されていない薪だけだ。黒っぽい色の清潔な床には、幅がばらばらの古い板が張られ――ナバホ族が織ったラグが数枚あるだけで、どれもきれいに敷かれていた。壁のでこぼこの漆喰にはしるしもない。両開きの窓の下に置かれたソファベッドの枕にくぼみすらない。

雨音が速くなり、頭上の屋根板を規則正しいリズムで叩いた。暗がりを見上げると、そこに原木の垂木が屋根のてっぺんまで伸びていた。あのいくつもの暗がりは知っている。この場所で起こったことを見ていた。しかし、証拠になる物が残っていない。

ジャーニンガムは黙ったまま明りをつけ、雨と闘っている灰色の光を不気味なほど強調した。そして、足元に気をつけながら、広い真四角の部屋を横切って机に近づいた。ソファが暖炉に向かっているように、机は入口に向かっている。

その机の上に五つの品物があった。四隅に革が貼られた吸い取り紙つづり。その左に、マッチが置かれた灰皿。灰皿の前に、万年筆がインク入れに斜めに挿してある。万年筆の傍らに、葉巻がひと箱と煙草がひと箱。それで全部だ。

ジャーニンガムは煙草を一本手に取った。変わった麦わらのフィルターがついていて、マンハッタンでも伝統を誇るクラブのひとつの名前が記されていた。

「すると、これがゴードン・ダーニールの好みの煙草か」ジャーニンガムは言った。

ぼくは灰皿に視線を落とした。

「昨夜は葉巻を吸っています。これまではずっと、ぼくが会ったときは葉巻を吸っていました。ダーニールはそもそも煙草に手を出すんでしょうか」

「訪問客に勧めるためだろう――ごくまれに、彼は客をここに通していたらしい。それからもちろん、スティーヴンも吸うし」

「スティーヴンが吸うのはマルボロですよ」

「そうだった。ただし、スティーヴンは誰よりもここにかよっていた。どこかそのへんにマルボロがあるはずだ」

ジャーニンガムは部屋じゅうを見回した。

「ふむ！　やっぱりな」

机と暖炉のあいだに革張りの安楽椅子があった。傍らに置かれた小さなサイドテーブルには、別の灰皿がひとつと煙草がもう二箱置かれている。ひと箱はあいたまま、さっきと同じ麦わらのフィルターがついた煙草が半分残っていた。もうひと箱は手つかずのマルボロが入っていた。

しかし、ジャーニンガムは灰皿に注目して、水晶占い師のようにかがんで一心不乱に観察した。やがて背筋を伸ばし、こっちへ来いとぼくに手招きした。

「何も触るなよ、マック。この灰皿の中身で何ができるか、見通しをつけてみろ」

他人に結論を求めてから自分の意見を口にするのがジャーニンガムの流儀だ。長いつきあいから、ジャーニンガムが誰よりも優れた観察眼の持ち主だとわかったけれど、今回は彼が見逃したものをぼくが見つけられるかもしれないという、いつもの子供っぽい希望を捨てられずにいた。ぼくは興味津々で灰皿にかがみこんだ。

「吸殻が灰皿の中に八本、外側にも一本」ぼくは言った。「どれも麦わらのフィルターがついています」

「続けて」ジャーニンガムは言った。

「でも、どれも同じように吸われているわけじゃなく――」

ぼくはいっそうかがみこんだ。

「続けて」ジャーニンガムがやや興奮した口ぶりで繰り返す。

「うち六本は端のほうまで吸われています。かなり端の、麦わらのフィルターのあたりまで」

「では、ほかは――」

「半分くらいしか吸われていません」

「続けて」

　何か見つからないかと観察した。ほかに吸殻の何を探せばいいだろう？　口紅の跡はない。なんのしるしもない。

「それから三本の――いや四本のマッチの燃えさし。それしか見えません」とうとう白状した。

「それだけ見えれば十分だ」ジャーニンガムが歯切れよく言った。「その材料でどう判断する？」

「そうですね」ぼくはこわごわ言ってみた。「短い吸殻はとても注意深くて几帳面で――スコットランド人らしい」

　ジャーニンガムが含み笑いをした。

「まったくだ」

「いっぽう、長い吸殻はぞんざいに見えます」

　ジャーニンガムは首を振った。

「もう一度考えてごらん」

「または――または神経質に見えます」

「極度に神経質だ、とわたしは思う」ジャーニンガムが認めた。「ところで、どれが最初に吸われている？」

　ぼくは興奮を募らせて灰皿を見直した。

「スコットランド式です。なぜなら、長い吸殻が上にあるからです。つまり、昨夜ここにいた人物は節約家の愛煙家ですね。自分の吸い方で煙草を六本吸ったあと、何事かが起こってひどくいらいらして――」

「長年の習慣を一変させた？」ジャーニンガムが疑わしげに締めくくった。「煙草を吸い続けたが、正反対の吸い方で？　まあ、ありえなくはない。その男はここに来て何分くらいで――いらだちの発作に襲われたんだろうか？」

「六本吸ったとなると――少なくとも三十分。よほど速く吸うなら別ですが」

「三十分あまりの穏やかな話し合い。続いて大事件が発生したのか。突然の大事件だったのか、彼はずっと神経が高ぶっていたのか。しかし、それはわれわれが知っているダーニールと符合するかな？」

「正確にはしませんね」ぼくは言った。「次の船に乗らなくては気が済まない性分の人ならば、乗ると決めたら、じっとしていられませんよ。どうして怒りを爆発させてけりをつけなかったんでしょう？」

「決心するのに三十分必要だったのかもしれんな」ジャーニンガムは見当をつけた。「しかし、そうは思えない。まるで、色は合っているが形が合わないジグソーパズルのピースのようだ。ほかにもはめられるピースがあれば――」

ジャーニンガムの口調が速くなる。

「マッチはどうだ？」

「マッチ？」ぼくは手探りした。「やれやれ、そのとおりです！　一致するどころじゃない。四本のマッチの燃えさしに九本の吸殻！　たとえ訪問客がふたりいて、一本のマッチで二本の煙草に火をつけたとしても、勘定が合いません！」

「ああ、合わないね。理由はふたつある」ジャーニンガムはそっけなく言った。「訪問客がふたりいたとしたら、ひとりが煙草を六本吸って、もうひとりが三本吸ったことになる」

それはそうだ。

「そこまでは勘定が合います」ぼくは言った。「ふたりの訪問客。ひとりはスコットランド式。ひとりは神経質。スコットランドのほうがここに先に着いた。でも、問題のマッチは――」

ぼくは頭を絞った。マッチの数を合わせることさえできれば――。

「ひとりはライターを使ったのかもしれません。違う。その場合、マッチの燃えさしは六本、あるいは三本あったはずです。四本ではなくて」

「もう一度見てみよう」ジャーニンガムは言った。

ふたりでいまいましい灰皿に熱心にかがみこんだ。マッチの燃えさしの三本が上にあり、そばに長い吸殻がある。四本目は灰をかぶっていて、危うく見逃すところだった。

「くそっ！」ぼくはとうとう言った。「長い吸殻は一本ずつにマッチがあって、六本の短い吸殻にはあいだにマッチが一本あるように見える」

ジャーニンガムは声をあげた。

「なんてことだ！　そういうわけか。われらがスコットランド人は煙草から煙草に火をつけて――五本のマッチを節約したんだ！」

「なるほど」ぼくは言った。「それで彼の問題は片づきましたね。彼が先に来た。ここに三十分あまりいた。ひっきりなしに煙草を――最後のひと吐きまで吸った。そして、わかる限りでは、穏やかに立ち去った」

「了解」

「でも、二番目の男は――二番目の男は最初から神経質でした。腰を下ろして煙草を吸うふりをしました。煙草に火をつけて、半分も燃えないうちにもみ消した。三度目には――」

「そう」ジャーニンガムは低い声で言った。「三度目には！」

どちらも黙ったまま立ち上がり、その最後の煙草を見た。それは真ん中で折れ曲がり、ほとんど燃えていなかった。しかも、ほかの吸殻と一緒に灰皿に入っていない。そこから数センチ片側に寄った、むき出しのテーブルの天板に置かれていた。灰の汚れとしみは、磨かれた木材に火が押しつけられていたしるしだ。

「三度目には」ジャーニンガムは繰り返した。「こんなことを――してしまった！」

「自分が何をしているか知らずに」ぼくは言った。

「自分が何をしているかよく見ずに」ジャーニンガムが言い直す。「彼はダーニールを見ていたのさ」

ぼくは大きく息を吸った。ある程度まで経緯がつかめたが、ここで行き止まりだった。その煙草の火が消えてから数分間の出来事については、なんの証拠も残っていない。

とはいえ、ひとつの記録が残っているはずだ。この場所で銃弾が一発撃たれている。ダーニールの銃で撃たれた弾だ。自殺未遂だったのか正当防衛だったのか、それはわからない。だが自殺未遂だったら、床のどこかに薬莢が一個転がっているだろう。いっぽう正当防衛だとしたら、薬莢は二個以上あるはずだ。それくらいは調べがつく。

ぼくは念には念を入れた探索に取りかかった。ジャーニンガムはそこに加わらなかった。先ほどから物思いにふけっていて、ぼくの失望したうめき声に応えてやっと目を覚ました。

「どうした、マック？」

「一個しかありません」ぼくは手のひらに載せた真鍮製の円筒をジャーニンガムに見せた。

「ほかにもあると思ったのかね？」

「でも、ダーニールが何者かと撃ち合ったとすれば――」

「それなら、その何者かが薬莢を一個拾って偽装したのだろう」

ジャーニンガムの顔がぱっと明るくなった。

「いやはや！　その男は違う薬莢を拾ったのかもしれないぞ！　それにはどんな記号がついている？」

「〝ウェスタン三二オート〟」ぼくは読み上げた。「オートマチック拳銃でしょうね」

「さてと、それはダーニールが使う銃の弾薬ではないとすると――」

机の一番上の引き出しに、半分空になった弾薬の箱があった。〝ウェスタン三二オート〟と書いてある。これで決まり。ぼくは拾った薬莢を元あった床に戻した。

そのとき、ジャーニンガムが革張りの安楽椅子の上にある物をじっくり調べ出していたことに気がついて、ぼくは見に行った。それは、小さなテーブルから滑り落ちたであろうメモ用紙だった。一番上の紙に鉛筆で模様が殴り書きされていた。いくつかの同心円の、中央から直線が放射状に伸びている。しかし、その模様はどこかゆがんでいた。ぼくはしげしげと見た。円は厳密には円ではなく、密接した長い螺旋《らせん》だった。これは蜘蛛の巣だ。

「どういう意味でしょう？」

「意味はないよ」ジャーニンガムは上の空で答えた。「電話を待っているときにするような落書きさ」

しかし、ジャーニンガムは模様から目を離さない。

「それでも」ようやく言った。「これを持っていきたいね。警察のために何もかも保存しておくのは、ひどく面倒だから」

「どんな形だったか覚えておけますよ」

「ああ。覚えておこう」

次にジャーニンガムが言ったことはさっぱり理解できなかった。

「これは手頃なサイズのメモ用紙だな。うちにこういうのはあったたっけ？」

「ありません。それが何か？」

「なるべく早くきみのポケットに入れてくれ」

ジャーニンガムは腕時計に目をやった。

「思ったより遅くなった。きみがここで見たかったものを全部見たなら――」

「見られる限りのものを見ました」

「では、行ってよろしい。うまくいくよう祈っているよ、マック！」

「うまくいかなきゃ困ります」ぼくはそっけなく言った。「では、メモ用紙をポケットに忍ばせましょう。例の脚本は、使いの者にモーリタニア号上のサンダーソンに届けさせ――」

ジャーニンガムがはっとした顔をした。

「いやはや、そうだった！　あの脚本のことをすっかり忘れていた」

「さらに、コリンズを食料品室から出します」ぼくは締めくくった。「でも、あとのことは知りませんからね」

ジャーニンガムが含み笑いをした。

「十時にプルーデンシャル信託銀行で落ち合おう。それまでコリンズに密着してくれ。油断なく警戒して、口は閉じているんだ。天使も裸足で逃げ出すくらいにな」

「了解。何もつかめなくていいのなら!」

ぼくはドアに近づいた。外はじめじめしていた。雨は土砂降りで、屋根を叩きつけている。そのとき、名案がひらめいた。

「ジェリー、役目を交換しませんか? コリンズを引き受けてくれたら、ぼくがその机の引き出しを調べます。そのほうがずっと得意なんで」

ジャーニンガムが意味ありげに片方の眉を上げ、それから愛想よくほほえんだ。

「マック、きみの得意技は、わたしが自分でやりたくない、ありとあらゆる面倒な仕事だよ。今更わたしを失望させたりしないだろうね?」

「屋根が雨漏りして、その頭に降ってくればいいのに」ぼくはぼやいた。

「ありえないね」ジャーニンガムは陽気に言って、満足そうな目でロッジを見渡した。「ここが雨漏りするような建物なら、もうとっくにしているさ。十時の約束を忘れるなよ」

「必ず行きます」ぼくは言い、雨の中へ飛び出した。

ジャーニンガムは念を押さなくてもよかった。泳いだ経験のない者が岸に目を向けるように、ぼくは十時の約束を見据えていた。自分ひとりではたいしたことができるはずもなく、ジャーニンガムと一緒に銀行で、必要な手がかりを発見できるだろうと思った。

しかし、激しい雨の中をとぼとぼと歩きながら、ジャーニンガムの言う〝三つのこと〟のうちふたつ——重要な二点——がロッジで起こったことを思い返した。それでいて、ロッジを家捜ししたにもかかわらず、何も見つからなかった。数本の煙草の吸殻と——蜘蛛の巣の落書きを除いては。

# 第八章　密着

　アパートメントに入ると、なんだか嫌な予感がした。ひとりで四時間も閉じ込められていたコリンズは、取引に応じようとしないだろう。彼の身体の健康は心配していない。ここの食料品室は立派な食料品室で、空気が足りないと思えば窓をあけられる。窓をあけたら、建物じゅうの住人を起こしたければ、大声で叫んでもよかった。いったん叫び出したら、コリンズは腹を立てた住人たちを粘り強く口説いて、管理人に解放してもらえそうだ。

　ぼくとしては、コリンズにそのとおりにしてほしかった。彼がすでに自由の身になっていたら、ぼくも自由になる。シャワーを浴びて髭を剃り、乾いた服を着て、上品な朝食を上品に食べられる。そのとき、これまで感じたことがなかったほど、朝食を神聖なものだと感じた。

　つかの間、ぼくはその気になった。まず人心地ついてから、調査をしたっていいじゃないか。だが、そんな考えをため息とともに捨てた。コリンズを閉じ込めたのは、戦うための手段だった。しかし、ぼく自身がくつろぐために監禁したら、とんでもない侮辱になる。

　コリンズを解放する前にしなくてはならないことがひとつ、ひとつだけある。ぼくはメッセンジャーボーイに電話をかけて、机の上を覆い隠す原稿の整理に取り組んだ。カーボンコピーとオリジナルを分け、ページ番号を確認して、綴じて表紙を――幸い、パンチで穴をあけてあった――つけて、大型の封筒を見つけ、表にサンダーソンの名前と住所を――いや、船に直接送ったほうが無難だろう――書いた！　ほかにも何か？　サンダーソンに渡すメモ？　今朝《けさ》は必要ない。この脚本を読めばおのずとわかる。

いっぽう、食料品室からは物音ひとつしなかった。ジャーニンガムに頼まれたメモ用紙を探しながら、やっぱり朝食をとっておけばよかったという気がしてきた。

メッセンジャーボーイが玄関のベルを鳴らした。ぼくは彼に支払いをして、原稿を渡し、送り出した。

相変わらず食料品室から物音がしない。ぼくはキッチンを通って引き返し、静まり返った食料品室のドアの前で立ち止まった。鍵は鍵穴に差し込まれたままだ。ぼくは鍵を回してドアをあけた。

すると、そこにコリンズがいた。キッチンの脚立に腰かけ、両脚を戸棚のひとつに入れ、もうひとつの戸棚にもたれていた。おとなしく座り、首をかしげて、ぼくをじっと見つめている。

「おはよう」ようやくコリンズが口をひらいた。「髭を剃らなきゃ駄目だぜ」

「とりあえず、そうしよう」ぼくはそっけなく同意した。「ついでに言えば、きみもだ」

「ぼくのせいじゃない」コリンズが断言して、周囲の棚を独占するように手を振った。「剃刀《かみそり》が見つからなかった」

コリンズの声は手厳しく、ホテルがとことん改善できる点を経営者にあげつらう、したたかな旅行者のようだ。

「シリアルにかけるクリームもない」コリンズが言う。「ラスクに塗るバターもない。それ以外は見事なおもてなしだ」

食料品室を見回して、目に入ったものに笑ってしまった。おもてなしの実情を物語る棚にこんな物が並んでいた。空《から》になったジンジャーエールひと瓶、半分空になったプルーンの瓶、クラブクラッカーひと箱、サーディンの空き缶、ラスクひと箱、食べかけのピメントチーズの缶、食べ尽くしたいちごジャムの瓶。

「それでも」コリンズが脚立から下りて伸びをした。「髭剃りくらいさせてくれ」

「さあ、こっちへ」ぼくは機嫌よく言い、ジャーニンガムの剃刀を渡した。これは当然の報いだ。ぼくは自分の剃刀をもっといいことに使う。

コリンズはのんびりと髭を剃った。そこでぼくは服を乾かして、顔を洗い、生き返った気分がした。

「ちょっとは元気になったようだな」コリンズがネクタイを結びながら声をかけてきた。「とにかく、きみはちっとも顔を出さなかったから、一晩じゅう出かけてたんだろう」

うっかり言い返そうとして口をひらいた。それから口を閉じた。ジャーニンガムに閉じていろと言われたのだ。それに、少し考えなくてはならない。コリンズがここを出ていったら、どんな口実でついていけるだろう?

問題の若者は謎めいた目でこちらを見ている。

「コーヒーを一杯飲みたいね」コリンズは言った。

それを聞いて、ふと心が軽くなった。

「同じことを考えていたんだ。すぐそこの、まあまあいけるコーヒーショップに案内しよう」

すたすたと帽子とコートを取りに行き、コリンズに断る隙を与えなかった。

「その店はワッフルが名物でね」ぼくは道道コリンズに話しながら、彼は残さず食べる時間をくれるだろうかと考えた。

「もうたくさんだよ――甘いものは」コリンズはうんざりしたように言った。それから続けた。「ハムエッグはどうだい？」

こうして、結局ぼくは朝食にありつけた。

だが、朝食がすんでも、相変わらずわからなかった。ぼくは発言に気をつけた。コリンズも発言に気をつけた。交わした会話は正味ゼロだった。

もっとも、ひとつは確認できる。ぼくはいくぶん不安を感じていた。コリンズは締め切り前に、ここに来る前に深夜のどこかで新聞社に電話で記事を伝えたかもしれない。もしそうなら、コリンズは自分の記事を探さずにいられないだろうと思い、彼が《クラリオン》紙を自分とぼくに一部ずつ買うところを眺めた。そこにダーニール家に関する記事はなかった。最終面から顔を上げると、コリンズと目が合った。

「明日のお楽しみさ」彼は言った。

ぼくたちは朝食の支払いをして、のんびりと店を出た。ぼくはまだ必死に口実を探していた。ドアの外で足取りを緩め、右に曲がるか左に曲がるかをコリンズに決めさせようとした。すると、コリンズも足取りを緩めた。ぼくたちは歩道の真ん中でぴたりと止まった。

正念場を迎えて、案の定、ぼくはお手上げになった。とにかく、ぼくをこんな目に遭わせたジャーニンガムは地獄に堕ちろ！

どうやら声に出して言ったようだ。コリンズがのけぞって笑い、通行人がこちらを振り返った。

「これからどこへ行くんだい？」コリンズはひと息つくと、こう訊いた。

「どこでもいいよ」ぼくはおずおずと答えた。

「わかった」コリンズは含み笑いをした。「南へ行こう」

コリンズがくるりと振り向いて歩き出し、ぼくはやれ助かったと彼と歩調を合わせた。のこのこついていけるなら、今後のことはさほど厄介でもなさそうだ。

行き先はあるオフィスビルだとわかった。ぼくはコリンズと一緒にエレベーターに乗って、ある階で降り、廊下を進み、ドアを抜けた。

そのドアにこんな名前が書かれていた。

信用ローン株式会社

代表　ハーヴィー・E・クリテンドン

朝早い訪問だったせいか、応対に出た若い女性の口調に棘が感じられた。社長はまだ出社しておりません。お約束がおありでしょうか?

「約束はしてない」コリンズが言った。「でも、社長は来たとたんにわれわれに会うさ」

じゃあ、待つのか?

ぼくたちは待った。ぼくとしてはありがたい。考えをまとめる時間が必要だからだ。コリンズはクリテンドンに何の用があるのか?　昨夜は〈グリーンエイカーズ〉にいたという、ありのままの事実のほかに、クリテンドンのどんなことを知っているんだ?　それに、なぜコリンズはクリテンドンがぼくたちに優先権を与えると断言できるのか?　あれははったりだった可能性もあるが、そうは思えない。きのうコリンズが〈グリーンエイカーズ〉の芝生を行ったり来たりして、待っていたのがクリテンドンだとしたら？　それなら、とうにクリテンドンが立ち去ってからも残っていたのはなぜだ？

答えはわからなかったが、見つける見通しがついた。コリンズがうまい具合にゲームに入れてくれたからだ。あとは耳を澄まして口を閉じていればいい。

やがてドアがひらいて、クリテンドンが入ってきた。

大柄で、五十がらみ、愛想がよくて仰々しい――にもかかわらず、この男の身に危険が迫っていると感じられた。なぜかわからない。たぶん彼の目の何かが、必死に平静を保っていることを漏らしたのだろう。

そのころには、ほかに二、三人の男も待っていた。コリンズが真っ先に進み出て、自分とぼくとを紹介した。クリテンドンは温かく歓迎したが、とりとめがなかった。

「昨夜、〈グリーンエイカーズ〉であなたを見かけましたよ」コリンズは単刀直入に言った。

クリテンドンの顔がこわばった。

「オフィスに入りませんか？」

ぼくはいそいそとクリテンドンのあとをついていった。ジャーニンガムは、このふたりのあいだで交わされる、どんなささいな言葉も漏らさない〝速記記録〟が欲しいのだ。昨夜〈グリーンエイカーズ〉で、と言えばクリテンドンの専用オフィスのドアが確実にあくのなら、あの男は何かを知っている――あるいは、何かを恐れている……。

三人が揃って腰かけると、クリテンドンは興味津々といった様子で身を乗り出した。

「先ほどの続きをどうぞ」

「いや、何も言うことはありません」コリンズは断った。「こちらのマクアンドリュー氏から話があるそうです。ダーニール氏の代理として」

簡単な言葉でこうもやりこめられたのは、生まれて初めての経験だろう。ぼくは憤然と否定するべくコリンズのほうを向いた。だが、否定の言葉は喉で消えた。ぼくが嘘をつけば、この面会がおじゃんになってしまう。ぼくたちはクリテンドンから何も引き出せないのだ。このときであれ、あとからであれ。

はっきりわかった。ぼくはこのまま、コリンズに押しつけられた身がすくむような役割を担うしかない。でも、どうやって？　ぼくは口八丁手八丁ではない。ジャーニンガムから口を閉じておくよう、わざわざ注意されたくらいだ。しかし、もう手遅れだ。舞台が待っている。出番の合図に応えるか、幕を下ろさせるか、どちらかにしてなくては。

コリンズはなんと言ったっけ？

〝ダーニール氏の代理として〟

ぼくは動揺しながらも、コリンズの言葉を聞いたクリテンドンが助かったという顔をするのを見ていた。

ぼくは手探りで進んだ。

「わたしはスティーヴン・ダーニール氏の代理です」

クリテンドンのどっしりした顔立ちから表情が消えた。ぼくはコリンズの顔を盗み見た。彼の目に冷たい警戒心が浮かんでいる。ぼくではなく、クリテンドンを見ているのだ。

「スティーヴン・ダーニール？」クリテンドンが訊いた。

「残念ながら、そうです」ぼくは答えた。

動揺の陰で、ぼくはひとつのささやかな決意を固めていった。質問だ。次々と質問できるようにならなくては駄目だ。なんとかして、こちらには質問する権利があると認めさせるしかない。無実の者を怯えさせることも、罪を犯した者に警告を与えることもせず。スティーヴン・ダーニールの代理で話しているのを忘れずに。

「聞いたところ」おもむろに口をひらいた。「昨夜、かなり遅くに、ゴードン・ダーニール氏が――脳卒中を起こしたそうです」

クリテンドンの両手が椅子の肘掛けをぐっとつかんだ。

「本当ですか？」

「実はそうなんです。氏は、目下、話すことができません」

ここまでは事実にほかならない。もっぱら事実を、その一部を話せれば、話をでっちあげるよりはるかに安全だろう。

「恐ろしいことです。おわかりでしょうか――今の状態がどのくらい続きそうですか？」

ぼくは首を振った。

「様子を見ないとなんとも。いっぽう――」

適当な言葉が見つかるだろうか？

「いっぽうスティーヴンは、父上の仕事で重要な案件が未完のままだと気がつきまして。なんらかの対応が必要だと考えております」

アンドレアのことを考えて、深々と息を吸った。

「それがどのような案件か判明すれば」ぼくは続けた。「必要な対策を取れます」

そこで話をやめた。クリテンドンは答えなかった。上の空といった顔でこちらを見つめている。まるで、ぼくに言われたことを自分の一身上の重大事と照らし合わせているかのようだ。

「こちらとしては」ぼくは続けた。「お力を貸していただけないかと思った次第です」

いきなり、男の不安が自制心を押しのけた。

「ご協力できるのではないかと思います」クリテンドンは言った。「ただ、わたしは助けてもらえませんね。恐ろしいことが――こんな場合に起こるとは――。むろん、いつでも恐ろしいですがね。しかし、よりによって今――」

クリテンドンはポケットからハンカチを取り出してあからさまに額を拭った。両手はともすれば震えがちだ。

「知っていますか」クリテンドンは尋ねた。「ダーニール氏が手紙を書いたか――銀行宛てにメモを残したかどうか。その――脳卒中を起こす前に」

さて、この質問になんと答えればいいのだろう？　五分五分の見込みで――。

「何も見つかっておりません」

「それでは――それでは、手の打ちようがありません。弊社は再度融資を受ける件の期限が迫っています。ダーニール氏は、われわれに資金調達をするよう、プルーデンシャル銀行に助言すると請け合ってくれました。それをこんな折に言わなくてもいいのですが――」

クリテンドンはまた額の汗を拭いた。

たとえマンハッタンの半分を渡してでも、ぼくは自分の額を拭いたかった。けれども、やめておい

だった。

ひとつの不安げなしぐさ、ひとつの不用意な言葉、そしてこの恐ろしい会談が足元で衝突しそうだった。

なんだか目の前にいる男が気の毒になった。しかし、今は気の毒に思っている場合じゃない。ぼくの仕事は、事実に多少の矛盾点がともなう。昨夜、クリテンドンはダーニールに会うため〈グリーンエイカーズ〉に来て——会えなかった。

「その融資はいつ決めたんでしょう?」ぼくは訊いた。「きのう銀行で? ダーニール氏はそちらに覚書を残しているでしょうね」

「いいえ。つい昨晩のことです」

「氏の屋敷で?」

何気なく質問してみた。クリテンドンがそうだと答えたら、嘘をついている。違うと答えたら、どこで決めたか説明するはめになる。

クリテンドンは何も言わなかった。時間がじりじりと過ぎるにつれ、ぼくの疑惑が募った。やがて彼がはっとして顔を上げた。

「なんですって? 質問を聞き逃しました」

「ダーニール氏に会った場所は、屋敷ですか?」

「いいえ。あの離れの小さな——ロッジ、とか呼ばれている家で。わたしは落ち着かず、煙草を吸いながら散歩しようと外に出て、ダーニール氏がロッジで机に向かっているところを見かけました。そこで中に入り、取り決めをしたのです」

してやったりだ。クリテンドンはあのロッジに入った。クリテンドンがふたりの訪問者のうちのひとりだった。しかし、どちらだろう？　煙草をけちけち吸うほうか、神経質に吸うほうか。策略はある。相手に煙草を一本差し出して、どこまで吸うか見てやるのだ。片手をポケットに突っ込むと、名案が消え去った。パイプしか持ってない！

「それは何時だったか覚えていますか？」ぼくは訊いてみた。「あまり遅い時間ではなかったら、ダーニール氏は取り決めの件を誰かに話したかもしれません。おそらく電話で――」

「夜もすっかり更けていました」

「ブリッジがおひらきになってから？」

「ああ、いやいや。わたしがゲームを降りて、みんながラバーをしていたころに。……関心を持っていただけて感謝しますが、マクアンドリューさん、ダーニール氏が弊社に急場の資金を用意してくれたと、プルーデンシャル信託の幹部に証明できません」

クリテンドンが立ち上がった。ぼくたちも腰を上げた。なんとなく、三人でドアに向かって歩き出した。

「わかってください」クリテンドンが言った。「わたしとて、訊かれなければ、こんなときにこちらの事情を割り込ませません――。ご家族にお見舞いをお伝え願えますでしょうか――」

気がつくと外に出ていた。

心底ほっとして、ため息をついた。試練は終わった。ぼくはなんとか切り抜けた――しかも、大きなダメージを受けず。

もっとも、コリンズのおかげってわけじゃない！　この青年には晴らしたい恨みがある。

「さてと――」

「さて、さて！」コリンズが言いながらぼくをエレベーターへ押しやった。「ぼくが聞き出していたより、はるかにましな内容を聞き出せた。自分でもそう思うだろ！」

それからコリンズの顎がぐっとこわばった。

「それでも」彼は続けた。「ぼくはひとことだって信じない」

ぼくは心ならずも笑みを浮かべた。

「ぼくの話かな、それともクリテンドンの話かな？」

「クリテンドンの話さ」コリンズはそっけなく言った。「ダーニールもプルーデンシャル信託も、信用ローン株式会社には関わりたくないだろう。クリテンドンはそれがわかってる」

「なぜきみにわかる？」

「そりゃ、顔が広いからね。クリテンドンはがんばったんだろうさ。昨夜は融資を頼みに〈グリーンエイカーズ〉へ行ったに決まってる。ところが、失敗したんだ」

事情が事情だけに、コリンズの話のどの部分も絶対正しいとは思えなかった。それでも、あのオフィスに入ってきたクリテンドンは目に苦悩の色を浮かべていた。そしてコリンズがぼくをダーニールの使いだと紹介すると、刑の執行猶予を言い渡された男のような顔をした。なぜ安心したのか——もしダーニールがすでにプルーデンシャルからの融資を約束していたのなら？

プルーデンシャル信託銀行——そう言えば、十時にプルーデンシャルでジャーニンガムと落ち合う約束だった！　今は何時だ？　腕時計を見ようとして、すんでのところで思いとどまった。ぼくに約束があると知ったら、コリンズはそれを守らせるだろう。すっかり立場が逆転したな、と胸のうちで苦笑いした。ある人間に密着することなど、その人間から離れることと比べたら楽勝だ。

歩道に出ると、ありがたいことにコリンズはタイムズスクエアに向かった。おかげで北側にある時計をちらっと見ることができた。見ても安心できなかった。十時二十分前なのだ。

ぼくは地下鉄の入口に熱い視線を向けた。連れを振り切って、タイムズスクエアの地下を走るウサギ穴のような迷路に逃げ込んでしまえば――。考えを読まれたのか、コリンズが地下鉄の入口を目指して階段を下りていった。

コリンズこそ姿を消したいのかもしれない、とふと考えた。喜んでチャンスを与えるべく、ぼくは最初に通りかかった新聞売店で急に足を止めた。何か買ったほうがいい。やっぱり、煙草だ。これでもうつかまらないぞ。

「ローリーを」ぼくは言った。

なんと肩のそばに、コリンズが忠実な影のように寄り添っていた。

「ぼくにはキャメルを」

ぼくたちは歩き出した――並んで。人影はがっかりするほどまばらだ。これが朝のラッシュアワーだったら――。

コリンズが地下鉄の回転式改札口を通り抜けた。ぼくも続いた。ダウンタウン行き。とりあえず、行き先は合っている。目的地の近くまで行けそうだ。近すぎるだろうか。プルーデンシャル銀行にコリンズを従えて到着するつもりはない。

地下鉄が出るところだった。コリンズが飛び乗ると、ぼくもあとを追った。乗り遅れる心配をしているようにてきぱきと。それから発車直前にまた降りた。直後にドアがぴしゃりと閉じた。

地下鉄が動き出した。コリンズは無事にダウンタウンへ向かっている。彼がこちらを見ていればいいと思いつつ、ぼくは出口を目指していた。だが、地下鉄が見えなくなると立ち止まった。コリンズが運よくタイムズスクエアに引き返してこないうちに、次のダウンタウン行きに座ってほくそえんでいた。

地下鉄の駅からプルーデンシャル・ビルまでは歩いてすぐだ。残り半ブロックで四分の余裕を残していた自分を、ぼくは褒めてやった。これなら先に着きそうだ。そのとき目が正面の出入口をさまよい、足がはたと止まった。

ひとりの男が柱にもたれて煙草を吸いながら立っていたのだ。

その男はコリンズだった。

# 第九章　間もなく明らかになる事由《じゆう》により

　ぼくはさっと踵《きびす》を返して逆方向へ歩いた。コリンズに先回りされたのは困ったものだが、万事休すではない。プルーデンシャル・ビルには交差する通りに通用口がある。しかし、このブロックをぐりと回らなくてはならない。

　通りかかったタクシーを止めた。

「プルーデンシャル・ビルの通用口まで」

　運転手がぎょっとした。

「その角を曲がったところだと知ってるよ」ぼくは言い、意外に正直な態度を見せた運転手の気を楽にしようとした。「でも、料金を払う価値があるのさ」

　そこでぼくはタクシーでコリンズの横を通過して、見つからずに通用口からビルに入った。

　幸い、そこにジャーニンガムがいた。

「だから言ったでしょう」というのがぼくの挨拶だった。

　ジャーニンガムがにやりとした。

「何があった?」

「コリンズはクリテンドンの会社までぼくについてこさせて——クリテンドンにぼくはダーニールの

使いだと言い、聞き取りを丸投げしたんですよ！」

「で、何を訊いた？」

「まずこう伝えました。昨夜、ダーニールが脳卒中に襲われた――今は話せない――が、スティーヴンは父の仕事に重要な懸案があり、それを見つけ出して対応する必要があると考えていると。やれやれ！　何か言わなきゃならなかったんです！」

ジャーニンガムの目が光った。

「手ごわいやつだな！　クリテンドンから何か役に立つことを聞き出せたかい？」

「すぐに一部始終を話します」ぼくは言い、肩越しにちらっと振り返った。「でも、ここじゃ駄目です。今にもコリンズが探しに来ますから」

「では、グラント・ベイリスをつかまえて、人目につかない場所を提供してもらおう」

三分後、ぼくたちはダーニールが使っている社長室にいて、アンドレアと結婚しようとしている男と向かい合っていた。

ぼくはそのときまで、彼は自分の幸運に気づいているのだろうかと考えていた。アンドレアのすばらしさを本当に理解する力があるのだろうかと。この初対面を経て、疑いはきれいに晴れた。物静かな態度と鋭敏な顔立ち、やや悲しげな口元の線は、遠くにある高い目標を見据え、懸命に手を伸ばす人間のものだ。

スティーヴンが言ったとおり、グラントは若かった。まだ三十の手前だろう。やせ型。それほど長身ではない。しかし、どっしりした安定感とゆっくりと燃える火を備えている。アンドレアのことを話すとき、その火が彼の目で燃えた。

「お待ちしていました」グラントが言った。「今朝《けさ》アンドレアから電話がありまして——事情を聞きました。一切をあなたにお任せしたとか」

グラントはあからさまに値踏みする目でジャーニンガムを見た。

「これで安心できそうですね」彼は言い添えた。「なんなりとお申しつけください」

「アンドレアからどこまで聞きましたか？」ジャーニンガムは尋ねた。

「彼女があの場で知っていたこと全部です」

「となると」ジャーニンガムはおもむろに切り出した。「どう見当をつけますか——解釈としては？」

「見当はつけていません。アンドレアの確信に従おうと思います」

グラントの顔を濃い影がよぎった。

「できる限り」

「同感です」ジャーニンガムは言った。「できる限り」

ジャーニンガムは慎重に足を運んで毛足の長い絨毯を横切り、クルミ材の大きな机に向かった。埋もれていない過去のこだまが聞こえるかもしれないというように、しばらく黙って座っていた。それから身を乗り出した。

「かなり多くのことが」ジャーニンガムはグラントに言った。「ここで発見できるものによって解明します。これまで、さほど調査が進んでいません」

「アンドレアの話では、すでにロッジの机をお調べになったとか」グラントはそれとなく訊いた。

「何かありましたか？」

ジャーニンガムは首を振った。

「壁の金庫をあけてみましたか？」

「あけられませんでした」

「そうでしたね。誰もダイヤル錠の組み合わせ番号を知りません」

「フィリップ・ダーニールは知っています」ジャーニンガムは言った。「スティーヴンもアンドレアも、叔父を説き伏せようとしました。しかしフィリップの答えは、自分には金庫をあける権利がない――兄が生きているうちは駄目だ、の一点張りでした」

ジャーニンガムはため息をついた。

「ああいう頼りない穏やかな学者タイプが名誉にかけて決心すると――ラバ並みに頑固ですな」

ジャーニンガムはこちらにチラリと目くばせした。

「マック、ラバといえば、コリンズ――とクリテンドンの話し合いはどうなった？」

ぼくはふたりに、逐一、できる限り報告して、クリテンドンが信用ローン株式会社と怪しい取り決めについて語った言葉で締めくくった。

「正確極まる報告ですね」グラントが言った。「ダーニールがクリテンドンとなんらかの契約を交わしたとは思えません」

「では、事情を知っているのですか？」

「クリテンドンは当行に通常の方式で融資を申し込み、支払い期日が近づいた約束手形を引き継ごうとしました。もちろん、断りましたよ。依頼を受けていたら、金をどぶに捨てていたでしょう。なぜクリテンドンがダーニールに直訴すればなんとかなると考えたのか、さっぱりわかりません」

「ふたりは友人同士では？」

「ダーニールはクリテンドンを軽蔑しています。たとえ、彼の友人であっても――。個人的な見解が銀行業務上の判断に影響を及ぼさないよう、つねに最善を尽くしています」

そう言えば、クリテンドンの手が震えていた。

「その手形を誰も引き継がなかったらどうなりますか？」ぼくは訊いた。「信用ローンは管財人の管理下に入るんですか？」

「そしてクリテンドンは破産します」グラントが答えた。「彼はみずから手形の裏書をしました。ほかにどんなことをしたにせよ、これは感心できません。いよいよとなったら、破産どころの騒ぎではないでしょう」

「あとどのくらいで、いよいよとなりますかな？」ジャーニンガムが尋ねた。

「確か、期日は四月二十一日。つまり今日です！」

なるほど、それなら――クリテンドンが緊張していたのは現実味があるし、説明もつく。しかし、あの話し合いからはほかの、食い違う印象を得ているので、そこを整理したかった。

「すると、こういうことですか」ぼくは切り出した。「プルーデンシャル側は一度クリテンドンの依頼を断った。昨夜、ダーニール氏が再度断った。しかし、今朝、コリンズがぼくはダーニール氏の使いだと告げると、クリテンドンはダーニール氏が考え直したのかとつかの間思った。だから、ほっとした顔をした。これでいいですか？」

「申し分なさそうだ」ジャーニンガムが頷いた。

「でも、クリテンドンはぼくにダーニール氏の承諾を得たと言って、なんの役に立つんでしょう？」

これにはグラントが答えた。

「はったりをかければ、二、三日の猶予を得られると考えたのでしょう。結局はどうにもなりませんが。しかし、ダーニールが否定できない限り――」

グラントは言葉を切り、眉間に皺を寄せた。

「いっこうに理解できないのは」彼は言った。「ダーニールに主義に反した行動を取らせたいと、クリテンドンが考えたことです。あきれた話ですよ――社長に賄賂を差し出すようなものだ」

「切羽詰まったからですよ」ジャーニンガムは言った。「ダーニール氏は、クリテンドンにとってすこぶる重要だった。かたやクリテンドンは、ダーニール氏にとっていかなる意味でも重要ではなかった。どう見ても、クリテンドンは当面の問題から解放されます」

「では、あとに残るのは？」グラントが訊いた。

「モーリタニア号での船旅」ジャーニンガムの答えで、部屋が急に静まり返ったような気がした。

「ダーニール氏はきのう船を予約したんですね？」

グラントが頷いた。

「きのう思い立ったんですか？」

「わたしの知る限りでは」

「理由はわかりますか？」

「わかれば苦労はありません」

「本人は言わなかった？」

「船旅に出ると言いました。それだけです」

「よくあることですか？」

「極めて異例です」グラントが打ち明けた。「わたしを補佐役にしてから、わたしに行先や理由、期間を教えずに旅行の手配をしたのは初めてです」

「教えてもらえず不安になりましたか――その時点で?」

「当然です」

グラントはちょっと考えてから、包み隠さずに話した。

「これまで信用してくれた人物に手のひらを返されると――自分のせいだという気がしますよ」

ジャーニンガムは、クルミ材の大きな机越しに年下の男を見つめた。

「万一ダーニール氏があなたを信用できなくなったとしたら――」

グラントはその無礼な言葉を毅然として受け止めた。

「――必要な情報を別人に打ち明けたでしょうね。そうじゃありませんか?」

「もちろん」

「では誰に?」

「ミス・ウィンストンでしょう――社長秘書の。あるいは、銀行のほかの幹部のひとりか」

ジャーニンガムはぐっと身を引いた。

「ダーニール氏が事情を打ち明けた可能性のある人たちと、ひとり五分ずつ面接する段取りをつけてもらえませんかな?」

グラントはすぐに席を立った。

「わかりました」

グラントがドアノブに手をかけたところで、ジャーニンガムが彼を呼び止めた。

「ちょっとお待ちを。まだお願いがあります。きのうダーニール氏と接触した行員をひとり残らず探してもらえますか？　通常業務を行った人は除いてけっこうです」

「お安いご用です。その行員たちにも会いますか？」

「できましたら」

グラントはたじろいだ。

「行員にあれこれ訊かれますよ。すると、さらに噂が広まります。この段階で説明するのは、はたして望ましいでしょうか――」

「マックがクリテンドンに伝えた話を改善できるとは思えません。それで説明がつきませんか？」

「申し分ありません」グラントが答える。「こちらへ該当者をひとりずつ送ります。アンドレアのことを思うと、誰かがわたしより詳しい話を聞いていればいいのですが！」

それから三十分あまり、ジャーニンガムは、きのうダーニールと仕事をした全行員と手短に話した。そのリストの末尾に達するころには呆然とした。確かに、ダーニールが渡航する可能性のある取引はないという。出張に出る予定はなかった。また、行員の誰もが、航海の理由となる個人的な事情を聞いていなかった。誰ひとりとして、ダーニールが急に船旅を思い立った理由に思い当たらなかった。

ジャーニンガムは、クルミ材の机の上にあるミス・ウィンストンを呼び出すボタンをゆっくりと押した。秘書が何も知らなければ万事休すだ。

ミス・ウィンストンはひっそりした小さな影のように入ってきて、腰を下ろし、質問を待った。一、二分、ジャーニンガムは何も言わず相手を見つめた。両手を膝で揃えて、うつむき、じっと座っている。祖母と同世代の女性がかくあれと教えられた、いい子に見える。姿を見せても声を聞かせない女の子。話しかけられたら話す。それでも……。

これまで話した行員たちは彼らの知っている本当のことを言ったと、ぼくは信じ切っていた。小さなミス・ウィンストンについては、皆目わからなかった。

「おそらく」ジャーニンガムがようやく言った。「ベイリスさんから事情をお聞き及びでしょう」

「はい、ジャーニンガムさん」

「あなたはダーニール氏のことを、公私に渡って、誰よりもよく知っていますね」

「はい、ジャーニンガムさん」

「ダーニール氏があなたを秘書に選んだ第一の理由は、極めて慎重だからでしょうね」

「はい、ジャーニンガムさん」

ミス・ウィンストンは目を上げてジャーニンガムをまともに見た。

「われわれは深刻な問題に直面していて」彼は言った。「あなたが解決の手がかりを握っていると思われます。そうでなかったら、どこを当たればいいのやら。しかし、見たところ――」

ジャーニンガムがふと話をやめ、目の前の小柄できまじめな女性にほほえみかけた。

「しまった！　個人秘書というのは、顧問弁護士やかかりつけの医者や聖職者より守秘義務がある仕事でしょうね。あなたが忠誠心に燃えない限り、こちらの知りたいことに答えていただけるとは思いません」

ミス・ウィンストンの顔からいくらか緊張感が消えた。

「恐れ入ります、ジャーニンガムさん」

「そこで、行内ではベイリスさんしか知らないことをお話ししましょう。目下、ダーニール氏は瀕死の状態です。発砲による負傷で。われわれはそれが殺人未遂であると証明しようとしていますが――なんとも言えません」

ミス・ウィンストンは蒼白になったが、身じろぎひとつしなかった。

「おわかりでしょうが」ジャーニンガムは言った。「事実を明らかにすることが極めて重要なのです」

「わかります」彼女は低い声で言った。「どんなことを、わたくしからお聞きになりたいのですか?」

「まずは」ジャーニンガムは言った。「ダーニール氏が船旅に出る理由を」

「伺っておりません」

冷たい視線がジャーニンガムの顔に注がれた。

「ひとことも?」

「船の予約をして、パスポート類の手配をするよう申し付けられました。それだけですわ」

「パスポート――本人とアンドレアのものですね?」

ミス・ウィンストンは頷いた。

「どちらのビザを取得するよう指示されましたか?」

「イギリスとフランスとドイツです」

ジャーニンガムの口調が急に鋭くなった。

「ギリシャではなくて?」

「絶対にギリシャではございません」

ミス・ウィンストンの言葉には断固とした調子があり、ジャーニンガムはほっと息をついてそれを受け入れた。

「ここまでは順調です。ダーニール氏が決意を固めた理由を、あなたがご存知だったらよかったのに！」

「それならお話しできます」ミス・ウィンストンが抑えた声で言った。

ジャーニンガムは秘書をまじまじと見た。

「てっきり――」

「お出かけになる理由は存じ上げません」ミス・ウィンストンは慎重に説明した。「ただ、それをお決めになったきっかけはわかります。電話ですわ」

ジャーニンガムが身を乗り出した。

「誰からの？」

「匿名《とくめい》の男性からです」

「そういう電話を取り次ぐのですか？」

「指示を受けておりましたので」

「その指示を教えてください」

「男性から社長に電話があり、個人名も社名も名乗らず、言葉にスコットランド風のアクセントがある場合――それはおつなぎすることになっておりました」

「やれやれ！」ジャーニンガムが声をあげた。「例のスコットランド人か！」

ぼくは大変な衝撃を受けた。さんざんあのスコットランド人の話をしていたくせに、彼が本当にスコットランド人かもしれないとはいっぺんも考えなかったのだ。まるで、自分で作った操り人形がにわかに動き出したようだ。

「さて」ジャーニンガムが、興味津々たる口調で切り出した。「これで核心に近づけそうですな。なぜその電話がきっかけだとわかったのでしょう」

「昨日の午後にあった出来事のせいですわ」ミス・ウィンストンは言った。「社長はつい午後二時に週末までの予定をお入れになったばかりでしたから。二時半ごろ、『スコットランドのメアリー女王』のチケットを取るようにとおっしゃいました」

「上演日はいつ？」

「昨晩です。社長がお芝居のお話をされたあと、その男性から電話がありました。喉の奥で響く声がしましたので、指示を受けていた人物だとわかり、社長におつなぎしたのです」

「ダーニール氏からその指示があったのはいつだったか、正確に覚えていますか？」

「二週間ほど前だったかと」

「お話を止めるつもりはありませんでした。どうぞ続けてください」

「その電話をおつなぎして一分ほどで、わたくしは社長室に呼ばれました。話は終わっていました。受話器は戻してありました。芝居のチケットを取る話は取り消す、もう必要なくなった、ということでした」

「どう思いましたか？」

「社長は——昨夜、喉声の男性に会おうとしてらしたのでは」

「ダーニール氏は取り乱した様子でしたか？」

ミス・ウィンストンは首を振った。

「少々——むっつりしておられました」

「それからどうなりました？」

ミス・ウィンストンは思い出そうとして眉根を寄せた。

「社長は腕時計に目をやり、またすぐに用事を言いつけるとおっしゃったので、わたくしは部屋を出て待機しました。やがて、ケネットさんにお渡しするお手紙をお預かりした次第です」

「ケネットさんというのは？」

「窓口係ですわ」

「その手紙の内容をご存知ですか？」

「換金する小切手があったのでしょう。ケネットさんは紙幣を数えて、それをマニラ封筒に入れました。もちろん、わたくしは封筒をあけておりません」

「その封筒は薄かったか、厚かったか、どちらでした？」

「どれほど厚ければ厚いことになりますの？」

ジャーニンガムは苦笑した。

「もし中身が手紙だったら」ジャーニンガムは訊いた。「いくらの切手を貼っていたでしょうか？」

「十五セントほどです」

ジャーニンガムの眉間に皺が寄った。

「では、小遣い銭をはるかに超える額が入っていたわけですね。翌朝出国する予定だったなら、なぜ米ドルで大金が必要だったのでしょう？」

ミス・ウィンストンは黙っている。

「貯めこむ気なら話は別ですが」ジャーニンガムは相手を挑発するために言った。

ミス・ウィンストンはその言葉を聞いてむきになった。

「社長は貯めこむことを嫌っておられます」義憤に駆られた響きがあった。「絶対に必要以上の現金を持ち歩かれません。できる限り小切手で支払います。あの封筒に何ドル入っていたか存じませんが、これだけは言えます。中身がなんだったにせよ、社長はあれを必要としていました。至急必要だったのです」

ジャーニンガムはしぶしぶ頷いた。

「なんだったにせよ、昨夜ダーニール氏はそれを使った」彼は認めた。「発見されたときは袋入りの紙幣を身につけていませんでした」

ジャーニンガムはそこで言葉を切り、不吉な解釈は言わないままにした。ゴードン・ダーニールが〝できる限り〟小切手で支払う主義ならば、昨夜袋に入れた紙幣を使ったのは〝ありえない〟ことだ。支払いを認めるわけにいかず、知られてはならなかった。自身が経営する銀行の、口が堅くて忠実な部下にさえ。

「では、あなたはダーニール氏に紙幣を届けたのですね」ジャーニンガムは話をつないだ。「それからどうなりました?」

「社長は仕事があるので邪魔しないでほしいとおっしゃいました――電話などのたぐいですね。一時間ほど社長室におひとりでおられました。おそらく――」ミス・ウィンストンの目に不安の色が浮かんだ。「おそらく、長いこと部屋じゅうを歩き回っていらしたのではないかと。それから、突然わたくしをお呼びになって、アンドレアさんとおふたりで次の客船に乗るから、手配をするようにとお申し付けになりました。さらに、何人かの行員に宛てたメモを口述筆記させ、それから――それで全部です」

「ほかには何も言わなかったんですね？」

「ちょうど部屋を出られたとき——これから帰宅する、船旅に出る前にすることが山ほどある、とおっしゃいました」

　することが山ほどある——。ダーニールは帰宅して、スティーヴンと一緒に標的を撃った。見事な腕前だった。それを確認しておきたかったのか——。

「ご協力に感謝します、ミス・ウィンストン」ジャーニンガムは言った。「ああ、もうひとつだけ。ダーニール氏が残したメモの中に、クリテンドンに言及した部分はありましたか？」

「いいえ」

「きのう、ダーニール氏はクリテンドンに会ったり話したりしましたか？」

「いいえ。クリテンドンさんは二回電話をかけてきました。一回目は社長が手を放せませんでした。二回目は、社長が退社されたあとでした」

「ダーニール氏が船旅に出ることをクリテンドンに話しましたか？」

「話したと思います。面会の約束を決められない事情を説明しました」

　ジャーニンガムは頷いた。

「わかりました。どうもありがとうございます」

　ミス・ウィンストンは、入ってきたときのように音もなく出ていった。

　グラントが社長室の外で報告しようと待っていた。

「昨日ダーニールとなんらかの接触があった行員ですが」彼はぼくたちに言った。「ほかにはふたりしかいませんでした。ひとりは社長のトラベラーズチェックと信用状を手配した男。今回の手配は、前回の渡航時と同様だったそうです。この行員に会われますか？」

「いいえ。万事が平常どおりなら、会っても意味がありません。もうひとりは誰です？」

「窓口係のひとり――ケネットです」

「会いたいですね」

グラントがドアをあけた。

「入りなさい、ケネット」

観察眼の鋭い、丁重な物腰の若者が入ってきた。

「きのう、あなたはダーニール氏に会いましたか？」堅苦しい自己紹介がすむと、ジャーニンガムが尋ねた。

「いいえ。社長のメモをお預かりしました。換金する小切手も一緒に。それはミス・ウィンストンが、閉店直前に持ってきました」

ジャーニンガムは納得して頷いた。

「簡にして要を得た説明です。そのメモを保存していますか？」

「これです」

ジャーニンガムはメモを受け取って、声に出して読んだ。

「〝ケネットくん――これを五十ドル札で用意してくれたまえ。G・D〟」

ジャーニンガムはぼんやりとメモ用紙をたたみ直し、ポケットに入れた。

「ダーニール氏がミス・ウィンストンを通じて小切手を換金するのは異例なことでしたか？」

「いいえ。通例です」

「処理において、いつもと違うことはありましたか？」

「金額だけです」

「いくらでした？」

「二千ドルです。通常、社長は一度に百ドル以上引き出しません」

「以前にも大金を引き出したことは？」

「一度、千ドルを引き出しました」

「どのくらい前のことです？」

「二週間ほど前です」

「その前には？」

「記憶にある限り、一度もありません。あれば覚えているはずです」

「現金は封筒に入れてダーニール氏に返したのですな？」

　ケネットが頷いた。

「こういう封筒で」彼は言いながら、スーツの内ポケットから、片隅にプルーデンシャル信託銀行の差出人住所が印刷されたマニラ封筒を取り出した。

「何か書かれていましたか？」

「G・D。ミス・ウィンストン気付」

「おかげで助かりました」ジャーニンガムは手短に言った。「以上です」

　ケネットが部屋を出ていき、彼の背後で落胆させるような音を立ててドアが閉まった。グラントとぼくはジャーニンガムに視線を向けた。ジャーニンガムはクルミ材の机の上を指でコツコツと叩いて、単調なリズムを刻んでいる。

「さっきの封筒を見た」彼はひとり言のように言った。「今朝だよ。〈グリーンエイカーズ〉のロッジにあったごみ箱で。中身は空だった」

ジャーニンガムはそわそわと立ち上がった。

「この頭と同じく空っぽだった」

グラントはジャーニンガムを真顔で見つめた。

「察するに」ついにグラントは言った。「お目当てのことがわからなかったのですね」

「わかったことは何もかも」ジャーニンガムが言った。「的外れですよ」

ジャーニンガムは、檻に入れられた虎のような気の立った足取りで、絨毯の端から端まで行ったり来たりし始めた。どう見ても、自分が何をしているかわかっていないようだ。ところが、本人が忘れている体のほうが、フル回転している頭と足並みを揃えていた。

「わたしに話すつもりですか？」グラントが訊いた。「それとも、やめておきますか」

「いやいや、話しますとも」ジャーニンガムは答えた。「この話があなたには別の意味があるといいんですがね。二週間ほど前、ダーニールは現金千ドルを引き出した。二週間ほど前、ダーニールは匿名の電話を待ち受けるようになった。きのう、それがかかってきた。ダーニールは夕方の予定をキャンセルし、二千ドルを引き出し、一時間近く部屋じゅうを歩き回り、次の船でヨーロッパへ発つと決めた――アンドレアを連れて。こちらが知り、信じる限りでは、彼は昨夜ロッジで電話の男に会ったはずです。おまけに、現金が消えています。これがダーニールではない人物の場合なら、この一連の事実からどんな結論が引き出せますか？」

グラントはすかさず答えた。

「恐喝ですね」

「まさしく」ジャーニンガムが渋い顔で応じた。「しかし、これは現にダーニールの場合ですから、断じて恐喝とは思えません」

「わたしもです」グラントは言った。「社長が恐喝に屈することなどありえません」

「とはいえ、いったい――」ジャーニンガムの声音が明らかに厳しくなった。「いったい恐喝以外に、あの二千ドルにどんな説明がつけられますかね？」

「誰もこれ以上の事情を知らないと？」

「誰もここまでの事情さえ知りません――今はまだ。もし知られたら――」

ぼくはコリンズの皮肉な警告を思い出した。〝明日のお楽しみさ〟。明日になれば、世間はダーニールが何者かに恐喝されたと知る、というより知ったつもりになる。ゆえに、ダーニールには秘密があった。ゆえに、ダーニールは秘密を守るために自殺を図った。邪推を重ねるのは簡単だし、噂は途方もない勢いで広まっていく。止められる見込みなどありはしないだろう。

グラントの繊細な顔立ちが引き締まった。

「誰かに知らせる必要がありますか？」彼は問いただした。

「取締役会ですよ」ジャーニンガムがあっさり言い返す。「彼らはダーニールが死亡したと聞きつけるなり――」

「おっしゃるとおり」グラントは認めた。「取締役会はわれわれを調査させ、最後の一セントに至るまで監査します」

「さらに、ダーニールが最後にしたことまで調べます。使途不明の現金引き出し、説明のつかない船旅――。銀行にはなんの問題もなく、これまでもなかったと、彼らが鈍い頭で理解したころには、経営に悪影響が出ているでしょうな」

「ただ、こちらは取締役会の動きを止められません。社長が死んだ事情を、あちらの納得がいくように説明すれば別ですが」

「それは無理だ」ジャーニンガムはぴしゃりと言った。「まったく説明がつきませんからね」

ジャーニンガムはダーニールの椅子のうしろで立ち止まり、つややかな木材を握った。この瞬間、彼の関心はアンドレアやスティーヴンにはあまり向けられず、むしろダーニール本人に向かっていたようだ。

「冗談じゃない」ジャーニンガムが声を押し殺して言った。「ダーニールがプルーデンシャルを作り上げたんだ。ダーニールが死んだら、プルーデンシャルに彼を調査させたりするものか！」

グラントとぼくは黙って様子をうかがった。ジャーニンガムは立ったまま、細めた目で宙を見据えている。

「プルーデンシャルの監査役は誰です？」ようやく尋ねたときも、じっと動かなかった。

「ヘインズ&マシューズ会計事務所です」グラントが答えた。

「監査を行う間隔は？」

「通常は年に二回です。先方が不規則な間隔で来訪して、抜き打ち検査をする取り決めになっています」

「前回の監査からどのくらい時間がたっていますか?」

「三、四カ月ですね」

「なるほど」ジャーニンガムがてきぱきと言った。「ミス・ウィンストンをよこしてください」

それはお役御免の合図であり、幸い、グラントもそう受け取った。

「わかりました。できることをしてください。わたしが立ち会う必要は――」

「ありません」

「では、アンドレアのところに行きます」

「そのほうがいいですよ」

ほかに何も言わず、グラントは部屋を出た。少しして、彼がいた場所にミス・ウィンストンが立っていた。

「ミス・ウィンストン」ジャーニンガムは声をかけた。「あなたがダーニール氏の役に立てる最後の仕事があります」

「喜んでお役に立ちますわ」

「ヘインズ&マシューズ会計事務所に手紙を書いて、当行の会計監査を至急行うよう指示してください。日付はきのうにして。そして〝ゴードン・ダーニール〟と署名すること。ここでいかなる調査がされるにせよ、それはダーニールの命令によるものでなければなりません」

ぼくは大きく息を吸った。プルーデンシャル銀行に関しては、その署名があればダーニールの疑惑は晴れるだろう。世間は監査に首をかしげるかもしれないが、ダーニールの誠実な人格が疑われるはずがない。

しかも、手紙は簡単に出せる。

ミス・ウィンストンにはそれがわかり、意義を認めて、話に乗るはずだ、とぼくは思った。ところが、彼女は立ち尽くし、かしこまった感じで、小さな顔に目が見開かれていた。

「それくらいできますよね?」ジャーニンガムはやさしく尋ねた。

ミス・ウィンストンは頷いた。

「では、やってくれますか?」

ミス・ウィンストンは首を振った。

「できます」彼女は言った。「ただ——」

ぼうっとした顔で、ミス・ウィンストンは向きを変えて静かに自分のオフィスに入った。机の引き出しから便箋を一枚取り出し、広げて、しばらくかがみこみ、それからジャーニンガムのところへ持ってきた。

それはタイプされた手紙だった。日付は前日。口述筆記した表示が〝GD/MW〟だ。署名したインクがまだ湿っている。

文面はこうだ。

一九三四年四月二十日
ヘインズ殿
間もなく明らかになる事由により、貴社がこのたび弊社の定期監査を行えば、著しく不当な処置を防ぐことになります。できればただちに取りかかってください。

わたしの依頼で監査を行うことを発表するかどうかは、貴殿に一任します。

敬具

ゴードン・ダーニール

M・Wの筆記による。

GD／MW

この手紙を二度読み通して、つくづく驚いた。怪談じみた話に思える。しかし、そうではない。ふたりの男が同じ問題に直面していた――ダーニールはそれが起こる前に、ジャーニンガムは起こったあとに。そして、ふたりとも同じ解決策を思いついた。

ぼくはジャーニンガムを見た。

「〝間もなく明らかになる事由により〟」彼が言った。

その声はいやに重々しく、必死に守っていた希望が消えてしまったかのようだった。ジャーニンガムはその手紙にちっとも驚かなかったのだ、とふと気がついた。それは、ダーニールがこれからどうなるか知っていたという、文書の形にした、厳然たる証拠だった。

ジャーニンガムはミス・ウィンストンのほうを向いた。

「これをいつ書きましたか?」

「昨日です」ミス・ウィンストンは言った。「社長が口述された最後の手紙でした」

「なぜ送らなかったのです?」

「今朝、社長が出社されて、ここに署名なさるのだと思いました。ところがあなたのお話では、社長は——来られない——」ミス・ウィンストンの声が震え、またしっかりした。「自分で郵送しなくてはならないとわかりました」

「なぜ言わなかったのですか?」

「誰にも言うつもりはありませんでした。それはヘインズさんに宛てた指示です。わたくし宛てではありません」

「これはできるだけ早くヘインズに渡したほうがいいですね」ジャーニンガムが言った。「わたしが届けましょう」

ミス・ウィンストンはほっとした顔をした。

「月曜日には監査を始めていただかないと困りますわね」

「今すぐ始めてもらわないと困ります。ダーニール氏は〝できればただちに〟と書いています。ヘインズができないと考えるなら、われわれで——説得しますよ」

ジャーニンガムは約束をたがえない。銀行が正午に土曜日の半休で閉店すると、そこにヘインズ&マシューズ会計事務所の所員が現れ、仕事を始めた。彼らの訪問が通常と異なることを示す証拠は何もなかった。

しかし、夕刊にはプルーデンシャル銀行の監査はゴードン・ダーニールの依頼で行われたと書かれていた。それは囲み記事のずっと下のほうの、小さな項目だった。

大見出しにはこうあった。

**ゴードン・ダーニール氏、死亡す。**

# 第十章　「ありがとう、ジェリー」

　ぼくたちがその事実を新聞記者より先に知っていたのは言うまでもない。何時間も前から知っていた。それは妙にうつろな時間、空白の待ち時間であり、恐怖の仮借ない重圧に取り囲まれていた。ほかにできることがなかったからだ。ダーニールが死んで、警察が主導権を握った。ぼくたちはひたすら待つだけ——警察があの弾丸からわかる事実を突き止めるまでは。

　待つ身がどれほどつらくなるか、思いもよらなかったそのとき、ジャーニンガムが知らせを携え、昼食をとったレストランの公衆電話ボックスから出てきた。

「〈グリーンエイカーズ〉に電話したよ」彼は声を落として言った。「ダーニールが死んだ」

「いつですか?」

「一時間以上前だ」

「そこで警察に通報したわけですね?」

　ジャーニンガムは頷いた。

「早く通報しなかった件で、厄介なことになりませんか?」

「心配なさそうだ。アンドレアと話したが、警察は丁重な態度を取ったそうだよ。そうする余裕はあるさ——あれを事故だと考えているうちは」

「つまり、アンドレアが事故だと思わせていると?」

「今のところ。弾丸を調べて殺人だと証明されれば、やむを得ないね。もし殺人でなかったとしたら、〝事故死〟の評決が下される――それで助かるよ」

「いつごろわかるでしょうか?」

「警察はできるだけ急いで検査すると言ったらしい。午後四時半には結果が出るだろう」

「じゃあ、あなたは〈グリーンエイカーズ〉に行かないと――四時半までに」

ジャーニンガムは首を振った。

「グラントがアンドレアに付き添っている。彼女とスティーヴンが落ち着けるよう、打てる手は打つするだろう。それに、彼女の話から考えて――」

ジャーニンガムは言葉を切って考えた。

「何を考えたんですか、ジェリー?」

「アンドレアはわれわれに市警本部に行ってほしいそうだ」

「どうして? 小火器の専門家の報告書を受け取るために?」

「それだけでなく、われわれの知識を捜査に役立てるために」ジャーニンガムが慎重に答えた。

「あれが実際に殺人だった場合に備えて――」

「そうだ」

「じゃあ、アンドレアはやっぱり――確信があるんですね」

「そうだ」

「ぼくたちがプルーデンシャルであんなことを突き止めたのに?」

「誰も彼女に教えていない」

「てっきりグラントが――」

「いいや」ジャーニンガムは言った。「グラントはアンドレアに夢中だ。なんであれ、言いにくい話は彼女の耳に入れない。それはわたしに任せているのさ」

「だったら、あなたも彼女も言わなかった――」

ジャーニンガムはかぶりを振った。

「言わずにすめばいいと思っていた。説明らしきものが見つかるまで。しかし、影も形も見えない。次の一手すら浮かばないよ」

「考えてみると」ぼくはきっぱりと言った。「あなたはこの三十時間ぶっ通しで働いてきたんですから、次の一手は自宅に戻って休むことです――四時半までね」

ほっとしたことに、ジャーニンガムはしぶしぶ同意した。すなわち、帰宅して、肘掛け椅子でのんびりと手足を伸ばし、パイプに煙草を詰める。でも、そうして静かに待っている内側で、神経と筋肉がじわじわ張り詰めていくのは嫌というほどわかっている。ぼくの皮膚の下でも同じ反応が起こっていた。ぼくは頭の中を空っぽにしようとした。そこにささいなことを詰め込もうとした。悪あがきだ！　コンパスの針が北を向くように、思いは弾丸に向かった。二時間後にわかる。一時間半後に。あと一時間――。

「いまいましい！」ジャーニンガムが言った。「すぐに出かけよう」

こうしてぼくたちは市警本部に向かう途中で新聞を見て、各紙を一部ずつ買った。

幸い、記事をじっくり読む機会に恵まれた。陽気な赤ら顔の白髪の警視がぼくたちを温かく迎え、弾丸の検査はもうしばらくかかる、それまで隣のオフィスへどうぞと勧めてくれたのだ。

「外で待ってたら記者に囲まれますよ」

好奇心が募り、ぼくは新聞の束に猛然と取りかかった。ゴードン・ダーニールの死というありのままの事実から考えて、どんな扱いをされたのか？

各紙の良識にかなった文章に驚き、かつほろりとした。スキャンダルではなく賛辞が述べられていた。大半に事故という警察の見解が反映され、ダーニールは余暇に的撃ちを楽しんだと書かれている。概して、ダーニールがプルーデンシャル銀行で監査をさせている件を強調していないが、どの新聞も取り上げてはいる。ひとりの記者にはコリンズを思わせる積極性があり、ダーニールが行内でなんらかの不正を発見して、暴露を防ごうとした行員に殺されたという説を書いていた。

ダーニールの側に多少とも責任があるという記述はどこにも見当たらない。銀行の監査は狙ったとおりの役目を果たしているわけだ。

ぼくは全部の記事に、丹念に、二度目を通した。ジャーニンガムはざっと読んだきりで、狭いオフィスを歩き出し、棚に並んだいろいろな本を拾い読みした。彼は近くにある本棚をのぞかずにいられない性分なので、ぼくは見向きもしなかった。彼がある一冊の本をしばらく読んでいたことは、あとになって初めてわかった。

ついに白髪の警視がご満悦の顔つきで戻ってきた。

「その目で確かめては？」

「それが目的で来たわけではありません」ジャーニンガムはすかさず言った。「警視のお言葉を信用します」

警視の温厚な顔を失望の影がよぎった。

「見せたいんです。すばらしい機器でして」

「ひとつ知りたいのですが、警視は結果に百パーセントの自信がおありでしょうか」

「絶対です。この顕微鏡は――」

「お尋ねしたのは、ある訴訟で専門家が法廷でテストを要求され――」

「失敗したと？」

ジャーニンガムは頷いた。

「そりゃ、わたしじゃない。ただ、失敗するはめになった男を知ってます。法廷で、一度も発砲されていない新品の銃を六丁渡されました。どれもバターの塊みたいに特徴がありません。そりゃ失敗しますって！　しかし、このダーニールの銃は尋常でないほど使い込まれ――」

「的撃ちですよ」

「道理で。すばらしい特徴だ。間違えようがない」

警視は当てにするような目をぼくたちに向けた。

「これを見逃す手はない」彼がけしかける。「ミス・ダーニールもその兄さんも、この弾丸を検査してほしいと頼みました。あなたがたはふたりに、検査の結果を説明できるようにならなくちゃいけません」

警視が踵を返すと、ぼくたちはそのあとを追って彼の仕事部屋に入った。

「ここを覗いてください」警視はジャーニンガムに言った。

警視の自慢の種は、二台の顕微鏡にひとつの接眼レンズが付いているように見える、不思議な機器だった。

「わたしが照合していた弾丸が見えますね」

ぼくが立っている場所からも見えた。二個の弾丸がそれぞれの顕微鏡の下に一個ずつ、しっかり固定されている。

「右側がダーニールを殺した実物です」警視が淡々と説明した。「左側はわたしが試射した弾です。ダーニールの銃で」

ジャーニンガムはかがんで接眼レンズを覗くと、眉間に皺を寄せて背筋を伸ばした。

「弾丸は一個しか見えません。もう一個はどこに?」

警視が含み笑いをした。

「目の錯覚ですよ。一個の弾丸に見えるんです。本当に見てるのは、それぞれの弾丸の半分ですよ」

「すると、真ん中あたりにある、その線は――」

「そこで像が合体してます。一個の弾丸の前半分を二個目のうしろ半分に、比較のために接合しました」

「では、引っかき傷があの線に沿ってまっすぐ走っているかどうかで判断したのですね!」

ジャーニンガムはしばらく黙り、再びかがんで顕微鏡を覗いた。

「つねにどんな弾にも一致しないはぐれ弾がまれにあります」警視が認めた。「銃身に弾薬がひと粒こぼれていれば、そうなります。しかし、大半の引っかき傷がちゃんとまっすぐ並んでいれば、両方の弾丸のマーキングは同じであり、どちらも同じ銃の銃身に引っかき傷があるんですよ」

また会話が途切れた。

ぼくはできるだけ我慢した。

「ええと！」ぼくはいきなり切り出した。「ふたつの傷は一致するんですか――しないんですか？」

ジャーニンガムは脇へ寄った。

「自分の目で確かめるといい」

顕微鏡をのぞいてみた。

そこに巨大な弾丸があり、銃身の溝が残した幅の広い畝がついていた。それはどうでもいい。肝心なのは、弾丸の全長に渡る引っかき傷だ。

肝心なのは、このふたつある半分ずつの引っかき傷が一致するかどうかだ。

完璧な対称をなして、一致している。

ぼくは背筋を伸ばした。

「納得しましたか？」警視が笑顔になった。

納得したと言っては語弊がある。

「この二個は同じに見えますね」

「同じですよ」警視は上機嫌で言い、ジャーニンガムのほうを向いた。「見立てどおりで。ミス・ダーニールに疑念を抱く必要はないと伝えてください」

ジャーニンガムは何も言わない。

「さっそく、あちらに正式な報告書を届けます。銃も一緒に」

それでもジャーニンガムは黙っている。気まずい沈黙になってきた。

「銃を返すんですね？」訊いてみた。何か言わなければいけないと思ったからだ。

「もう必要ありません。指紋を採取してからこっちに回ってきたんです」

「指紋を発見しましたか?」

「ダーニール氏のものだけでした」

警視はにっこりした。

「ミス・ダーニールに、お父上の死は事故としか考えられないと伝えてください」

その言葉がジャーニンガムの沈黙を破った。

「ただちに教えてほしいと頼まれています。電話を貸してもらえますか?」

「どうぞ」

すぐに電話がつながった。まるでアンドレアは受話器に手を置いて待っていたようだ。

「アンドレアかい?」

「ええ」

アンドレアの返事がはっきりと聞こえた。ぼくに聞こえた以上、そばにいる男にも聞こえたはずだ。ジャーニンガムはそれに気づいたのだろうか。

「市警本部にいるジェリーだ。小火器の専門家がわたしに請け合った——父上の死は事故としか考えられないそうだ」

電話口に返事はなかった。

「弾丸は父上の銃から発射されたものだ。間違いない。検査を見せてもらった」

沈黙。

「これから報告書が届く……。アンドレア、わたしは今夜〈グリーンエイカーズ〉に行くが、その前にすることがある」

沈黙。

ジャーニンガムの声音が変わった。

「アンドレア！　いるのか？」

かすかで明瞭な声が遠くから聞こえた――。

「ありがとう、ジェリー」

それきりだった。

間もなくぼくは再び建物の外に出て、大股で歩くジャーニンガムに置いていかれないよう急いでいた。どこへ行く気だろう。それとも、アンドレアの感謝の言葉を忘れようとしているのか。

ぼくは、とんだ失敗を犯した感覚に襲われていた。弾丸の件はぼくたちのせいではないと言ってもしかたがない。スティーヴンはぼくたちを訪ねてきた――アンドレアはぼくたちに助けてもらえると思っていた。いったいどんな助けになっただろう？　少なからず残念なのは、ほかに何ができるかも、何をやり残したのかもわからないことだ。

ぼくは傍らの背の高い、憂い顔の人物を盗み見た。そこに希望に満ちた感じはなかった。

「ジェリー、することがあるとアンドレアに言っていましたね」

ジャーニンガムは振り向きもせず、せかせかした足取りを緩めもしなかった。

「何をしようっていうんです？」率直に訊いてみた。

「考える」ジャーニンガムが腹立たしそうに答えた。「考、え、る、んだ。神がそれをお許しになったらな！」

## 十一章　最後の動機

ぼくたちは残りの道のりを黙々と歩いた。そしてアパートメントに戻ってから、ジャーニンガムが小脇に本を抱えていると、ぼくはようやく気がついた。

「それをどこで手に入れたんですか？」

ジャーニンガムは醒めた驚きとともに本を眺めた。

「持っていたとは思わなかったよ。例の小火器専門家のものだ。ちょうどこれを読んでいたときに彼が部屋に入ってきた。あとで送り返してくれないか、マック」

ジャーニンガムが本を置いた。タイトルは『自殺』だった。

「じゃあ、これに読みふけっていたんですね」ぼくは言った。「最初から、あの弾丸はダーニールの銃から発射されたと思っていましたか？」

「当初から、そうではないかと危惧していた」

ジャーニンガムはコートと帽子を椅子のひとつに放り、すらりとした体を別の椅子に投げ出した。

「証拠があがるまでは信じるまいと思っていた。しかし、事実がわかったからには、どうしても再度――。あらゆる部分について、あの事実を踏まえて検討しなくてはならない」

ジャーニンガムの静かな決意を聞いて、また気力が湧いてきた。ただ、ふたりとも疲れていた。そのうえ、使い慣れた部屋がなぜか殺風景に見えた。

「いいですよ」ぼくは言った。「ただし――暖炉の火をおこして、そばで考えましょう。あなたは一服したほうがいいです。その必要がありそうだ」

　ぼくはカーテンを引いて黄昏の空をさえぎり、暖炉の前の冷たい床にひざまずいて大昔から続いてきた魔法を使った。乾燥した薪、焚きつけ、マッチのひと擦り――。小さな黄色の炎が跳び、パチパチ音を立て、燃え上がるにつれ、ぼくの心も素朴な感謝をこめて晴れ晴れとしてきた。火が燃えて火花が舞い上がる限り、人はひとりで悪魔に立ち向かうことはない。

「さあ！」ぼくはようやく声をかけ、暖炉の前の隅に椅子を置いた。「どこから始めましょうか？」

　ジャーニンガムはぼんやりと、パイプに煙草をひとつまみずつ詰めている。

「警察の見解では」彼は言った。「あれは事故であると――」

　ジャーニンガムは煙草の袋をポケットに戻した。

「スティーヴンが自信を持ち」彼は言った。「アンドレアが自信を持ち、ヤーキーズ医師が自信を持って、あれは事故ではないと考えた。なぜだ？」

「なぜって、三人はダーニールという人間を知っているから」ぼくは即座に答えた。「彼の習慣も、銃を大事に扱うことも知っているからですよ。彼は弾薬を銃身に入れっ放しにしたことはないから。だいいち、スライドを引いたまま――うっかり引き金を引く人間はいませんからね」

「スティーヴンはもっと確実な理由を知っていた」

　そう言われて思い出した。

「ダーニールはこうなると予想していたからですね」

「そうだ。殺人か自殺なら予想できるだろう。事故は無理だ」

ジャーニンガムは押し黙った。

「ということは」ぼくは言った。「殺人と――」

「殺人だ――本人の銃による」ジャーニンガムが訂正した。「つまり――」

ジャーニンガムが早口になった。

「殺人犯はあらかじめダーニールの机から銃を取ったのか――」

「そうじゃありません」ぼくは口を挟んだ。「ダーニールはどんな予想をしていたにせよ、午後十一時には銃をポケットに入れていたんです」

「それとも」ジャーニンガムは、ぼくが何も言わなかったように話し続けた。「殺人犯はダーニール自身から銃を取り上げたのか。その場合、問題は――その手口だ」

「違いますよ。いいですか、ダーニールはことが起こると思っていたんです。問題は手口じゃありません。問題は銃を――奪われたのか、奪われなかったのか。ヤーキーズ医師は、格闘しなかったら銃を奪えなかったはずだが――格闘の痕跡がなかった、と言いました。かたやスティーヴンは、そもそも銃は奪われなかったはずだと言いました」

ジャーニンガムはじっと炎に見入った。

「スティーヴンに賛成だね」

「それじゃ、あとに残るのは――」

「自殺説だけだ」

「そんなばかな、ジェリー！　それじゃ解決にならない。自殺説はほかのふたつの説と同様に信じられません！」

ジャーニンガムは頷いた。

「その食い違いで」彼は言った。「あれは自殺だという、ひとつの動かぬ証拠が手に入ったんだ」

「さあ、どうだか」ぼくはしつこく言った。

「監査だよ。なぜダーニールはプルーデンシャル銀行の監査を依頼したのか？」

ぼくはたじろぎ、ジャーニンガムは自分の質問に自分で答えた。

「なぜなら、自分はもうじき死ぬと知っていたからさ」

「もうじき殺されると知っていたのかもしれません」ぼくは言い返した。

ある新聞記事の一文がぱっとよみがえり、ぼくはいよいよまくしたてた。

「いいですか、ジェリー！　ダーニールが銀行でなんらかの不正行為に気づいたとしましょう。昨夜は犯人を問い詰めるつもりだったとします。やけを起こした犯人に殺される恐れがあると考えたと。そこで、監査を行って犯罪者を捕らえるよう指示した手紙をヘインズに残したんですよ」

「冴えているな、マック」ジャーニンガムは落ち着いた声で言った。「目から鼻に抜けるほど冴えている。それならダーニールがポケットに銃を入れていたことも説明がつくし——」

「でも、信じていませんね」

「ああ」ジャーニンガムは残念そうな口ぶりで言った。

「どこがいけませんか？」

「ひとつには、ダーニールは決してそんな男に武器を奪われない」

「もうひとつは？」

「もし犯罪者を捕まえたかったなら、その人間を名指しで告発しただろう。何週間もかかりそうな監査に頼らなかったはずだ。何者かがプルーデンシャル銀行から盗みを働いていたとしたら、そんな悠長な真似はしない」

「でも、それ以外は」ぼくは辛辣な口をきいた。「ぼくの説に問題はないと見るんですね」

「いいや」

「ほかにどこが間違ってます？」

「きみの大前提だよ」ジャーニンガムが言った。「例の監査は、銀行内に不正会計が皆無だと証明するものだ」

「それは無理な推測で――」

「ダーニールが監査を望んだのは、〝著しく不当な処置を防ぐ〟ためだ。有罪を証明するためではない。無罪を確たるものにするためだよ」

「自分の無罪を――」

「そうだ」

「わかりました」ぼくは苦り切っていた。「これで決まりでしょう」

ジャーニンガムの唇がゆがんだ。

「あきらめるな、マック！　わたしが間違っていると証明する方法があれば、証明してくれ！」

「無理ですよ」ぼくは言った。「その手紙を無視できません。ただ――」

ここで言い淀み、自分が何を悩んでいるのかあれこれ考えた。

「ただ、どうしても、ダーニールが〝著しく不当な処置を防ぐ〟と書いた対象が――彼自身とは思えないんです！」

「スティーヴンとアンドレアに対する不当な処置だな」ジャーニンガムは言った。「ダーニールは自分の自殺が、子供たちにとってどれほどつらく、信じがたいことになるか、わかっていた。だから、本当のことを言えなかった。理不尽な嘘という〝不当な処置〟を伝えるしかなかったんだ」

アンドレアの絶対的な信念を考えてみた。

「どうしてふたりに本当のことを言えなかったんでしょう？」ぼくは食い下がった。

「なぜだろうな。ダーニールが言えなかった事実は、われわれが処理しなくてはならない断片だ。しかし、それ自体ではなんの意味もない。今までつかんだものは、どれも意味がなく――」

その救いがたい言葉を口にして、ジャーニンガムは黙り込んだ。しばらくそこに座って、身じろぎもせず、暖炉の火をむっつりと見つめていた。

「それじゃまあ」ついにぼくは言い出した。「捨てちまえ！」

ジャーニンガムの頭がくるっと回った。

「なんだと！」

「つかんだものを捨てるんです」

ジャーニンガムの目の濃い影にきらりと光るものが見えた。

「マック」彼が言った。「きみは発想の転換をしているのか、アイデアがひらめいてきたのか。どっちだね？」

「これはあなたのアイデアですよ！」ぼくは言い返した。「事実にはなんの意味もないと、さんざん言ったじゃないですか。人間のほうが大事だと。今はこうしてあなたが、ろくに事実をつかんでもいないのに、事実にがんじがらめになり――。ぼくがあなただったら、勇気を出して信念を主張します！」

ジャーニンガムの左の眉が吊り上がり、目に宿る光が強くなった。

「というと――具体的には？」

「自分でつかんだ事実を捨てて、ゴードン・ダーニールについて知っていることから始めます。スティーヴンはあなたに、父親が自殺するに足る理由はなんだろうかと尋ねました。あなたの想像力をもってしても答えられないなら、ダーニールの性格と業績に合う理由が思いつかないなら――やっぱり理由がありません。つまり、彼は自殺していないんです」ぼくはきっぱりと締めくくった。「事実とは正反対に！」

ジャーニンガムは黙ってぼくをしげしげと見ていた。

「助かるよ、マック」ようやく言った。その声は、少しほっとした、どこか嬉しそうな調子を帯びていた。

ジャーニンガムは新たな活気に満ちて立ち上がり、火明かりの中を行ったり来たりし始めた。長い脚を持つ、ちらちら揺れる影が、背後の壁で歩調を合わせている。三周目に入り、彼は小脇に抱えて持ち帰った本の向かいでしばし足を止めた。

「要点はその本に書いてある」こう言いながら向きを変えた。「著者はウェスコットといい、五十年前の、ミドルセックスあたりの検視官だ。この五十年で人間はそうそう変わらないからね」

ジャーニンガムはそこで話を切り上げ、物思いにふけりかねなかった。

「要点ってなんです？」ぼくは尋ねた。

ジャーニンガムが立ち止まり、本をぱらぱらとめくって——超人的な記憶力で大事な内容が書かれたページを覚えていて——こちらに持ってきた。ぼくはそばにあるスタンドをつけた。

「読んでくれ、マック」ジャーニンガムは言った。「読み上げるんだ」

内容はひと目でわかった。人が命を捨てる理由が無残な順に列挙されているリストだ。

「最初から」ジャーニンガムが命じた。

言われたとおりにした。

「〝一、精神疾患〟」ぼくは読み上げ、そこで口ごもった。

ジャーニンガムは首を振った。

「ダーニールほど正気の人間はいなかった。スティーヴンは父親が神経質だとも言わなかったな。続けてくれ」

「〝精神疾患——不眠症、心霊主義、模倣と悪名願望による自殺など〟。模倣というのは奇妙な例ですね」

ジャーニンガムは肩をすくめた。

「奇妙な出来事は起こるものさ。人々を同じ状況に追い込んで、同じストレスを与えれば——。わたしが戦争中フランスにいたころ、納屋の梁で首を吊った農民を見つけた。それから毎朝、何日間も、違う人間が同じ梁にぶら下がっていたよ。われわれはその納屋を焼き払った」

「そういう話を読んだことがあります」

「誰かが記事にしたんだな。さあ、続きを」

「〝二、肉体的疾患。不治の病、痛み——〟。ジェリー、これがあったとしたら、しかるべき理由になります！」

「もちろん。しかし、ヤーキーズ医師がダーニールに持病はないと言っていて、本人は痛みを覚えていなかった。さらに、スティーヴンが父親は諦めなかったはずだと明言している」

「〝――痛み、アルコール依存症、モルヒネ癖〟」ぼくは先を続けた。

「〝三、厭世感、懐古の情など。

〝四、激情。嫉妬、怒り、悪意、貪欲、失恋〟」

「続けて」

「〝五、悪習の影響。放蕩、酩酊〟」

「続けて」

「〝六、家庭内のもめごとや愛情のもつれ。血縁者の死去、裏切られた希望、家庭不和、子宝に恵まれない〟」

「子宝に恵まれない」ジャーニンガムは低い声で繰り返した。「ダーニールは子供を、いや孫を欲しがっていたが、あとは待つばかりだった。アンドレアは婚約し、スティーヴンもそろそろ――」

「〝七、金銭の損失。失業、ギャンブル、敗訴〟」

「ダーニールは早くから財産の大部分を譲っていた」

「〝八、悲惨な境遇。家や食料の欠如、こうした欠如への恐怖」

これに解説は必要ない。

「〝九、不安、恥、後悔。誘惑、犯罪者の良心の呵責〟」

「違う」ジャーニンガムは言い切った。

「〝十、自暴自棄。この分野には不明の理由も含まれるとされ――〟」

ぼくは困惑して目を上げた。

「さっき言っていたのはこれですか、ジェリー？　これが役に立つとは思えませんよ」

「それじゃない」ジャーニンガムの声に妙な響きがあった。「最後の理由のほうだ。自暴自棄のあとだよ」

ぼくは最後の理由を見た。それは簡潔に書かれていて、ほかの理由より目立っていた。

「〝十一、名誉ある動機〟」

ぼくは本を閉じた。

「わかったかね、マック！」ジャーニンガムが言った。「リストに書かれたどの動機も、ダーニールという人物に当てはまらない。例外は最後だけだ。何か自殺の理由が見つかるとしたら、それだろうね」

しばらくのあいだ、暖炉の薪がはじける音とジャーニンガムの静かな足音だけがしていた。ようやく口をひらいた彼は、大股で歩きながら、ゆっくりと話し出した。

「ダーニールから見て、自殺が名誉あるものになった唯一の動機は、誰かのために死ぬことだ」

ぼくは身じろぎもせず、壁に映ったジャーニンガムの影を見つめていた。ばかでかい、グロテスクな影が彼の一歩一歩をたどり、追い越し、彼がどちらを向いても、ひっきりなしに追い越した。

火が燃えているのに、ぼくはぶるっと身震いした。あのグロテスクな影はぼくの心の奥にもあるのだ。息を吸うたびに迫ってくる。

「ジェリー――ダーニールが誰かのために自殺したとすれば、彼は恐喝に屈したのかもしれませんね

――同じ理由で」

「そうかもしれん。その脅しが愛する者たちにもたらす被害を考えて」

「でも――でも――」

もしこれが、ぼくたちが推測していることが、事実に対する解答であったら、それは真実だろうか？　真実のはずがない。

「でも、そのふたつがしっくり行きませんよ、ジェリー。千ドルや二千ドルを要求されたケチな恐喝と――死では」

「初めからやり直して、どれくらい辻褄が合うか考えてみよう。二週間前にダーニールが恐喝されて千ドル支払ったのは、拒否することで自分に生じる影響を避けたわけではなく、拒否すれば、スティーヴンと――アンドレアが影響をこうむるからだ。恐喝は一度で終わらない、スコットランド人からの連絡は続き、従って命令が下される、と彼はわかっていた。きのう連絡が入り――」

「そこで、死のうと決心した」ぼくは締めくくった。「それじゃ筋が通りません。どうして最初の要求に応じたように二度目の要求に応じられなかったんです？」

「応じようとしたんだ」ジャーニンガムは言った。「新たな支払いのために現金を引き出した。アンドレアを連れて外国に行く段取りをつけた。その間ずっと――無駄なことだと知りながら」

「でも、ちゃんと向こうの要求に応えたなら――」

ジャーニンガムはかぶりを振った。

「うまいことを言ったな、マック。この恐喝は、恐喝にしてはケチ臭い。犯人の狙いが金だったとすれば、もっと要求していたはずだ。つまり、以前に取り立てた金は、本来の要求をする下準備に過ぎなかった。ダーニールは、本来の要求は応じられないものだとわかったか、察しをつけたのだろう。そして、彼は正しかった」

ジャーニンガムの声音が微妙に変わっていた。もはや推測は問題にせず、自分の知識に眠っている物事を重視するように。

「犯人の狙いは金ではなかったと？」ぼくは訊いた。「ほかに何を狙っていたというんです？」

「ダーニールが払えなかったほど大きなものさ。彼は決して大富豪ではなかった。しかし、プルーデンシャル銀行には金があり、彼はその社長だった。犯人の要求が銀行に対するものだと――顧客の信用を裏切るものだとすれば、どうだろう」

あの影はいよいよぼくの背後に迫っていた。ジャーニンガムの言ったことが本当だったら……。

「待ってください、ジェリー」ぼくはゆっくりと、慎重に切り出した。「犯人はいつダーニールに要求を伝えたと思います？」

「きのうの夜、ロッジでだ」

「それでは、あなたの推理に穴があります。ダーニールはヘインズに宛てた手紙を退社する前に口述したんですよ」

助かったという気がした。ヘインズに宛てた手紙は問題の核心だ。ジャーニンガムの説明があの手紙に符合しなければ、やはりおかしいと言える。

「たとえば」ジャーニンガムは言った。「スコットランド人が電話でダーニールに、代理を務めている人間の名前を教えた。ダーニールはその人間が何を望むか、要求するかがわかり――自分がそれに応じられないのもわかった。しかし、要求を拒否して、スティーヴンとアンドレアに被害をもたらすわけにはいかなかった。そこで第三の道を選んだ」

ジャーニンガムは歩みを止め、彼の影が背後にそびえた。

「ダーニールは今朝《けさ》返事をすると約束した。そして、昨夜うっかり自分を撃ってしまった」

静けさがその言葉をのみこんだ。ぼくは影に追いつかれていて、もはや身を守るすべがなかった。

「ダーニール一家を悩ませている問題があるんですね」ぼくは言った。「それをスティーヴンとアンドレアは知らない。あげく、ゴードン・ダーニールは秘密が暴露しないよう自殺した」

部屋の中で動いているものといえば、揺らめく炎だけだ。

「それを信じますか、ジェリー？」

「信じるしかあるまい」

ぼくは震える息を吸い込んだ。

「だったら、もう続けられません」

電話のけたたましいベルが静けさを破った。

ぼくたちは同時に電話機に手を伸ばした。

ジャーニンガムが受話器を握り、ぼくにも聞こえるように支えていた。

それは男の声で、上品かつ丁重だが、要領を得ない話し方だった。

「ジャーニンガムさんですか？」

「そうです」

「こちらはフィリップ・ダーニールです」

「はい」

沈黙。今夜フィリップをけしかけ、ジャーニンガムに連絡を取らせた衝動は早くも衰えたらしい。

「どこにいるんですか?」ジャーニンガムが尋ねた。

「離れのロッジに――」

声がだんだん消えていった。返事を待っているうち、ジャーニンガムが体を固くしたように見えた。

「金庫をあけましたね」ほどなくして、ジャーニンガムが言った。「何がありました?」

「それは――話せません」

「ほかの誰にも話していないのですね?」

「ええ。とうてい話せません」

「では、待っていてください。なるべく急いで行きます」

「いけません」

絶望に打ちひしがれたつぶやきだった。

「いけません。わたしが――これを処理しなくては。自分の手で」

「いや、待ってください!」ジャーニンガムは頼んだ。「わたしが行くまで待って!」

もう返事はなかった。

電話は切れていた。

# 第三部

# 第十二章　動く指

ジャーニンガムが運転した。本当なら、ぼくがハンドルを握りたいところだった。アクセルを踏むジャーニンガムの足は、車の流れではなく彼の心理状態に一致していて、その心理状態が危険なのだ。

ぼくはできるだけジャーニンガムに道理をわからせようとした。

「向こうにいなかったのはあなたのせいじゃありませんよ、ジェリー」

「向こうにいるのがわたしの務めだった」ぶっきらぼうな言い方だ。

「たとえフィリップ・ダーニールが先走って金庫をあけたとしても――あなたを待つことに同意したならば――」

「フィリップが約束を忘れることは予想がついたはずだ。彼は動転していて、何も覚えていられなかった！」

「とにかく、もうすぐ屋敷に着きます。あるいは警察署に行くか。あるいは溝にはまるか」

「もう着くぞ」ジャーニンガムはあらゆる警告を押し切る厳めしい口調で言った。

ぼくは匙を投げた。それからの道のりは、ぞっとするほど静かな暗闇とスピードの中を疾走した。しかし、だんだん、一キロごとに、ジャーニンガムの切羽詰まった懸念がぼくに影響を及ぼした。車が急ハンドルを切って屋敷の門をくぐり、私道を走り抜けると、ぼくは座席の端に寄って、まずロッジを見つけようと暗闇に目を凝らしていた。母屋のそばを通り過ぎても、そちらには目もくれず、前方の狭い道のほうを向いた。ジャーニンガムがやむを得ずスピードを落とし、手品みたいな運転で車をなだめると、ぼくはじりじりした。あの小山を回ったら、もしロッジの明かりがついていれば、室内が見えるはずだ。言うまでもなく、明かりがついている。そこにフィリップがいれば。明かりがついているだろう……。

ついていた。それに、フィリップはまだそこにいた。彼が座っている椅子の背に当たる、頭と両肩の輪郭が見える。これほど離れていても、ふさふさした銀髪が生えた頭は見間違えようがない。

ぼくには安堵の息をつく暇が一度あった。一度だけ。

そのときフィリップがこちらに片手を上げた。

その手が銃を握っていた。

車のヘッドライトを合図と決めたのか、フィリップはひるまず、銃口をこめかみに当てた。銃声がロッジと車をへだてる暗闇を越え、皮肉な挨拶として届いた。

道が下り、もうフィリップの姿が見えなくなった。ぼくたちはなんとか窪地の底まで着いた。なんとか斜面を曲がりくねり、ロッジの角を曲がる険しい小道を見つけた。時間が止まったひととき、ぼくたちは手探りしながらよろめいた。息を切らし、やっとロッジの玄関に着いて、勢いよくドアをあけた。すると、こうして駆けつけたことが無駄だったとわかった。

フィリップ・ダーニールは死んでいた。またもや死。『ルバイヤート』（オマル・ハイヤームによる四行詩集）の一節にあるように、動く指は書いてしまって、また書き進む。

気の毒でならず、ぼくはその場でフィリップを見下ろしていた。ずっと引きこもって暮らしていたから、今夜まで現実に直面したことがなかったのだろう。

「ヘッドライトが見えたんだな」ジャーニンガムが張り詰めた声で言った。「われわれに何も言うまいと腹をくくっていた。そこへヘッドライトを見て――」

ジャーニンガムは死者を思いやってうつむいた。

「安らかに眠れ《レクイエスカト》」

「もし、さっき母屋で車を止めて」ぼくは後悔して言った。「歩いてきたら――」

「それを考えてもしかたない」

ジャーニンガムは、ぐったりと力が抜けた体を見つめて立っていた。顔に妙な表情が浮かんでいる。

「フィリップはこのとおり幸せになったのだろう。立場を交換してもかまわないくらいだ――一時間ならば」

ジャーニンガムは背を向け、電話機に近づいてヤーキーズ医師に連絡した。次にまた別の番号を回した。何をしているか気づいたときには、もはや反対するのは手遅れだった。

「市警本部ですか?」ジャーニンガムが電話をかけている。「こちらは〈グリーンエイカーズ〉のロッジです。フィリップ・ダーニール氏の自殺を報告したいのですが」

相手からのそっけない質問で、電話がカリカリと音を立てた。内容は聞き取れなかった。聞きたくはない。警察が介入すれば、事態はかえってこじれるだけだろう。彼らが事態を好転させる手だてはない。

気がつくと、ぼくはジャーニンガムの答えから質問の内容をたどっていた。

「場所はここです。五分ほど前に。マクアンドリューとわたしが、氏が銃を撃つところを目撃しました。ロッジに向かう車の中からです」

　電話口からパチパチという雑音がした。

「マクアンドリューとわたしだけです」

　パチパチパチパチ。

「最初に姿を見た肘掛け椅子に座っています。やや右側に傾いて。右のこめかみに弾痕があります。右腕が椅子の肘掛けからぶら下がっています。その手の先には、床にオートマチック拳銃が落ちています」

　パチッ。

「はっきりしません。同じものに見えます」

　ジャーニンガムはしばらく警官の言葉に耳を傾けた。

「わかりました。車でまっすぐロッジに来れば、われわれが道から目撃したとおりの室内が見えるはずです。もちろん、われわれはこの場に残り、追加の質問があれば答えます」

　ジャーニンガムは電話を切った。

「賢明な判断ですか？」ぼくは訊いてみた。

「どれが？」

「警察に通報したことですよ——真っ先に」

「賢明ではなかったかもしれん」ジャーニンガムは言った。「しかし、必要だった。今回は不正なことがあったとしたら、警察はこちらの話を信じない。ところが、信じてもらわねば困る！」

「どこまで話すんですか？」

「フィリップが死に至った過程を話す。だが、理由は話さない！」

ぼくは、肘掛け椅子に座った哀れな体に目をやった。

「万一警察が――彼が見つけたものを見つけたら」ぼくは言った。「理由がわかってしまいますよ」

「警察には見つからん」ジャーニンガムは言った。「誰にも見つからない。あれは――片づいたよ」

本当に片づいたのだろうか。

「まだ暖炉を見てないじゃないか、マック」ジャーニンガムは言った。

それは妙なせりふだった。そういう本人だって、絶対に見ていないからだ。ジャーニンガムはフィリップのそばから電話機へ直行したのだった。

しかし、広い石造りの暖炉の片隅に、その朝にはなかったものがあった。黒くてもろい灰の小山だ。

「焦げた紙だ」ぼくはそれをじっと見た。「どうしてわかったんです？」

「警察は手抜き捜査をしないぞ」

「あなたは――彼がそれを燃やしたと？」

ジャーニンガムは頷いた。

「それを金庫で見つけて――燃やした。でも、中身を読んだ記憶までは燃やせなかった」

灰の小さな山から、椅子に埋もれた物言わぬ体に視線を移し、ぼくは身震いした。

「つまり」喉の奥から言葉を絞り出した。「だから彼は――死んだ、というんですね？　過去を清算するために？」

「そうだ」

「でも、ゴードン・ダーニールが過去を清算したはずだったのに！　なぜフィリップにゆだねたんでしょう?　なぜその前歴の一部でもフィリップにゆだねたのか?」

「それがわかれば苦労はない」ジャーニンガムは言った。「どうやら——」

ジャーニンガムははっと口をつぐんだ。

「どうやら」ぼくはいけないと思いつつ言った。「誰かが知りたがったようですね。ひょっとしたら、全員が——」

「そして、スティーヴンとアンドレアに真実を伝える役目がフィリップにゆだねられた」

ぼくは初めて気がついたが、フィリップがジャーニンガムにかけてきた無駄な電話の背後には、決断できない苦しみが隠れていたのだ。

「彼は自分なりの決断を下したんですね」ぼくは新たな敬意をこめて言った。

ジャーニンガムの声はやさしかった。「正しくても間違っていても、立派な決断だ」

「でも、死ぬことはなかった——」

「フィリップは秘密を守れないとわかっていたんだ——生きている限り」

「こうなったら」ぼくは言った。「アンドレアとスティーヴンに、フィリップが死んだことを知らせないと」

「そうだな。われわれのどちらかが母屋に行かなくてはならないな。もうひとりはここに残る」

「ぼくが残ります」

いくらジャーニンガムのためでも、ぼくはその知らせをアンドレアに届けることはできなかった。

「ではヤーキーズ医師と——警察にも話すか?」ジャーニンガムが訊いた。

「なんなら、警察官全員に話しますよ」

「よかろう、マック。だが、気をつけてな。これはうまくいっても、相当まずいことになりそうだ」

「あくまで見たままを話します。それだけです」

「わかった。わたしもそうしよう。しかし、ここで何をしているか、個別に説明することになりそうだ」

ぼくは頭を絞ったが無駄だった。

「本当のことを言うしかないと思います」思い切って言った。「どのみち、フィリップが電話をかけてきた記録が残っているでしょう」

「では、警察にこう言おう。フィリップから電話があって、ここで会いたいと言われた――理由はわからない、と」

「了解」

「それでおしまいだ。ただし――」

ジャーニンガムは難しい顔で暖炉を見ている。

「――ただし、あの燃えた紙の山のことは話すな」

「あれは説明しようがないですよ」

「そうだな」

「わかりました」ぼくは言った。「山は消えますから。誰かに訊かれても、山なんか見なかったことにしてください」

「肝が据わったやつだな」

一瞬、ジャーニンガムの手がぼくの肩を握った。それから彼はさっと向きを変えて、ドアに向かった。

ぼくは戸口でジャーニンガムを引き止めた。ある疑問にとらわれていて、どうしても答えが欲しかった。

「ジェリー、警察に嘘をついてもいいですが、アンドレアに嘘をついちゃ駄目ですよ」

「つかないさ」

「だったら、アンドレアになんと言うんです？」

ジャーニンガムは振り向いた。暗闇を背にした顔は白く、やつれていた。

「フィリップが死んだと」

「ほかには？」

「何も言わない。訊かれた場合を除いて」

「では、訊かれたら？」

「真実を話す」

ぼくは無言のまま、抗議するしぐさをしたに違いなかった。

「知っている範囲の真実をな」ジャーニンガムは言った。「たかが知れているさ」

声が苦い調子を帯びていた。

「考えたり、推察したり――懸念を抱いたりしたことは、自分ひとりの胸に収めると約束する」

ジャーニンガムの背後でドアが閉まったあとで、ぼくはその不吉な約束を別の場所でも聞いたことを思い出した。一字一句たがわず、あれはヤーキーズ医師が当初ぼくたちに言ったことだった。

そのとき、ジャーニンガムがみずからの敗北を悟りつつあるとわかった。

# 第十三章　灰

　こうしてぼくは、静まり返ったロッジにフィリップの死体とともに残され、フィリップがやろうとしたことを成し遂げようとした。

　フィリップは、スティーヴンとアンドレアに秘密を知らせまいとして死んだ。ゴードン・ダーニールがそれを世間に隠し通して死んだように。

　スティーヴンとアンドレアに平穏が訪れるとしたら、ふたりは叔父の自己犠牲を察してはならない。叔父が、死ぬ前に真相が書かれた紙を燃やしたことも察してはならない。兄妹ばかりか警察も、炉床に残ったあのもろい紙の灰の存在に気づいてはならないのだ。

　ひざまずいて仕事にかかった。

　思ったより難しかった。焦げた紙はほかの灰に混じらない。また別の灰を用意するという手はあるが、紙のほかには灰がない。新たに火をおこす前に、炉床をきれいに掃除してあったのだ。

　考えてみた。新たに置かれた薪を、焚きつけや紙ごと、ちょっと持ち上げて、手元の灰を押し込もうか。形を崩さずにできるなら……。そのとき、すでに形が崩れていることに気がついた。今朝《けさ》のような整った外観ではなくなっていた。

　それを見て一息ついた。入念な捜査をする警察官が薪を崩して、何か隠れていないかどうか確かめたとしたら――一度やったことをもう一度やるだろう。警官の徹底した仕事ぶりに敬意を表すと同時に悪態をついた。

いっそマッチを擦って紙を焼き払おうか。だが、警察が十五分以内に到着するころ、火の勢いと灰の少なさで、火をつけたばかりだとわかる――となると、なんらかの説明が必要になる。すでに室内はばかに暖かいからだ。とにかく、ぼくの額にうっすら汗がにじんでいた。

外はどうだろう。焦げた紙を外に放り投げてもいい――風が吹いていればだが、今は吹いていない。ばらまくだけでは、翌朝誰かが見つけて、不審に思うだろう。木立のほうへ動かしたら、今朝の土砂降りのあとでどれほど斜面が乾いたとしても、ぼくの足跡が残りかねない。埋めようとしたら……。

はっとして、自分の愚かさに気がついた。この焦げた紙の一番安全な隠し場所は、ぼくの上着の内ポケットじゃないか。

自分のハンカチを使って机の引き出しをあけ、便箋と封筒を取り出した。潰れた燃え殻は、ここにうまく入るはず。

ぼくは火かき棒に手を伸ばした……。

身の毛もよだつ思いが、肩に置かれた手のようにぼくを引き止めた。問題の紙の燃え殻は、ちっとも潰れていない。今のところ。そして焦げた紙の処置について、どこかで途方もないことを聞いた覚えがあった。何かを吹きつけて丈夫にしてからガラスの下に置き、化学薬品かカメラなどを使えば、書かれていた文字を読み取れるという。

炉床に丸まった、この焦げた紙の字は判読できそうだ。すると、フィリップは無駄死にしたことになる。いずれにせよ、真相はぼくの手の内にある。

吐き気を催し、めまいまで起こして、耳の中で血がどくどく流れる音がした。違う。これはぼくの血ではない。小山を回ってくる車がうなる音だ。警察が予定より早く……。警察に焦げた紙のことを知られてしまう。警察に知られて……。あと何秒で警察に知られるだろう……。

吐き気が消え、頭が冴え渡った。まるでぼくが自分自身を見下ろして、落ち着き払って命令を出しているように(〝焦げた紙を便箋に載せろ。それを火かき棒で叩け。そっと、飛ばさないようにしろ〟)。ヘッドライトの光が室内にあふれた(〝おまえは視界に入っていない。叩き続けろ。小さく。なるべく小さくしろ〟)。明りが下を向いて道からそれた(〝こうするしかない。便箋の隅を折れ。それを封筒に入れろ〟)。車が眼下の窪地に停まった。車のドアがあいて、勢いよく閉まる音がした(〝飛んでいった薄片が二枚ある。炉床用のブラシを取って、掃いて封筒に入れろ〟)。小道をよろよろと上ってくる足音(〝封筒をポケットに入れろ。ブラシを元の場所に戻せ。火かき棒を戻せ。額を拭け。指を拭け〟)。外の踏み台に足音(〝さあドアをあけてこい。やり残したことがあったとしても、もう手遅れだ〟)。

ぼくはドアをあけた。外にいたのはヤーキーズ医師だった。

医師に話そうとしたが、言葉が出てこなかった。入ってきて、部屋を横切り、フィリップの死体にかがみこむ医師を目で追った。それからぼくは腰を下ろした。腰を下ろしたい気分だった。

ヤーキーズ医師は死体をひと目見ただけで、フィリップが死んだことを確認した。医師は背筋を伸ばし、何ひとつ見逃さない目つきでロッジの中を見渡した。何もない机の上を眺め、暖炉を見つめ、最後にぼくに視線を向けた。

「いつから」医師は尋ねた。「眠っていないのですか？」

「さあ」ぼくは答えた。「きのうの朝からでしょうか」

「最後に食事をとったのは？」

そこで口をつぐんで考えなければならなかった。

「今日の正午です」

医師は頷いた。

「道理で、くたびれた様子ですね」

医師の声は親切だが、目はぼくの目を探っていた。

「ぼくは大丈夫です。ただ――」

「ショックを受けた。当然ですよ」

「はい」

「警察が到着するまで、わたしもここにいましょうか」医師が申し出た。「それから――」

「いいえ」ぼくは断った。「それには及びません」

ヤーキーズ医師に残ってほしくなかった。この男に、軍人らしい物腰と厳めしい顔で、ぼくが警官と話しているところを見られたくなかった。医師の誠実さや口の堅さは疑っていない。それでも、彼はあれこれ知りすぎている。

「警察が来るまでもうしばらくかかります」ぼくは続けた。「それに、アンドレアとスティーヴンがきっと――」

「では、わたしは母屋へ向かいましょう」医師は言った。「ジャーニンガムさんがふたりに一報を伝えたのでは？」

「今ごろは」

医師は頷いた。もうひとつ言うことがあったが、なかなか言葉を口にしなかった。

「おわかりでしょう」医師はようやく切り出した。「あなたがた四人のうち誰も、今夜はこの出来事をしかるべき形で受け入れる状態にありません」

「しかるべき形とは？」

「やむを得ないこととして」

「それは違います」ぼくはそっけなく言った。

「違うかもしれません。それでも、あなたがたのために――」

目の前の男が抱える不安が見えてきた。

「誰も手の打ちようがないのです」医師が続けた。「しかし、無理をすればおかしくなります」

「スティーヴンの話ですね」

「ええ」

「それで？」

「今夜はなるべく予定を切り上げてください。それから――全員が――何もかも放り出して眠ることです。朝の光の中では印象が一変しますよ」

「そうなるといいですが」ぼくは言った。「じゃあ、できるだけ予定を切り上げます」

だが、そう言いながらも、厄介な状況になりそうな予感がしていた。どこかで、ぼくは予定をうんと早めに切り上げてしまった。どこかでしくじったのだ。

この感じが頭の奥にこびりつき、肩甲骨を行ったり来たりした。ぼくはどこかでしくじった。ヤーキーズ医師が出て行って、考えさせてくれたらいいのに！　医師とは関係がない。それだけはわかる。ぼくが見落としたか、見過ごしたか、考えもしなかったものだ。すでにしたことか、しないで放ってあること。何か――。

硬い表情で、自分がロッジに入ってからの一挙一動を考え直した。たいしたことはしなかった――。指紋を火かき棒か炉床ブラシに残した？　いや、あのときは手にハンカチを巻きつけていた。膝に埃がついている？　両脚を前に伸ばしてみた。ついていない。ぼくが見落としたものだ。壁の埋め込み型金庫の扉はあいている？　そちらを振り向いて、すっと視線をそらした。扉は閉まっていて、それを隠す絵もまっすぐ掛かっていた。

そこへ警察の車のヘッドライトが小山を回って近づいてきた。

ぼくはその光に見とれた。これがあのときフィリップがぼくたちの車のヘッドライトを見て、答えられない質問をされるとわかったときの心境だったのか？　だが、ぼくには逃げ道がない。

「あれが警察なら」ヤーキーズ医師が言った。「母屋に行く前に話します。あなたも一緒に母屋に戻りますか？」

「いいえ」そう言って唇を湿した。

何を見落とした？　何を見落としてしまった？

「残らなくちゃいけません」ぼくは言った。「残って説明しないと」

医師がこちらに鋭い目を向けた。

「目撃したことを説明します。それだけですよ」

それだけではない。もうひとつ、説明しなくてはならないことがある。しかし、それはなんだ？　なすすべもなく、ドアがひらくのを見守った。三人の男が入ってきた。彼らはヤーキーズ医師と顔見知りで、彼と話し出したので、ぼくはしばし命拾いした。

のんびりと暖炉に近づいた。何かを見落としたとしたら、それはここだ。警官がいようがいまいが、確かめるしかない。ちらっと真下を盗み見た。するとそこに、薪載せ台の足のうしろに半分隠れていた。

マッチの燃えさしが一本。

フィリップが使ったマッチだ。

ほんの一瞬、その救いがたい愚かしさに頭の中が真っ白になった。あれだけマッチの話をしたのだから、ぼくには始末できていたはずだった——フィリップの焦げた紙についてさんざん頭を悩ませながら、それに火をつけたマッチに目もくれなかったとは。

あれを見たからには、拾うわけにいかない！

じゃあ、マッチはそのままにして、納得のいく説明を考えるしかないだろう。フィリップが煙草を吸うなら——。ぼくは机に近づいて、何個か置かれた灰皿を眺めた。今朝と様子が変わっていない。フィリップは煙草を吸っていなかった。だが、ぼくが煙草を吸ってもかまわない——。

箱から煙草を一本取り出して火をつけ、ゆっくりと暖炉へ取って返し、マッチを振って火を消した。ほかの四人に背中を向けて、マッチを炉床に放るしぐさをした。そしてマッチを持った手をポケットに突っ込み、振り返った。ふたりの男がこちらを向いていたが、ごくさりげない様子だった。ぼくはすぱすぱと煙草を吸い、灰をフィリップの腕時計が落ちているそばに落とした。手がかりは隠した。

そういうことだ。

だが、してやったりとは思わなかった。肩甲骨に災難が降りかかった感じは軽くならない。ヤーキーズ医師が出ていった。警官のひとりが近づいてきてぼくに声をかけた。あの白髪頭の小火器専門家だった。

「ちょっと待っててくれますか、マクアンドリューさん。あのふたりがまず室内の物を調べたいそうです」

「いいですとも」ぼくは覚悟を決めて、警官の行動を観察した。

しかし、警官たちには、そのきびきびした動作には、フィリップの死体を扱う手慣れた様子には、恐ろしく事務的なところがあった。ぼくにとっては恐ろしいことが、彼らには毎度の作業なのだ。ぼくは目をそむけた。

「なんなら、外で待っててていいですよ」あの警視が言った。

そこで、ありがたく出ていった。戸外の、月が出ていない暗闇で、誰にも見られなければ、待っているのも楽だろう。しかし、そうではなかった。かなり時間がたってからロッジのドアが再びあいて、一番若い警官が出てきたのだ。

「さあ、詳しい事情を話してください」

警官はドアを開放していたので、柵にもたれたぼくはロッジの明かりに顔をまともに照らされた。

「ぼくたちは、故人があの椅子に座っているところを見ました。車で小山を回ってきたときです」ぼくは言った。「続いて故人が銃を持ち上げて撃ちました。ここに到着したときには——見てのとおりでしたよ」

「どのくらい前のことです?」

これは引っかけだろうか?

「さあ。時間を気にしなかったもので。ジャーニンガムが即座に電話で通報しました」

「ほかに何を見つけましたか?」

今度はあまり慌てずに。

「何も。ただ、故人が落としたところに銃がありました」

これで本当らしく聞こえるだろうか?　なんとも言えない。

「書き置きらしきものがありましたか?」

「気がつきませんでしたね」

「故人が自殺する理由に心当たりは?」

「兄の死がひどくこたえていました」ぼくは言葉を選びながら話した。「それが理由になるかどうかは——」

警官の顔が見えたらよかったのに、彼は影に覆われていた。

「こんなことが起こりそうだという予感はしましたか?」

「思ってもみませんでした」ぼくは正直に言った。「故人の手に銃が握られているのを見るまでは」

そのとき初めて、警官の声に不審そうな響きが聞こえた。

「すごいタイミングですね」彼は率直に言った。「ちょうどいいときに、ちょうどいい場所に、路上にいたなんて」

ぼくは息をひそめた。

「そもそも、なぜここに来たんですか?」

「故人から電話がかかってきたんです。ここ、ロッジで会ってほしいと頼まれました」

「ところが、車のヘッドライトを見るなり銃で自殺したんですね」

警官はその事実をしばし考えた。

「もちろん、あなたの言うとおりに起こったとすれば、この件は決着がつきます。銃はゴードン・ダーニール氏の死亡時と同一のもので——クリップの弾薬は一個しか減っておらず——薬莢が床に一個しかなかった——ほかにもいろいろ——」

警官の声がこわばった。

「それでも、今の証言を裏付ける証拠が欲しいですね」

「ジャーニンガムに訊いてください」

「あなたと同じことを言うに決まっています。しかし、あなたと彼の証言以外に、あなたがたは正しいと証明できませんね」

「できませんね」

背後の影から声があがった。

「ぼくにはできます」

「いったい何者だ?」

片脚が柵を越えて明かりの差すところへ入った。もう片方の脚も続いた。声がついてきた。

「ぼくですか?」声が言った。「コリンズですよ」

「あの《クラリオン》紙の?」

「正解」

「おまえに決まってる」若い警官は観念した口ぶりで言った。「おまえは何を知っている?」

「何も知りません」コリンズが愛想よく答えた。「でも、あの銃声は聞きました」

「おまえはどこにいた?」

「そこの私道です」

「マクアンドリューさんとジャーニンガムさんがいたところか?」

「マクアンドリューさんとジャーニンガムさんがいたと言ってるところですよ。窓と一直線になる場所に」

「ふたりが見たものを見たのか?」

「いいえ。ぼくは小山を曲がり切ってなかったんで」

「こっちからはきみが見えなかったぞ」ぼくは言った。

「そりゃあ見えなかっただろう。ぼくは道路のカーブの内側の茂みに入ったから、ヘッドライトにつかまらなかった」

「ところで、いつ銃声を聞いた?」

「彼らの車が通り過ぎた直後に」

「すると、車はおまえとロッジとのあいだを走っていたわけだ」

「はい」

「それで、車の騒音がしたのに銃声が聞き取れたのか?」

「彼らだって聞き取れました。道が下っていたから車は減速してたんですよ」

「ふたりは銃声を聞いたときに何をしていた？」

「走り続けてました」

「おまえは何をしたんだ？」

「石に座って考えようとしました」

「そりゃ、もってこいの答えだな！」

「たいていの答えよりましですね」コリンズは上機嫌で警官に言った。

若い警官は唸った。

「その茂みで何をしていた？」

「ああ、逃げ出そうとしてまして」

「おまえはとにかく逃げるだろうな。しかし、確認してくれて助かった。これで終わりですよ、マクアンドリューさん」

警官がロッジに戻ってドアを閉めると、ぼくが立っていた明かりの塊は闇にのみこまれた。

「今度こそ」コリンズが暗闇を通して、いたって冷静に言った。「ちょっとは感謝の念を示すべきだな」

「確認してくれて助かったよ」

「その話じゃない」

煙草のパッケージがかさごそと音を立て、マッチが擦られる音がした。ぱっと燃え上がった火が、コリンズの頑固な顎と薄茶色のまっすぐな眉を照らした。

「ぼくは慎重だと言ってるんだ」コリンズは三度目の煙を吐いてから言った。「慎重だから、この瞬間になるまで待ってから訊くことにした――」

　コリンズはまた煙草を吸った。

「上着の内ポケットに入れた灰をどうするつもりだ」

# 第十四章　背に腹は代えられぬ

ぼくはいろいろなことを、すばやく、一度息を吸うあいだに考えた。どれもこれも、あまりにつらくて口にできない。

「やっぱりそうか」ぼくは言った。「きみだったんだ」

「きみはいっぺん、こっちをまともに見たぜ」コリンズはとぼけて皮肉を言った。

「見たのにきみに気づかなかった。そこがしくじった点だ。きみはどこにいた？　窓際か？」

「そこの戸口だ。医者が来たときに植え込みに身を隠すしかなくてね。どれもこれも、どうでもいい話だ」

思わず身構えた。

「確かに」ぼくは頷いた。「もし訊きたいことがあるならね」

「ふたつある」コリンズが言った。「きみはあの灰で何をしていたのか。そして、なぜそれをしていたのか」

「はっきりさせておこう」ぼくは言った。「万一灰があるとして、それがぼくのポケットに入ってるとしても、それは——どう考えても——ぼくの勝手じゃないか」

「なんの因果か、こっちにも関係があるんでね」

アンドレアがマスコミの図々しさに感じる気持ちを、ぼくは身をもって、一瞬で理解した。

「きみの身に起こることもあるだろう」こう言ってみた。「卑劣極まりない稼業だからな」

コリンズの声が険しくなった。

「そう言われたよ。つい最近だが」

「じゃあ、きみの立場になれば、ぼくは質問に答えがもらえると思うほどばかじゃない――ここではね」

コリンズが煙草を投げ捨てると、先端が暗闇で赤々と燃える弧を描いた。

「好きにしろ」彼はどうでもよさそうに言った。「てっきり、きみが自分から答えるほうが、ぼくに――別のところで探らせるよりいいと思ったんだ。誤解だったらしいな」

コリンズがロッジのドアをすばやくあけると、そこが再びぱっと明るくなった。

「ああ、刑事さん！」

あの若い警官が戸口に現れた。

「どうした？」

「ひょっとして、知ってるかなあと――」

そのとき自分の声がさりげなく割り込んだのが聞こえた。「気にしないでください、刑事さん。ぼくがコリンズの知りたいことを教えますから」

ドアが閉まった。

「よし」コリンズは言った。「話せ！」

「答えはわかってるはずだ」ぼくは言った。「持ち出して処分するんだよ」

「それだけか?」

「ほかに何が?」

コリンズは言葉に詰まった。

「まずあれを判読しようとするんじゃないかと」

「まさか。手の爪より大きな紙片は残っていないんだぞ」

「なるほど。じゃあ——なぜあんなことを?」

「駄目だね。今度はそっちが答える番だ。明日の《クラリオン》の朝刊にどんな記事を書いた?」

「それは」コリンズは冷たく言い放った。「ぼくの卑劣極まりない稼業だ」

「なぜ訊くかというと、ぼくの話が新聞に載るのなら、自分の口で警察に話したほうがいいからだ。結局は安くつくんだ」

コリンズはゆっくりと別の煙草に火をつけた。

「明日の朝のことは別にどうでもいい」ようやく言った。「これは——そんなことより大事なんだ」

ぼくは相手の様子をうかがった。

「どうしても一部始終を知りたい」コリンズは言った。

またしても声が険しくなった。

ぼくの胸の中である確信が育ってきた。

「おいおい、コリンズ! 少しは手の内を見せようじゃないか。きみはネタを追ってるわけじゃないな」

「冗談じゃない!」

「この状況で取材とは思えない。きみが事情を知りたいなら、それは――個人的な理由からだ」

コリンズが笑った。乾いた、短い笑いだった。

「仕事を振られたら、地方記事編集部で個人的な理由を持ち出すのかね」

「これは仕事だったのか?」あてずっぽうで詰問した。「きみは誰かに命じられて、昨夜午後十一時から午前二時まで〈グリーンエイカーズ〉の敷地を歩き回り、ゴードン・ダーニールが――事故に遭うのを待っていたのか?」

コリンズは黙っている。

「あるいは、ここに残ったのは――個人的な理由があったからか?」

コリンズは黙っている。

ぼくは大きく息を吸って、さらに突っ込んだ。

「あるいは、それはアンドレアに言われたことか?」

「アンドレアは除いてくれ」コリンズは押し殺した声で言った。

「じゃあ、どうして残ったんだ」

「勝手に解釈しろよ」コリンズは吐き捨てるように言った。「個人的な理由から残ったんだ。個人的な理由から記事を書いてるんだよ。理由はどうでもいい。知るべきことを知り尽くすまで手を引かないからな」

「で、それから? 新聞に記事を出す?」

「出したらどうなる?」

「ただ、アンドレアが正しかったのかと考えているだけさ」

「どんなところが？」コリンズが言い返す。

「あの軽蔑の念が」

コリンズが話し出すまでに、まる一分かかったような気がした。警告のしるしとなりそうな、妙な声音だった。

「だから、そいつはろくでなしだ——真実を記事にしたらな！」

「それは内容次第で——」

自分が何を言ったか気づかないうちに言葉が口から押し出された。

「そいつはどうも」コリンズが声を落として言った。「これでわかった。きみは真実が怖いんだ。ダーニール家のプライドとダーニール家のプライバシーだけじゃない。きみは怖い、、、んだ！」

「きみがしでかしそうなことが怖いだけだ」

だが、もう手遅れだ。手遅れだとわかっていた。

コリンズは暗がりで仁王立ちになっている。彼の声にはあらゆる否定の言葉を圧倒する気力がみなぎっていた。

「だからその灰を見つけられたくなかったんだ」コリンズは言った。「というより、字を判読されたくなかった。きみもぼくと同じように、ゴードン・ダーニールの死は事故じゃないとわかってる。フィリップ・ダーニールの自殺が偶然なんかじゃないとわかってるんだ。きみはこのふたつを結ぶひとつの手がかりを見つけた。あの炉床の灰だ。それなのに、そのひとつしかない手がかりを処分する気なのか——臆病風に吹かれて！」

そう言われたぼくは、これ以上失うものがないので、ついわれを忘れた。

「そういうきみは」ぼくは言った。「悲劇を利用して一面に載せる記事を――個人的な理由から書こうとしている。若い女性に軽蔑された仕返しをするために。どっちが臆病だろうね？」

コリンズはこちらに一歩踏み出して――そこで立ち止まった。

「いいだろう」奇妙な、押し殺した声で言った。「許可を取らずに記事を掲載しない」

ぼくはほっとした。コリンズが本気なら、彼の解釈をアンドレアの耳に入れずにすむ――。

「アンドレアの許可をね」コリンズが言った。

「駄目だ！」

「原稿をアンドレアのところに持っていく。新聞に載せないでくれと言われたら――」

アンドレアが握り締めた細い手と、絞り出すように言った言葉を思い出した。〝あれがほかの記者だったら頼めました――。でも、ロッド・コリンズが相手では話が通じません〟。

「アンドレアはきみに頼まないよ」

「ああ」コリンズは言った。「そうだろうとも」

やむなく感心している口調だった。

「プライドは大事だからな」

この四十時間で蓄積した疲労が肩にのしかかった。

「負けたよ」自分がそう言っているのが聞こえた。「ただ――今夜はアンドレアのところに行かないでくれ」

「今夜は準備ができてない。ただし、必ず戻ってくる」

やがてコリンズは立ち去った。彼が迷いのない足取りで、小道を通って私道を進む音を、ぼくはぼんやりと聞いていた。足音は遠ざかっていく。しかし、必ず戻ってくる。
　とうにコリンズに声が届かなくなり、彼が私道を歩く姿を目で追えなくなってから、警察がジャーニンガムと話すのを待っていたあいだじゅう、呆然と車を運転して帰宅するあいだじゅう、枕に頭を載せてしばらくしてからも、ぼくの耳にはまだ、あの音が聞こえていた。コリンズの執念深い足音が
――戻ってくる。

# 第十五章　「お願い、スティーヴン」

目を覚ますと、日曜の午後だった。

やっとの思いで、なんとも気乗りがしないまま、意識を取り戻した。すると、だんだん思い出した。ゴードン・ダーニールが死んだ。続いてフィリップも。スティーヴンとアンドレアに知られてはならない秘密がある。そしてコリンズ――。ジャーニンガムにコリンズのことを言わなくては。

昨夜、ヤーキーズ医師に予定を切り上げるように指示されて、コリンズのことを忘れてしまった。もう午後だ。コリンズはいつ見ても変わらない。ぼくは肩をすぼめるようにしてガウンをはおり、ジャーニンガムを探しに行った。

ジャーニンガムは起きて着替えをすませていて、日曜版の新聞が椅子のそばで吹き溜まりと化していた。

「誰かから連絡がありましたか、ジェリー？」

「グラントが〈グリーンエイカーズ〉から電話をよこした」

「何かあったんですか？」

「何もない」

少し気が楽になった。ジャーニンガムがこちらに鋭い目を向けた。

「何があったと思ったんだね？」

「コリンズです」

ジャーニンガムはかがみこんで、重なった新聞に顔を突っこんだ。

「《クラリオン》はこのへんにあったぞ。ほら！」

その朝刊はコリンズの記事を上にして折ってあった。

**ダーニール家が二度目の悲劇に見舞われる**
**著名な銀行家の弟が、兄が事故に遭ったことで悲嘆にくれ、同一の銃を使用して自殺を遂げた。**

ぼくは記事にさっと目を通した。大見出しの範囲を超える内容ではなかった。ジャーニンガムとぼくが目撃者として名前を挙げられていた。コリンズ自身が〈グリーンエイカーズ〉にいたことは書かれていない。もし、ほかの新聞もこうしてまっとうな——。

「これは公式見解ですか？」記事を読み終えてから尋ねた。

「そうだ。どの新聞にも同じことが書いてある。礼儀正しい記事だ」

ジャーニンガムはパイプを取った。煙草の葉を詰めながら、またちらっとぼくを見た。

「これはかなり——珍しいと思わないかね？」彼は間延びした口調で言った。「コリンズまで右にならったとは」

「約束を守ったんですよ」

ジャーニンガムの左の眉が上がった。だが、彼はパイプの火がつくまで黙っていた。

「何かあると思っていた」ジャーニンガムは煙を吐くあいだに言った。「昨夜の出来事の後半部分を話したらどうかね」

ぼくは何もかも打ち明けた。ジャーニンガムは黙って、注意深く、落ち着き払った顔で、話を最後まで聞いた。

「だから、コリンズは記事を出しません」ぼくは最後に言った。「ただ、原稿をアンドレアに見せるそうです。そうなれば、新聞に載っても載らなくても、同じことですよ」

この報道されるという災難に遭うことがどれほどつらいか、ぼくはそれまで知らなかった。

「昨夜のうちに話してもよかったんですが」ここで言葉を切った。「あなたにできることはないと思ったんです」

「ないね」ジャーニンガムは手短に言った。

「残念です」

それを聞いてジャーニンガムはしゃきっとした。

「やれやれ、マック！　きみに見込みはなかったよ！　こんな不運に見舞われて――」

「それじゃ、慰めになりません。ぼくたちはただコリンズを待つしかなかったんですから――」

「彼はいつ戻ってくるか、何か漏らさなかったんだな?」

「はい」

ジャーニンガムは黙り込んだ。

「ジェリー、本当にコリンズは向こうにいなかったんですね?　一足先に?」

「いなかった。グラントが電話をよこしたときは。変わりはなかったよ」

「グラントはなぜ電話をよこしたんです？」

「アンドレアがわれわれと話したいそうだ。スティーヴン抜きで」

「それはまずいでしょう」ぼくはのろのろと言った。

「ただでさえ、気が重かったんだ。それが今度は――」

ジャーニンガムは、ぼくの知らせが加えた負担まで平然と受け入れて、肩をそびやかした。

「きみが着替えたら」彼は言った。「出かけるぞ」

「着替えて食事をしたら」ぼくはきっぱりと言い直した。

ジャーニンガムとの長いつきあいでわかったのだが、ことあるごとに食事をすると主張しないと駄目なのだ。お互いのために。ジャーニンガムは、たまには子供っぽく食事を楽しむ。しかし、たいていの場合、食事はそれよりはるかに重要なもの――仕事や読書、豊かな語らい――を不当に奪うものである。そこで、彼はその気になるまで食べないのだ。

対策は簡単だ。ジャーニンガムが空腹になったら、ぼくたちは食事をとりに行く。忙しくて腹もすかないときは、ぼくがキッチンで食料をあさり、彼と脚本のあいだに食べ物を置くと、彼がそれを食べて厄介払いする。やがて――自衛本能もあって――ぼくはかなり料理上手になった。

だが、何をおいても、できるときに食事にありつかなくては駄目だと悟った。今回、ぼくはたっぷり眠って腹ぺこになり、夕食の時間が迫っていた。ぼくは髭を剃ったことだし、ジャーニンガムに外出させて、ちゃんとしたディナーをとらせることにした。彼に食欲があるかどうかはさておき、どう考えても食事は必要だ。

電話が鳴って、ジャーニンガムが出た。少しして、彼はぼくの部屋に来てドアの枠にもたれた。

「もうじきスティーヴンが来る。話したいそうだ——アンドレア抜きで」

まあ、スティーヴンがぼくたちに会いたいならば、ディナーのことを考えるのは身勝手だ。外出はできない。外出したらスティーヴンと会えないだろう。わずかな待ち時間では、コーヒーとスクランブルエッグでも食べるのが関の山だ。

しかし、時間がない。ぼくは全速力で着替えてキッチンに向かった。だが愛用のエプロンをつけて卵を割り始めるなり、ジャーニンガムが玄関のドアに応答する声がした。ぼくは卵の殻を捨てて、スティーヴンを出迎えに行った。

スティーヴンはひとりではなかった。シスリーを連れてきていた。

若者の顔をひと目見て、ぼくたちから与えられるものでは彼は満足できないとわかった。つきまとう疑問が目に浮かび、繊細な口元に無力感と、絶望と、悔しさが刻まれていた。シスリーはスティーヴンのあの悔しさをどこまで理解しているのだろう？

シスリーはどの程度理解しているかを見せなかった。〈グリーンエイカーズ〉で早朝に初めて姿を見たときのままだ。ただし、今は金髪がまさに風に吹かれ、ハート形の小さな顔は戸外をドライブしたために生き生きしていた。打ちひしがれたスティーヴンの隣で、彼女は悲しみという言葉すら聞いたことがないようだ。

「来てもかまわなかったでしょ？」シスリーは真顔でジャーニンガムに訊いている。

それからシスリーがぼくに視線を移したので、彼女の目の色が青だとわかった。

その滑稽なひととき、ぼくはエプロンをつけたことを悔やんだ。だが、ジャーニンガムにもスティーヴンにもぼくを紹介する暇を与えず、シスリーは手を差し出してほほえんだ。

「あなた、マックさんでしょ？」シスリーはあのたまらなく魅力的な、舌足らずなしゃべり方で言った。「スティーヴンからずっと話を聞いてて――」

シスリーはエプロンに目を留め、そこで口をつぐんだ。

「まあ、お料理してたのね」彼女は張り切って言った。「わたしにもエプロン貸して、お手伝いさせてくれません？」

「キッチンは任せるよ」

シスリーは子供のようにぱたぱたとコートと帽子を脱ぐと、そのままキッチンに向かった。ぼくも晴れ晴れとした顔であとに続いた。ただ、どうも気にかかる。一見、シスリーはスティーヴンにひとりでジャーニンガムと話すチャンスを与えている。しかし、何かが――何か心からの感謝の気持ちが、その張り切りぶりにこもっていた。

「何作ってるの？　オムレツ？」

シスリーはぼくが渡したエプロンをすばやくつけた。

「スパニッシュオムレツにしましょうよ」シスリーはせがんだ。「じゃあ、わたし、ビスケットをこねるわ――と言っても、それでよければだけど」彼女は慌てて続けた。「実はね、おなかぺこぺこなの。あなた、おなかぺこぺこでしょ、スティーヴン？　今朝《けさ》は朝食を半分もとらなくて――」

シスリーは振り向きもせず、自信をこめてスティーヴンに呼びかけた。自分のあとから恋人がキッチンに入ってきたと思っているのだ。

なるほど彼女は正しかった。スティーヴンはキッチンに入っていた。

ぼくはあやふやな記憶に笑みを浮かべた。どこかで読んだ話では、ヴィクトリア女王はどこでも気に入った場所に、座りたいときに椅子があると思い込んで、うしろを見ずに座る癖があったという。まさにそのとおり、シスリーの背後につねに男あり。

「絶対におなかぺこぺこよ、スティーヴン」シスリーがしつこく言った。

「そうかもしれないね」スティーヴンが言い、張り詰めた表情が少し緩んだ。

「オムレツの具があればいいけど」ぼくは言った。「何が欲しい？　トマトと玉ねぎ――」

「それに胡椒」シスリーが戸棚を見回す。「あそこの小さな缶ね。スティーヴンが卵といてくれるわ――。といてちょうだい、スティーヴン」

　スティーヴンが卵をといたのは、ここにある一番大きなボウルだった。ぼくがシスリーの量の概念に軽い驚きを覚えたとしても――オムレツの大きさ、次々とオーヴンに整列させたビスケット――ひと口食べたら感謝のあまり、その驚きも吹っ飛んでしまった。結局、四人で食事を平らげた。

　スティーヴンも自分の分を食べた。ぼくは彼の様子をうかがった。彼はシスリーのせかせか動く小さな両手と黄金色の髪を見つめ、ぼやけた曲のようなおしゃべりに耳を傾けていた。つかの間、彼は食事を与えられただけでなく、一人前の男にされていた。だから、ゴードン・ダーニールはシスリーをスティーヴンと結婚させたかったのだ。

　しかも、シンクに食器を重ねながら薄々勘づいたが、シスリーも何かを求めていた。それがなんであるかは、皿洗いが終わるまでわからなかった。

「スティーヴン」シスリーはゆっくりとリビングルームへ戻っていった。「お話のついでに、みんなでどこかへドライブに行かない？　こんな気持ちのいい日だもの、どこまでも走れそう」

「それは名案だ」ジャーニンガムは言った。「〈グリーンエイカーズ〉に向かうのかな？　マックとわたしはアンドレアに会いたくて——」

「送ってくわ。ねえ、スティーヴン？」

「もちろん」

「向こうでお別れね。スティーヴンとわたし、ドライブを続けるから」

シスリーがコートを取ると、スティーヴンがさっと立ち上がり、彼女に手を貸した。そしてぼくたち三人はシスリーに続いて、スティーヴンのふたり乗りロードスターが停まっている場所に近づいた。

「わたし、折り畳み補助席に座るわ」シスリーは言った。「マックさんと一緒に」

しかし、スティーヴンがすばやく気を遣って助手席側のドアをあけた。

「きみは前の安全な席に座ったほうがいいよ、シスリー——」

シスリーがスティーヴンの腕に両手を置いた。

「お願い、スティーヴン」彼女は頼み込んだ。

青い目がわれわれの存在を忘れるほど熱っぽくスティーヴンの目を見上げた。

「お願いよ、スティーヴン。わたし、守られたくない——」

スティーヴンはそっとシスリーを補助席に座らせた。だが、ぼくは彼女が補助席の話をしていたのではないとわかった。突然、目が涙で光るのが見えた。

シスリーはぼくの隣で黙っている。こうなると、スティーヴンはシスリーを見つめることができず、シスリーがひたすら、あけっぴろげにスティーヴンを見つめた。目をそらせないというように。

運転しているスティーヴンの顔は、ぼくには見えなかった。だが、赤信号で車が止まり、スティーヴンがジャーニンガムのほうを向くと、先ほどシスリーが緩めた強い緊張感がよみがえっていた。

「ジェリー」彼は言った。「率直な質問に率直に答えてほしい」

その言葉は補助席にもよく聞こえた。シスリーはすくみあがった。

「この先、新しい情報を知ることができるだろうか?」

「それはどうかな」ジャーニンガムが答える。

ふとコリンズが思い浮かび、ぼくは断固として彼を頭から締め出した。

「しかし、できないとは断言できない」

「どういうことかわかるはずだ」スティーヴンは追い詰められた口ぶりだ。「延々と、毎日を、毎週を送り続けて、何も知ることなく——そのくせ、知りたくて気が休まらない」

スティーヴンの声が震えている。

「ぼくには権利があるかどうかさえ——」

信号が変わってスティーヴンが車を出すと、続く言葉は消えた。ところが、急に蒼白になったシスリーの顔が、彼女は続きを知っていると語っていた。

「わかる?」シスリーはささやいた。「わたし、スティーヴンを失いそうなの」

「そんなはずないさ」ぼくは断言した。

「彼、わたしと結婚できないと考えるようになったのよ——真相がわからないうちは駄目だと」

ぼくは呆然として座っていた。これは想定していた最悪の事態よりなお悪いじゃないか。だが、まるでスティーヴンが——。

「スティーヴンは、だんだんそう考えるようになったみたい。たまらないわ!」シスリーは声をあげた。「ただでさえ悲しみに浸ってるのに」

「でも――スティーヴンにはきみが必要だ」

「わかってる」シスリーはあっさりと言った。「この場でも――いつでもね。スティーヴンには何か考えることが必要なの。間違いないと思えることが」

しばらくシスリーはもう何も言わなかった。それから、深く息を吸った。

「マックさん、あなたの町では結婚の手続きにどれくらい時間がかかる？」

「どうだろう」呆けたように答えた。「経験がなくてね。ちょっと面倒な場合もありそうだよ。グリニッチまで行けば、五日間で――」

「いざとなったらメリーランド州に行く手があるわ」

ぼくはびくっとして身を起こした。

「シスリー、それはいけない。駄目だよ――こんなに早く」

「要するに――配慮に欠けてるってことね。それは考えた。でも、スティーヴンのお父さんはスティーヴンを愛してたし――わたしのことも愛してた。結婚の話を知っても、悲しむとは思えないの」

「きっと喜ぶだろう。ダーニール氏はきみを娘にしたがっていた。でも――スティーヴンを説得できるかい？」

「わからないわ――まだ」シスリーは淡々と答えた。「わかってるのは、彼が今夜わたしと結婚しなかったら、一生しないってこと」

シスリーの声が詰まった。

「きっと、いつまでも恐ろしいことを考える。あげくに、わたしに対してむごい決断をして――」

「いや、そうとは――」

「わたしを傷つけるの。自分の心もよ」シスリーはむきになって言った。「わかりもしないことで自分の心を傷つけてなんになるの？」

ぼくは答えようとしなかった。シスリーが勢いよくしゃべり続け、ぼくは彼女とスティーヴンの板挟みになっているようだ。

「スティーヴンはもう何も突き止められないわ！　突き止めることがないのよ。とにかく、恐ろしいことはない。もしあったとしても――」

青い目がぼくに歯向かった。

「あったとしても、かまわない」

シスリーを見ていて、そのとおりだと思った。スティーヴンは彼女のものであり、彼女は南部娘らしいすこぶる強い忠誠心を抱いている。また、確かにスティーヴンが救われる一度のチャンスを握っている。

「あなたがくよくよする必要ないわ」シスリーがやさしく言った。「あなたが何を言ってもどうにもならないもの」

まあ、それもそうだ。

「きみたちの幸せを祈るよ」ぼくが言うと、シスリーの目に涙があふれていた。

それを見たぼくは口をつぐむという手を使い、やがて車が〈グリーンエイカーズ〉に到着した。

ぼくたちは母屋の前で下ろしてもらった。シスリーは、ジャーニンガムが座っていたスティーヴンの隣の座席に移り、ぼくたちに手を上げて別れの挨拶をした。ところがスティーヴンは決意がつきかねる様子で、ハンドルに載せた両手のあいだに目を伏せていた。

かたやジャーニンガムは立ったまま、新たな不安を抱えて、ふたりを見守っていた。

ようやくスティーヴンが顔を上げた。目に浮かんだ憔悴した問いに、まだ答えが出ていない。

「ジェリー」彼は言った。「きみがぼくの立場だったら――きみならこうはならないね」

「わたしがきみの立場だったら」ジャーニンガムは真剣な顔で言った。「チャンスを与えてくれた神に感謝する」

ゆっくりと、ゆっくりと、まるでひとりでに動き出したかのように、ロードスターがエンジン音を響かせて発車した。車はふたりをよく晴れた昼下がりへ連れ出したが、彼らは身じろぎもせず、肩を寄せて座り、シスリーのきらきら輝く頭が、心持ち隣の男のほうに傾いていた。

だが、ジャーニンガムは気の毒そうに口元をゆがめ、車が視界から消えるまで見送っていた。

# 第十六章　訊いてくれれば

ぼくたちが母屋のほうを向くと、堂々とした玄関にアンドレアが立っているのが見えた。グラントもそばにいる。ふたりは広い階段を並んで、ぼくたちに挨拶しようと下りてきた。

ふたりが連れ立っているのを初めて見たが、ひと目見ただけでも、グラントの目に浮かぶひたむきな崇拝の念は見間違えようがなかった。アンドレアがすべてなのだ。彼女を愛する男に、そんなふうに愛する男に、ぼくは言葉にならない感謝の祈りを捧げたかった。

その場に立って、帽子もかぶらず日差しを浴びていたぼくたちを、アンドレアは快く迎えてくれた。

「さあ、お話ししましょう。昨夜はどうしても言えなかったことがいくつかあるの」

「本当に言っても大丈夫なんだね、アンドレア？」ジャーニンガムは尋ねた。

「問題ないわ」

「席を外そうか？」グラントがアンドレアに訊いた。

アンドレアは面食らった顔をした。

「席を外す？」

「ジャーニンガムさんと話すときは人払いをしたいと……」

「あなたを遠ざけるなんて」アンドレアは早口で言った。「考えもしなかった」

グラントのかすかな笑みがアンドレアに感謝した。

「ぼくは遠慮したほうがいいかもしれない」

「あなたにも聞いてほしいの」アンドレアはさりげなく言った。

アンドレアは春のそよ風を深く吸い込んだ。

「一周してテラスに出ましょう。その――外は気持ちがいいから」

テラスに向かう途中で、私道を耳慣れないエンジン音が近づいてきた。ぼくたちは思わず足を止めた。とっさに、コリンズではないかと不安になった。だがコリンズが、いくらなんでもあんな毒々しい黄緑色のセダンに乗るとは思えない。誰ならそんな真似ができるのか。やがて車がそばに止まり、ひとりの女性が降りてきた。

背が高くてやせた、年齢不詳の女性で、鼻が高く、目と目の幅が狭く、唇に意地の悪さが口紅で引かれていた。

「これはこれは、ミス・ダーニール」女性が甘ったるい声を出した。「ちょうど弔問に参りましたの」

アンドレアは黙って背筋を伸ばし、両手を脇に下ろしていた。だが、ぼくには彼女がこぶしを固めたのが見えた。

「クリテンドン夫人」表情のかけらもない声だ。「こちらはジャーニンガムさんです。それからマクアンドリューさん。ベイリスさんには面識がありますわね」

「さぞやつらかったでしょうねえ、あなた」女性が言った。「あたくしたちがお暇《いとま》した直後に起こって――。教えていただけるかしら――。お父さまがなぜあんなことなさったか、あなたはどうお思いになる？　もちろん、誰も新聞記事なんて真に受けませんよ！」

夫人の目は貪欲で、アンドレアの動かない顔をむさぼるように見ている。

「新聞は読んでいません」アンドレアは言った。

「愚にもつかない記事ばかりですものね。そう思いません？」クリテンドン夫人が言った。「お父さまが誤って命を落としたなんて！　誤って――そんなことが！　おまけに、一番面白いところを省略して――」

グラントがつかつかと歩み出たので、クリテンドン夫人は話の途中で黙り込んだ。

「ミス・ダーニールは失礼させてもらいます」グラントは言い、アンドレアと一緒にテラスのほうを向いた。

クリテンドン夫人も続こうとした。ジャーニンガムが夫人の行く手をさえぎった。

「ちょっと待った」彼はぶっきらぼうに声をかけた。

当然ながら夫人は立ち止まった。ジャーニンガムをひと目見て、無造作に伸びた長身と引き結んだ唇を観察し、彼を品定めした。一瞬で剣の目利きをしたようなものだった。

「新聞が何か書き漏らしたというんですか？」

「幸い、書き漏らしてくれました。そう思いません？」

「どのあたりを？」

「ご一家と話し合いますから」夫人はそう言って、ジャーニンガムの横をすり抜けようとした。

「ここで話し合うんです――話すとしても」ジャーニンガムが言った。「わたしがダーニール家の代理人を務めます」

「残りもののね」夫人の赤く塗られた薄い唇が、悪意に満ちたカーブを描いた。「まあいいでしょう」

この女は貪欲な好奇心を満たそうとしてはったりをかけている、とぼくは自分に言い聞かせた。十中八九はったりなのだから、ジャーニンガムはそれを看破しなくちゃいけない。それなのに――。

アンドレアは話が聞こえない場所にいてくれるといいが。

「自殺が二件――これまでのところ」クリテンドン夫人は言った。「次は誰になるのか話しましょうよ！」

「次とは――」

「フィリップのあとですわ。とても興味深い事例で、ほら、旧約聖書にありますわね、親の因果がひ孫の代にまで……」

「そこまで」ジャーニンガムが言った。

「話し合おうと言ったじゃありませんか」夫人は得意げに言い返した。

「わたしは事実を求めたんです。ダーニール一家の私事に関する下品な中傷ではありません」

「みなさん、今後は私人ではなくなります」

夫人は骨ばった肩をすくめた。

「ダーニール一家に神聖なところなどありません。どこの家にも外聞をはばかる秘密があるものですよ」夫人が言った。「驚くでしょうね」

ジャーニンガムはかぶりを振った。

「今の話には驚きませんな。わたしは人の話を鵜呑みにすると思っていますね」

「そうでしょうよ」夫人はぴしゃりと言った。「あなただって、あたくしが人の話を鵜呑みにすると思っていますわね。くだらない新聞記事が事実を隠蔽――」

「ちょっと待った！」ジャーニンガムは強く口を挟んだ。「新聞社が見落とした事実をあなたがつかんだなら、その話を聞きましょう。そうでないなら——ごきげんよう！」

夫人はためらった。

「事実をつかんでいませんね」ジャーニンガムは言った。

夫人は面白くなさそうに笑った。

「そのうちわかります。あの夜、ロッジにゴードン・ダーニールを訪ねたのは誰だったのか、まだわかりませんの？」

少しのあいだ、ジャーニンガムはクリテンドン夫人をじろじろと眺めた。

「なぜ訪問者があったとあなたにわかるんです？」

「新聞記者のひとりが教えてくれました。親切だと思いません？」

「どこの記者が？」

「《クラリオン》だったと思いますわ。コリンズという記者です」

「なるほど」ジャーニンガムが言った。単調な声だ。「コリンズでしょうとも」

「とても——親切な若者ですこと」夫人は奇妙にも言った。「あれほど独創的な考えを——」

「コリンズはそれを記事にしていない」ジャーニンガムは言った。

「今のところ《ナット・イエット》」

「しかし、あなたに説明した」ジャーニンガムが言った。「どういうわけです？」

「あの記者には知りたかったことがもうひとつあって——」

「それをあなたが教えたのか！」

「まだ教えていません《ナット・イエット》——」

クリテンドン夫人は言葉を切り、どぎつい赤の口紅を塗った唇が罠のように閉じた。

「あなたは真っ先に駆けつけましたね！」ジャーニンガムは言った。「解せませんな」

「お友達に関わることなら、なんでも関心を持つのは当然じゃありませんか」

「お友達ね」ジャーニンガムはぼそりと言った。「それで？」

クリテンドン夫人は言葉に詰まり、貧相な顔で悪意と好奇心が戦っていた。結局、好奇心が勝った。

「あなたは突き止めましたの？」夫人は厚かましくも訊いた。「訪問者の件を」

「知りたいのはそれだけですか？」ジャーニンガムがさりげなく訊き返した。

「ええ」クリテンドン夫人はなんの気なしに答え——唇を噛んだ。

「助かりました」

ジャーニンガムはクリテンドン夫人の顔を見据え、その向こうにあるものを見据えた。彼女が急に怒って顔を真っ赤にしたことに気づいたかどうか、怪しいものだ。

「それくらい教えてくれてもいいじゃないですか」

「そうかもしれません」ジャーニンガムは恐ろしく冷静に答えた。「しかし、わたしは答えない。コリンズほど親切じゃありませんからな！」

ジャーニンガムは引き締まった片手を伸ばして、クリテンドン夫人の肘の上あたりをつかむと——彼の指の関節が白くなる勢いに、夫人がたじろいだ——けばけばしい黄緑色のセダンへ連れ戻していった。

「さあ」ジャーニンガムは言った。「もう帰ってけっこう」

めらめらと燃え上がった怒りが言葉に火をつけた。

「帰ったら――二度と――来るな！」

クリテンドン夫人はよろよろと車に入って運転席で小さくなり、腕をさすった。

「また来たら」ジャーニンガムは釘を刺した。「あるいは、ダーニール家についてひと言でも、コリンズやほかの記者に漏らしたとわかったら――あんたがダーニールを殺したと警察に言うからな！」

黄緑色のセダンが激しく咳き込むような音を立て、ギアをきしませ、刺されたように跳び上がり、猛スピードで私道を走り去った。

クリテンドン夫人は帰っていった。


アンドレアとグラントはテラスでぼくたちを待っていた。アンドレアは両手を膝に置いて、遠くを見ながら座っている。

「すまない、アンドレア」ジャーニンガムは言った。「あの女は二度ときみを煩わせないはずだ」

「別に煩わされなかったわ」アンドレアが妙な声で言った。「あの人が言った最悪の言葉は――自分でも考えていたことだったから」

アンドレアは再び黙り込んだ。

「それは？」ややあって、ジャーニンガムが尋ねた。

「〝自殺が二件――これまでのところ〟」

グラントが割って入った。心痛で声がとがっている。

「本気じゃないだろう、アンドレア！」

「自分でもそんな気がする」

グラントは深く息を吸ったが、あまり呼吸が安定しなかった。

「邪魔するつもりはなかった。もうしないよ」

アンドレアはほっそりした指を組んだりほどいたりした。

「どう言えばいいのかしら」彼女は言った。「ジェリー、怖いってどんな感じがするか知っている?」

「ずいぶん前にわかったよ」

「本当に?」

この問いかけにはちょっと熱意がこもっていた。

「一九一八年に」

「フランスで?」

ジャーニンガムは頷いた。

「身体に迫る危機の話ではないのよ」

「わたしもその話はしていない」

「じゃあ教えて!」アンドレアがせがんだ。

「ピンと来ないんじゃないかな」ジャーニンガムは心もとなさそうだ。

「かまわないわ。そのときあなたは何歳だったの、ジェリー?」

「十九歳だ。まだ月光にはスイカズラの花がふさわしいと思う年ごろだった。有刺鉄線にかかる月光は別物で——」

ジャーニンガムはふっと口をつぐみ、その別物を頭から追い出した。

しかし、アンドレアはすっかり心を奪われて身を乗り出し、ジャーニンガムの経験で、彼女自身の悪夢によく似ている点を必死に探っていた。

「じゃあ、怖いものは月光だったの？」

「まるで昼間のように明るかった。わたしが塹壕《ざんごう》で初めて歩哨を務めた晩だった。どうということはなかったね。ただ見張っていて――聞き耳を立てていればいい。だいいち、月光が差していて、何も見張るものは、そう、あるはずがなかった。自陣と敵陣のあいだに、猫の子一匹隠れられなかったよ」

ジャーニンガムが目を細くして、月に照らされた空間を改めて見つめた。

「だが、突然、何人かが向こうで、有刺鉄線の下を這う音が聞こえてきた。音とも言えない小さな音だ。ベルトがきしる音、ボタンが石に当たる音、慎重な息遣い――敵兵の立てる音で、次々とやってくることがわかった。その間ずっと、わたしには見えていた――」

ジャーニンガムはなかば震えるように肩をすくめ、言葉を切った。

「ここが身の毛もよだつところでね」彼は言った。「連中はいたという確信があり――いなかったと終始知っていたんだ」

「では、奇襲はなかったの？」

その答えによって、なんらかのお告げが下されるようだ。

「ああ、あったとも」ジャーニンガムがぼんやりと答えた。「月が沈んでから。奇襲はまた別の問題だ。現実の、理屈にかなった敵に対しては手が打てる。だが、事情が理屈に合わない場合は――無防備になるんだよ」

ジャーニンガムがはっとわれに返ると、アンドレアの目がよくわかると言うように注がれていた。

「やっぱり理解してくれると思ったの」彼女は言った。「つまり、父は自殺したはずがないわ。それなのに、自殺した」

「そうだな」

「どうするの、何ができるの、ジェリー？　事情が——理屈に合わない場合は」

ジャーニンガムはかぶりを振った。

「それなら、わたしが教えてあげるわ」アンドレアがいやに勢い込んで言った。「あなたの理屈に合う説明を見つけることね。さもないと——あなたの理屈がおかしくなる」

アンドレアのしゃべり方には、ぼくが口を挟めないところがあった。懇願——それとも非難の響きか？　ジャーニンガムはそれにまともに対処した。

「どうしたらいいだろう、アンドレア？」

「教えてちょうだい——昨夜、言わなかったことを」

ほんの一瞬、ジャーニンガムはためらった。

「知っていることはなんでも話す。訊いてくれればよかったんだ」

大きな灰色の目がジャーニンガムの顔を探った。

「じゃあ——そういうことね」アンドレアは言った。「そんなにひどいの」

「わたしはただ、きみに仮説を長々と話せないと言いたくて——」

「何が言いたいかはわかるわ」

アンドレアはジャーニンガムを凝視した。

「わたしがなぜ叔父は自殺したのかと訊いたら、あなたはこう言うのね――〝知っている〟わけがないと」

「それは仮説にすぎないよ、アンドレア。仮説が欲しかったら、公式の仮説が一番だ」

「悲しみのあまり？　そうじゃないわ。わたしはほぼ一日じゅう叔父のそばにいたのよ。叔父はショックを受けて、途方に暮れていたけれど、決して――思い詰めてはいなかった。できるだけ力を貸すと、スティーヴンとわたしに言ってくれたの」

アンドレアは話しながら顔をそむけたが、声の震えは隠せなかった。

「叔父はまさか――わたしたちを見捨てたりしなかった」声がしっかりしてきた。「そうするしかないと思うことが起こらない限り」

「ずっと考えていたんだがね」ジャーニンガムが切り出した。「銃のことだ。なぜ銃はあそこに、ロッジにあったのだろう？」

「叔父が持っていったの。それがロッジに行く用事だったのよ」

「あるいは口実だったのか――ひょっとして？」

「用事よ」アンドレアは言った。「ちょうど警察から返ってきたの。叔父は元の場所に戻すのが一番だと考えたのよ。それしか考えていなかった。わたしにはわかっているわ、ジェリー。叔父を変えてしまった出来事は、叔父が母屋を出たあとに起こったの」

アンドレアの澄んだ眼差しがジャーニンガムの視線をとらえた。

「それはロッジで起こったのよ」

ぼくはほとほと不甲斐ないと感じていた。アンドレアは真正直だ。ずばりとものを言う。真相の一歩手前まで近づいた。もしジャーニンガムが、クリテンドン夫人に言ったように、〝そこまで〟と言いさえしなかったら。

「それはロッジで起こったのよ」とアンドレアは言った。「それに、叔父はあなたに電話したわ――ロッジから。ジェリー、叔父はこれからどうするつもりか言っていた？」

「いいや」

「あの場に誰かいた？」

「いいや」

「ずっといたのでは？」

「わたしが知る限りではいなかった」

アンドレアのほっそりした両手が椅子の肘掛けを端までゆっくりと滑り、そこで止まった。そして、きつく握り締めた。

「すると叔父はロッジに、ひとりでいたのね」彼女は言った。「壁の金庫を相手にして」

「叔父上はあれをあけないと約束したよ――わたしが立ち会わないのなら」

「忘れたりしないわ。だから叔父はあなたに電話をかけたのよ。そうでしょう、ジェリー？」

「そうだと思う」

「あなたに来てほしいと頼んだだけじゃない。金庫をあける話をした。そうよね？」

「ああ」

「でも――叔父はあなたを待っていなかった。ひとりで金庫をあけたのね」

「しょせん仮説だよ、アンドレア」ジャーニンガムは言った。慌てすぎだった。

「しょせん人間は過ちを犯すもの」アンドレアは言った。「誰でもやりそうなことよ」

「アンドレア――滅多なことを――」

「待って」アンドレアが口を挟んだ。「訊いてくれればいい、と言ったわね。あと――もう少しで――訊き終わるから」

ジャーニンガムは待った。額の皺が刻一刻と深くなる。アンドレアはしばらくうつむいていた。やがて、はきはきと、たゆまずに、手厳しく質問を続けた。

「いつ叔父を見つけたの、ジェリー？」アンドレアは低い声で訊いた。「そのとき金庫の扉はあいていた――それとも、閉まっていた？」

「閉まっていた」

「あたりに書類が出ていた？」

「いいや」

アンドレアは目を上げてジャーニンガムの目を見た。

「暖炉で火が燃えていた？」

「いいや」

アンドレアはジャーニンガムの顔を見据え、一呼吸置いた。

「炉床に何かあったの、ジェリー？」

「火をおこす準備がしてあったが」

「ほかには何か？」

ジャーニンガムはなんとも答えない。

「あったのね、ジェリー?」

「アンドレア――」

アンドレアはことさらにやさしい声を出した。

「炉床に灰があったの、ジェリー？　紙が燃やされた灰が?」

静かな、うららかな午後が息をひそめて、ジャーニンガムの答えを待っているようだった。彼は答えない。答える必要がないのだ。

「教えてくれればよかったのに」アンドレアがようやく口をひらいた。「知っておきたかった――暗中模索するくらいなら」

「これで知っていることになるのか」ジャーニンガムは自嘲気味に言った。「そこまでは行くが、その先に進めないんだぞ。なんの役にも立たない――」

「わたしは先に進んでいくわよ」アンドレアは静かな声で言った。

ジャーニンガムははっとして目を上げた。

「フィル叔父は何を見つけたにせよ、それを燃やしてしまった」アンドレアは言った。「でも、何かを見つけなかったとしたら――」

一瞬、ぼくの頭が先に進むのを拒んだ。同じ言い回しがひとりでに何度も何度も、壊れたレコードのように繰り返された。

フィリップがすべての証拠を見つけなかったとしたら――すべて見つけなかったとしたら――すべて……。

ぼくたちはなぜそれを考えなかったのだろう?

「フィリップは見つけたんだよ」ジャーニンガムは乱暴とも言える口調で言った。「見つけるようにしたんだ」

アンドレアは穏やかに首を振った。

「叔父は探し物を続ける気になったかどうか。見つけたものをそれじたい完全で――十分だと思い込んだら――」

十分。あれは十分だった。

「叔父はそこで手を止めていたはずよ」アンドレアは締めくくった。「だから、真実はまだあの場にあるのかもしれない。わたしが見つけるように」

「きみが――」

アンドレアはジャーニンガムがとっさに言い返した言葉をさえぎった。

「止めないで、ジェリー。わたしは自分で金庫の中身を検めるから」

「わたしにはきみを止められない。できるとしても、しないだろうね。きみには真相を突き止める権利がある――できるものなら。わたしはできると考えないことにした」

ジャーニンガムは顔を曇らせた。

「これからどうするんだね？　きみはまだダイヤル錠の合わせ数字を知らない」

「数字を調べてほしいの。業者に記録が残っているはずよ」

ふとアンドレアの声が本音を漏らすように、訴える調子になった。

「お願い、ジェリー。できれば明日の朝に教えてちょうだい」

ジャーニンガムの目が生真面目な視線をとらえた。

「なぜ明日の朝なんだい？」

「わたし——待つのは苦手だから」

「そうかな？　あるいは——待っていたら気が変わりそうだから？」

アンドレアは毅然とした細い肩をそびやかした。

「わたしの気が変わるとでも？」

「きみは賢くなるかもしれない」

「臆病者になるかもしれないわ。一族の歴史で初めてのことになるでしょうね」

ジャーニンガムはうっすらと顔を赤らめ、ある種の根気強さが声にこもった。

「臆病と言わずにいられないのか？　何が見つかるかわからないじゃないか——見つかるとしても。しかし、きっとそれは——」

ジャーニンガムはためらった。

「ひどいものね」アンドレアは言った。「ただし、不名誉なものではない」

「不名誉なものではない」ジャーニンガムは同意した。「それでもフィリップ・ダーニールはきみに知らせないように命を絶った。きみとスティーヴンに。叔父上がしようとしたことを受け入れられないのか？」

アンドレアは目をそらした。

「あなたならできる？」

その言葉は日当たりのよい静寂の中で答えが返ってこなかった。

「恩知らずだと思わないでね、ジェリー。どうしても知りたいの」

「そうだろうな」

「たとえ知りたくないとしても——怖いとしても——」

アンドレアの声が一段と低くなり、ぼくは懸命になって話の終わりを聞き取ろうとした。

「——しかたがないわ」

「自信がなくてね」ジャーニンガムがおもむろに言った。「自分が理解しているかどうか」

「あなたは理解しているわよ。いくつか理由が——やむにやまれぬ理由が——あって、わたしたちはどうしても知りたいの。フィル叔父はそれを受け止めようとしなかった。でも、父は受け止めた。記録を残して——わたしたちが気づくようにしたのよ」

ぼくはそこに座ったまま考えた。なぜぼくたちはアンドレアには何も隠せないと思い至らなかったのか。彼女は教えてもらうまでもない。わかっているのだ。

「言うとおりにしてくれる？　明日ね、ジェリー？」

「できれば。午後二時までに金庫のダイヤル錠の合わせ数字を突き止めてくるよ」

「そうしてくれると思ったわ」

アンドレアは立ち上がり、グラントが黙って立っているところに近づいた。

「あなたにも聞いてほしかったの」

グラントは首を振った。

「ぼくが聞いても大差はない」彼は言った。「何をしたって駄目さ」

「それがわたしたちの考えね」アンドレアは言った。「でも、これまで考えてきたことは、言ってきたことは、あなたを巻き添えにはしないわ——明日になれば」

「アンドレア――よしてくれ！」

アンドレアは暖かい太陽を振り仰いだ。

# 第十七章　有り余るほど

アンドレアが見上げていた太陽の光が、翌朝はぼくの瞼に降り注いでいて、目が覚めた。てっきり日差しのせいで起きたと思った。そのとき玄関のドアをノックする音がまた聞こえ、ベッドをよろよろと出てドアをあけた。

グラントだった。

「何があった？」ぼくは尋ねた。

グラントは目がぎらぎらしていて、眠ったようには見えない。

「まだ何もありません」そう言いながら入ってきた。「朝早くから非常識ですが、どうしてもあなたたちを捕まえたかったんです」

グラントは置時計に目をやった。

「やれやれ！」彼は声をあげた。「まだ六時半じゃないか。ふたりとも起こしてしまったな」

「起こしたのはマックだけだ」ジャーニンガムがぼくの背後でばかに陽気な声を出した。「よく起こしてくれたね。ところで、何が気になっているんだい？」

「ちょっと用がありまして」グラントは言った。「ですが、まず着替えと食事をすませてください。さあ、ぼくがいることは忘れて」

そう言うグラントが何か食べてきたとはとても思えない。そこで、ぼくはキッチンで手早くベーコンエッグを三人前作り、コーヒーをポットで多めにいれた。朝食時に人が訪ねて来るのが習慣になってきた。コリンズといちごジャム。シスリーとスパニッシュオムレツ。そして今度はグラント――。

しかし、グラントは朝食をとりに来たわけじゃない。コーヒーこそ飲んだが、料理に手をつけようとしなかった。朝食がすむまで話そうともしなかった。

「いいだろう」ついにジャーニンガムは言った。「話してくれ！」

「きのうのことです」グラントはおもむろに切り出した。「アンドレアが金庫をあけると言ったとき――」

「なんだね？」

「あなたは彼女を止めようとしませんでした」

「止めても無駄だ」ジャーニンガムは簡単に言った。

「わかっています」

「わたしが断っていたら、アンドレアはわたしの助けなしに金庫のダイヤル錠の合わせ数字を手に入れただろう」

「わかっています」

「そしておそらく――」

ジャーニンガムの声に彼自身の不安はみじんもこもっていなかった。

「――おそらく彼女は金庫をあけるべきだろう」

「〝おそらく！〟」グラントは痛烈な口調で言った。「そこまでにしておく気ですか？」

ジャーニンガムの目が翳った。

「わたしは神ではない。アンドレアが何をするか――あるいは何を見つけるか、それはわたしの手に負えないんだ」

「あなたならできる！」

「どうしろと言うんだね？」

「金庫をあけて――アンドレアがいないときに――中身を確かめてください」

「それは無茶苦茶な頼みだ！」

「ぼくにやらせてほしいとは言っていません。あなたの手でしてほしいと言っているんです！」

ジャーニンガムは首を振った。

「信義にもとる」

「なぜです？」グラントは食い下がった。「そもそも、あなたは金庫の中身を調べる許可を得ています――扉をあけることができれば」

「しかし、何も破棄してはならない」

「何かを破棄してほしいとは言っていません。探しても何も見つからなかったら、それでけっこうです。そうじゃありませんか？」

「そのとおりだ」

グラントが大きく息を吸った。

「何か見つけたら、それがアンドレアに見せるに忍びないものだったら――」

「わかるよ」ジャーニンガムは言った。「それならどうなる？」

「あなた次第です」

ふたりとも黙り込んだ。ぼくはジャーニンガムの顔を見ていたが、心までは読めなかった。

「ぼくは何も頼んでいません」グラントがとうとう言った。「何ひとつ——見て確認してほしいだけですよ」

ジャーニンガムの口元にどこか険しい表情が浮かんだ。

「きみも承知だろうね」彼は言った。「わたしをどういう立場に追いやったか」

「あなたの立場など知っちゃいない」グラントは勢い込んで言った。「アンドレアのことを考えているんだ」

「もっともだね」ジャーニンガムは言った。


金庫のダイヤル錠の合わせ数字はすぐに入手できた。ゴードン・ダーニールの死去は知れ渡っていたし、アンドレアから託された信任状がものを言った。午前十時半までにグラントが彼の車を道端に停めた。〈グリーンエイカーズ〉の入口まで百メートルあまりの場所だ。

「ここから歩きます」グラントは言った。「母屋から見えないところを、小道が敷地を通り抜けているんです」

こうして、ぼくたちは三度目にロッジにやってきた。

風が一夜にして変わり、もっと冷たく吹いている。玄関に入ると同時に風も吹き込み、室内は底冷えがした。ぼくは思わずマッチを擦り、炉床に用意された薪に火をつけた。

ジャーニンガムとグラントはまっすぐ金庫に向かった。ぼくはその場に残り、小さな炎が広がって、安定して燃えるのを眺めていた。金庫の扉が勢いよくひらかれる音がした。ふたりが中身を大きな机の上に移している。だが、募っていく熱気に音《ね》を上げて暖炉の前から炉辺の椅子に移るまで、ぼくは彼らの探索に目を向けなかった。

ロッジはしんとしていて、暖炉の火がパチパチいう音と、それより弱い、紙がかさかさいう音しか聞こえない。ふたりの男がゴードン・ダーニールの金庫の中身をゆっくりと、手際よく確認しているのだ。彼らは大机に向かい合っている。真ん中に金庫から取り出された書類が山と積まれていた。各自が一枚読み終わるたび、あとで相手が読めるように片側にどけておく。何か重要な発見があったとしても、ぼくにはわからなかった。ふたりともしゃべらないからだ。

書類の山が消えかかっていた。それにともない、確信が持てるという見込みも薄れてきた。ぼくは落ち着きなく暖炉に向き直った。早くも小枝が燃え尽き、ばらばらに砕けて――。

そのとき椅子が引かれる音がして、ぼくは目を上げた。

グラントだ。彼が立ち上がった。部屋の向こうから暖炉に近づいてくる。

グラントの態度には決断を下した無謀なところがあった。そして、手に一通の手紙が握られていた。ぐずぐずしている暇はない。ぼくはとっさに動き、グラントの手首をつかんで、手紙が彼の指から離れる前に火から引き戻した。それから何もかも忘れ、彼が発揮した腕力をしのごうとした。

すぐにジャーニンガムがやってきて、つかみ合いは終わった。無言で。始まったときのように突然に。しかし、あの無謀な決断はグラントの目の中に、そのまま残っていた。

「それを火にくべようとしたね」しばらくしてジャーニンガムが口をひらいた。

「そこに入れるしかありませんから」

「本当にそう思っているな」

「ぼくはこれを読みました」グラントは嚙みつくように言った。「誰かが読まねばなりません」

ジャーニンガムの目が相手の握っている手紙に落ちた。ぼくは彼の視線を追った。消印が押されていない無地の封筒だ。表に宛名が、堂々とした、見間違えようのない筆跡で書かれている。

「宛名は――」ジャーニンガムが言った。

「アンドレアです」

「父親から？」

「父親からです」グラントが答える。

険しい声だ。

「アンドレアがこれを見ることはありません――ぼくが生きているうちは」

「きみの言うとおりかもしれん」ジャーニンガムはそう言って、手紙に手を伸ばした。「もしそうなら、この手紙は今すぐ焼き払い――中身は忘れてしまおう」

「忘れる――」

グラントの顔は自制心を保とうとする努力でゆがんだ。

「理解しろと言わないでください」彼は言った。「ゴードン・ダーニールはそれを書いて――死にました。フィリップ・ダーニールはそれらしきものを読んで――死にました。ぼくはそれを読んで――」

途切れがちな言葉に、隠しようのない率直さがこもっていた。

「――一生をかけて忘れようと努めます。それで十分です。実際――」

グラントの声は震えている。

「――十二分《じゅうにぶん》ですよ」

戸口で別の声が話している。若く、重苦しい声だ。

「それはぼくが判断する」

ぼくたち三人が振り向くと――スティーヴンがいた。

しかし、誰も答えなかった。

「ここに来れば会えると思ったんだ」スティーヴンが言った。「きみの車が道端に停まっていたから」

スティーヴンはこれまでと違う威厳を帯びて、ぼくたちを見つめた。

「きみたちの考えはわかる」彼は続けた。「感謝してさえいる。でも――これはきみたちがしていいことじゃない。わかっているはずだ」

「きみには決める権利がある、スティーヴン」ジャーニンガムは言った。

グラントの顔は灰色の花崗岩のようだ。

「スティーヴン――」グラントは言った。「スティーヴン――どうか――」

「悪いね、きみ」スティーヴンは言った。

スティーヴンの足取りは確かで、目は澄んでいた。彼はグラントの手から手紙を受け取って、父親の机に歩み寄ると、父親の椅子に座った。

スティーヴンは封筒をあけ、文面に目を通した。

すると、だんだん顔つきが変わっていき、そこに座っているのはスティーヴンではなくなった。

便箋を畳み直したずっとあとで、スティーヴンはそれを封筒に戻し、ジャーニンガムに差し出した。

「アンドレアに渡してくれ」

その声もまた、スティーヴンのものではなかった。

ジャーニンガムは手紙をポケットにしまった。

「アンドレアはこれを読まなくてはいけないのかい、スティーヴン？」

スティーヴンは頷いた。

「アンドレアは——どうしても——」

スティーヴンは言葉を切って唇を湿した。まるで唇がこわばって、言葉を作れないかのようだ。

「どうしても結婚しちゃ駄目だ」

スティーヴンはのろのろとこちらを向いた。その目の中に気が滅入るほどの屈辱感があった。

「妹はぼくより運がいい」

ぼくはできるものなら顔をそむけていただろう。スティーヴンの顔は地獄に堕ちた者の顔だった。

「ぼくはシスリーと結婚した——きのうの夜さ」

やがて、ぼくはスティーヴンの顔を見なくてもすんだ。彼が両手に顔を埋めたからだ。実は片手だった。初めはそれに気がつかず——。

銃声がして、ようやくわかった。

# 第四部

# 第十八章　アンドレアへの手紙

これは現実じゃない。

スティーヴンの頭と肩が机の上でぐったりとしている。不快な匂いの細い煙がたなびいて鼻を突いた。

これは現実じゃない。

ジャーニンガムも実物ではない。彼はゆっくりとスティーヴンのそばに近づき、心臓の鼓動を調べると、手を引いて、指に付いた赤いしみを拭き取った。

「心臓を撃ち抜いている」ジャーニンガムは言った。

だからこちらから見えなかったのだ。机がぼくたちとスティーヴンを隔て、銃は元の場所に掛かっていて、彼の手元にあった――。

結局、これは現実なのだ。

ぼくは顔をそむけ、幅広の背の低い窓へやみくもに目を向けた。外はさわやかな春の朝で、すがすがしい風が吹き、細い白樺に若葉が揺れる。外では――。

外の私道に、アンドレアとシスリーが立っている。

身じろぎもせず、じっと耳を傾けて。そのうちシスリーが白樺の木立を駆け抜け、斜面をまっすぐロッジへ向かってきた。

「ジェリー」ぼくは言った。「あのふたりが聞いていました」

ジャーニンガムは誰のことかと訊かなかった。

「中に入れてはいかん」

ジャーニンガムはぼくたちを外に連れ出して玄関のドアを閉めた。シスリーが薮を転がるように走る音が聞こえた。ジャーニンガムが迎えに行くと、彼女はロッジの上り坂の角を曲がってきた。

シスリーはジャーニンガムの姿を見て立ちすくんだ。はあはあと息を切らし、長い引っかき傷で白い頬を赤く染めている。

「スティーヴンはどこ?」

「ここにいるよ」ジャーニンガムはやさしく言った。

「そばに行くわ」

だが、ジャーニンガムがシスリーの行く手をそっとさえぎった。さらにアンドレアが彼女に寄り添い、真っ青な顔で立ち尽くした。

「やめたほうがいい、シスリー」ジャーニンガムが言った。

アンドレアの唇が声にならないささやきに動いた。

「スティーヴン――スティーヴン――」

しかし、シスリーはぼくたちの表情を探りながらすがりついた。

「まさか、彼が――」シスリーは言い淀んだ。「まさか――。そんなの嘘よ――」

誰も口をひらかない。聞こえるのは、涼しい風が白樺の葉をさわさわ鳴らす音だけだ。動くのは、シスリーの目の前をなびく輝く巻毛だけだ。

ぼんやりと、シスリーは小さな片手を上げて髪を押しのけた。迷子のように。

「彼なのね」

シスリーは足元の枯れ葉の上にふわりとしゃがみ込んだ。

グラントがシスリーを助け起こし、ほっそりした荷物を抱えてアンドレアのほうを向いた。

「戻るんだ、アンドレア」

アンドレアは動かなかった。話を聞いているように見えない。

「シスリーを母屋に連れ戻さなくては駄目だ」グラントは有無を言わせない口調で言った。「ぼくが抱いていく。ただし、きみも来てくれ」

「ええ」アンドレアは曖昧に答えた。「できることをしないと――シスリーのために」

アンドレアが視線を上げるとジャーニンガムと目が合った。つかの間、彼女の冷静さが崩れて声に生気がみなぎった。

「ジェリー――どうして？」

ジャーニンガムは首を振るばかりだった。

「ジャーニンガムさんにはわからないんだ、アンドレア」グラントは言った。それから断固として続けた。「ぼくたちの誰にもわからない」

アンドレアは黙ってその言葉を受け入れた。黙って小道へ向かった。グラントはシスリーを抱いて、あとについていった。

ふたりが立ち去ると、ぼくはジャーニンガムを見た。

「ポケットに真実が入っていますね」

またしても彼は首を振った。

「グラントの言ったとおりだ」ジャーニンガムは答えた。「わたしはなぜスティーヴンが自殺したかわからない。警察の捜査が終わるまで、われわれの誰にもわからないね」

ジャーニンガムはロッジに戻って、電話の受話器を取った。

それから二時間、ぼくたちはグラントの指示に従った。アンドレアにシスリーを介抱する役目を与えたのはグラントだ。車を路上駐車したままだと思い出し、ロッジまで移動したのもグラントだ。今回の悲劇に際して、こちら側の事情を簡単に説明したのもグラントだ。

われわれ三人はアンドレアさんの代理で、ロッジでゴードン・ダーニール氏の書類に目を通していました。そこへスティーヴンさんが現れ、父親の机に向かい、父親の銃で自殺したのです。動機はわかりません……。

この話をぼくやジャーニンガムがしたら受け入れられたかどうか、なんとも言えない。だが、グラントは説得力のある話に仕立てた。彼は新たな目撃者であり、言うことに筋が通っていた。また、スティーヴンを悼む、言葉にならない悲しみは真に迫っていて、疑う余地がなかった。

グラントの決意もそうだ――ようやく警察が引き上げると、ぼくたちはまたロッジで三人きりになった。

「さあ」グラントがジャーニンガムに言った。「あの手紙を、読まずに渡してくれませんか?」

「断る」

グラントの顔がますます険しくなった。

「スティーヴンを見ましたね――。あれだけで証拠になりませんか？」

ジャーニンガムはかぶりを振った。

「スティーヴンはこれをアンドレアに渡すようにと言った」

「そんなことをしては駄目です」

「きみの指示はスティーヴンの指示に反している」

ジャーニンガムはポケットから手紙を出した。

「申し訳ないが」彼は言った。「決めるのは――わたしだ」

ジャーニンガムは封筒をあけて、便箋を机の上に広げ、ほっそりした力強い指で押さえた。ぼくたちは両側からかがみこんだ。短い文面が、ゴードン・ダーニールの特徴ある筆跡で書かれていた。

愛するアンドレア
このたび疑問を呈する余地がないほど証明されたのだが、この体には黒人の血が流れていた。この事実が発覚しないよう、これから――そう――姿を消す。
誇り高いきみのことだから、結婚を考えたことなど忘れようと努めるだろう。
惨めな思いをさせたことを許してほしいと頼まないし、許してもらえるとも思わない。

それだけだった。

# 第十九章　「あなたに知らせに来たの」

グラントが長い沈黙を破った。

「このとおりです」

「そうだったのか――スティーヴン」ジャーニンガムは声を殺して言った。

「つまり、スティーヴンとしては、どうしようもなかったんです」

グラントの声は冷静だが、ひどくとがめるような口ぶりだった。

「あの手紙で終わりました。何もかも。スティーヴン・ダーニールのものだった何もかも。彼の――白人としてのすべてが。そしてシスリー――」

容赦ない声が続いた。

「スティーヴンはシスリーと結婚してしまった――。彼は自分にできる唯一の償いをしたんです」

「それはしかたないよ――結婚したことは」ぼくはやっとの思いで言った。「シスリーにせかされたし。彼女は別にかまわない――」

「シスリーはこの問題を考えていませんでした」グラントが言った。

「でも、彼女がスティーヴンを責めたはずは――」

「理屈で考えていますね。この手の問題に理屈は通じません。生理的なものです。体がびくっとすくむ現象ですよ。シスリーはスティーヴンを愛していた。事実を知れば、彼を愛したありのままの記憶を、われながら恥ずかしいといつまでたっても思うんです」

ジャーニンガムがついに口をひらいた。

「シスリーに教える必要はない」

「今はまだ」グラントが思案げに言った。「スティーヴンは立派なことに、あのまま——シスリーと一緒に——生きていて、教えずにすむとは露ほども思わなかったんです」

「そうだね」ぼくは言った。「選択の余地はなかったんだ」

「スティーヴンにはなかった」グラントは言った。「あなたにはあった。あなたがぼくの手をつかまなかったら、あの手紙は灰になっていた。そうなったら、スティーヴンは生きていましたよ」

「シスリーと結婚して」ジャーニンガムが言った。

「もちろんそうなります」グラントは言った。

ぼくたちの沈黙が彼に答えた。

「あなたがたもやはり」グラントは言った。「スティーヴンの友人だった人たちまで——彼は死んだほうが——シスリーと結婚するよりいいと思うんですね」

「そうではない」ジャーニンガムがつらそうに言った。「しかし——結婚はできない相談だ」

「それはあなたの感覚です」グラントは言った。「感覚の違いは論じ合いません。論じ合っても、変わらないからです。そのタブーをあなたは無条件に守っている。スティーヴンはそうでした。アンドレアもそうするでしょう。だからこそ——」

グラントは大きく息を吸った。

「だからこそ、どうかスティーヴンの死に納得して——アンドレアには理由を教えないと約束してください」

そこで少し沈黙が流れた。

「アンドレアには教えてもらう権利がある」ジャーニンガムは言った。

「アンドレアにはこれからの人生があります」グラントが言った。「それを閉ざす気ですか——百年前の出来事のために」

「はたして」ジャーニンガムは言った。「アンドレアにどんな未来があるのか」

ジャーニンガムはグラントを厳しい目で見つめた。

「なぜなら、たとえ彼女は知らなくとも——きみが知っている」

「ぼくは忘れられます」グラントはきっぱりと言った。

ジャーニンガムは首を振った。

「忘れられることではない。あまりにも深刻な問題だ。どれほど深刻かわかるだろう。きみはシスリーの話をしたとき——はっきりと——われわれに言ったじゃないか」

「自分の話をしていたわけじゃありません」

ジャーニンガムは黙った。

「シスリーは南部の出身ですよ」グラントは言った。「ぼくは違います」

「われわれも違う」

ジャーニンガムはそこで言葉を切った。グラントは先を続けた。

「あなたがたも違う」彼はゆっくりと繰り返す。「それでもやはり、この問題に立ち向かえない」

グラントに淡々と話されるのは、なぜか非難されるより具合が悪かった。

「あなたがたは一枚の紙に書かれた、短い文章を読んだ。すると、あなたがたの友情も、アンドレアを思いやる気持ちも忘れられ――」

ぼくはグラントの静かな、容赦ない批判から顔をそむけた。その点だけは、彼は間違っている。なぜなら、窓から外を見ると、アンドレアがひとりで小道をやってきたからだ。その凛とした姿を見て、異質なものなど感じなかった。かわいそうでならないだけだ。また、ぼくたちが迫られた難しい選択を避けたいだけだ。

「違う」ジャーニンガムは言った。「わたしの思いやりは――変わっていない。しかし、アンドレアは境界を越えた結婚はできないんだ。彼女のほうからきみにそう言うだろう」

「そうでしょうね」

「きみが現実に向き合う気になったら、アンドレアが正しいとわかる。人は認めようが認めまいが、誰もがタブーに縛られている。きみだってそうだ」

「ぼくは縛られたくありません」グラントは言った。「アンドレアを愛しています。愛情とそれ以外のことを秤にかけられないんです」

「気の毒に」ジャーニンガムは言った。

ドアがひらき、アンドレアが入ってきた。彼女はぼくたちに話しかけなかった。目に入らなかったようだ。

アンドレアはドアを閉め、それを背にして立った。

「あなたに知らせに来たの」

ぼくたちは黙ったまま、待っていた。

「あなたはなぜスティーヴンが自殺したかわからないと言ったわね。わたしたちの誰にもわからないと」

単純明快な言葉だった。彼女の顔と同じく感情がこもっていない。

「ああ」グラントは言った。

ジャーニンガムは何も言わない。

誰もアンドレアに答えない。

「どうでもいいわ」彼女は言った。「あなたがわからないなら——わたしが教えてあげる」

# 第二十章　禁断の木の実

アンドレアは床の陽だまりを見据えて、じっとしている。

誰ひとり口をきかない。

「簡単なことよ」アンドレアは言った。「スティーヴンはきのうの夜シスリーと結婚したの。唯一、兄が彼女を諦めた理由があるとしたら――結婚までしながら――何も言わず――」

グラントがそこで終わらせてくれた。

「アンドレア――やめてくれ！」

「じゃあ、わかっているのね」

アンドレアはその場で微動だにせず立っていた。しかし、視線はさりげなく机に向かった。まだ誰かが椅子に座っているように。誰も座っていない。机の上は片づけられ、彼女宛の手紙が置いてあるだけだ。

アンドレアはゆっくりと部屋を横切った。そして、机の上の手紙を見下ろした。静かな象牙のような顔立ちに変化はなかった。

「あなたに教えなくてすんでよかった」アンドレアがやっと口をひらいた。

彼女は次にぼくたちひとりひとりの顔を見た。強いて視線を向けた。ぼくと目が合った灰色の目は思い詰めていた。

「お別れの挨拶をしてもいいかしら。それに、お礼も――みなさんに」

グラントがはっと息をのむ音がした。

「もうお会いしません」アンドレアは言った。

最後の言葉から沈黙が広がった。広がっていき、決着がついた。

アンドレアはすかさずドアに向かった。グラントが彼女の行く手をさえぎった。

「いつまで？」彼は強い口調で訊いた。

「いつまでも」

「駄目だ」

傍から見ても、グラントの決意がアンドレアの決意に逆らっていた。

「そんなことはさせないぞ。それは答えじゃない」

「答えなんかないわ！」

アンドレアの声は辛辣になり、辛辣さのあとから身震いするほどの自己嫌悪の色を帯びた。

「あなたはわかっていたころね。わたしが自分から話したはずだもの。でも、あなたに知られたら、わたしが耐えられると思う？」

「ぼくが考えているのはひとつだけだ」グラントは言った。「アンドレア・ダーニールを愛していることだよ」

アンドレアの顔を妙な表情がよぎった。

「きのうは若い女がいたわ――アンドレア・ダーニールという名前の」

アンドレアの両手がかすかに動いた。

「彼女は死んだの」

誇り高い黒髪の頭がくるりとうしろを向いた。急に耐えがたい屈辱感に襲われて。

「彼女はひるまずに他人の目を見ることができた。わたしにはできない。もう二度とできないわ」

「アンドレア！」グラントは叫んだ。「アンドレア――」

しかし、アンドレアは話し続けた。命乞いを受け入れない、悲壮なまでの正直さに突き動かされていた。

「シスリーに付き添っていたら、ヤーキーズ先生が睡眠薬を出してくださったの。シスリーにすがりつかれたわ。あの子、わたしのせいなのかと、何度も、何度も訊いたのよ。そう訊かれて、わたしが何を考えていたかわかる？」

グラントは首を振った。

「シスリーを慰める手立てではなくて、ひたすら――もし彼女に知られたら、二度と手を握ってもらえないことよ」

アンドレアが気づかないうちに、グラントが彼女のほっそりした手を握って口元に運んだ。

小さくあえぎ、アンドレアは手を振りほどいた。

「それはもっと厄介じゃないかしら」

「ぼくがきみを愛していることが――厄介だと？」

「そうかもしれないわね！」

灰色の瞳にくすぶる火が燃え盛った。

「わからない？」アンドレアが詰問した。「それがどういう意味か――今では――あなたが話す――」

必死になって、アンドレアは言いかけた言葉をのみこんだ。

「グラント――放して」

「アンドレア」グラントが言った。「どうかお願いだ――結婚してくれ」

アンドレアの瞳の炎は消えた。唇に残っていた色も消えた。

「結婚は――お互いに――平等な立場の男女がするものよ」

アンドレアの声は手厳しい。

「わたしたちの場合は結婚にならない。ただ――あなたがあえてわたしのレベルに身を落とすのは――」

ほんの一瞬、アンドレアはためらった。

「――あなたの人種がわたしの人種にまで――成り下がったからね」

アンドレアはグラントを黙らせた。大きな代償を払って。その非難にこめられた口に出せない苦しみに対して、答えはなかった。しかし、これで彼女は最後に残された誇りを失った。

アンドレアはふらっとよろめいた。

「今度こそ」彼女は必死に訴えた。「放してちょうだい」

「嫌だ」グラントは言った。

アンドレアは、やはり、あれが真実だと知っていたに違いない。

彼女の顔つきは不思議なくらい冷静になった。

「あなたに選択の余地はないの」

アンドレアに訪れていた静けさは、安らぎに等しかった。

「そして――わたしにもない」

どういう意味かと訊くまでもなかった。もしグラントが自由になろうとしなくても、アンドレアは彼を解放できるということだ。しかも、解放するだろう。迷いも後悔もなく。ゴードン・ダーニールの娘にとって、もはや人生に恩恵はない。

そして、ぼくたちにはどうすることもできない。

グラントのショックを受けた顔に同じことが書いてある。ジャーニンガムの手がぼくの腕を痛いほど握り締めた。アンドレアが来てから、彼は口をきいていない。ぼくは彼がいることを忘れていた。たぶん、アンドレアもそうだったのだろう。

ジャーニンガムはぼくの腕を離して進み出た。

「アンドレア――」

アンドレアが振り向こうとした。

「聞いてくれないか？」

「嫌よ、ジェリー」

「少しだけでいい――」

ジャーニンガムのすらりとした長身には、鷹に似た雰囲気があった。厳しく、温かみのない要求。そもそも、アンドレアのことをまるで考えていないふしがある。

「アンドレア」ジャーニンガムは迫った。「あんな話は信じられない」

「なんですって？」アンドレアはけだるそうに尋ねた。

「あんな話は信じられない！　ひと言だって！」

静まり返ったロッジで、その言葉が命令のように轟いた。

「あれが真実だとは信じないと――」

アンドレアは抑揚をつけずに言った。しかし、目はジャーニンガムの顔にまっすぐ向けられていた。

「父が――あんなことを書いたはずがないわ」アンドレアは言った。「真実ではない限り」

アンドレアの手が机の上に広げられた手紙にさっと向けられた。

「父上が書いたとは思えないんだ！」

ジャーニンガムは便箋を丁寧に畳んで、ツイードのスーツのポケットに入れた。

「偽造の可能性もある」彼は付け加えた。

アンドレアは首を振った。

「父は自殺しなかったわ――それが事実ではなかったら」

「自殺したとは思えないね」

アンドレアは足元の陽だまりのようにじっと立ち尽くしていた。

「どういうことなの、ジェリー？」

「父上は殺されたんだよ。おまけに、これは――」

ジャーニンガムがスーツのポケットを叩くと、紙ががさごそと音を立てた。「――真実ではない」

アンドレアはジャーニンガムの顔をしばらく見つめていた。ようやく話し出したとき、彼女の声はひどくやさしかった。

「嘘が下手ね、ジェリー」

「わたしの言葉は信じないの一点張りか」

「信じられないってことよ」

ジャーニンガムの両肩がこわばった。

「わかった。どうしたら信じてもらえる？」

「もし父が殺されたなら」アンドレアは慎重に話し出した。「誰かが手を下したのね」

アンドレアは口ごもった。

「それで、あなたは犯人を見つけられる」

「つまり」ジャーニンガムは言った。「わたしが洗礼者ヨハネの首を大皿に載せてきみに差し出せば——それが証拠になる」

「そうね」アンドレアはあっさりと言った。「なぜなら、あなたがわたしに——わたしのためを思って——嘘をついていたら、そこまでしないからよ」

「いかにも。ぜひとも、その点をはっきりさせてから取りかかりたい」

アンドレアの唇がひらいた。そこにうっすらと色が差していた。

「手紙を何通か持ってきてくれ」ジャーニンガムがこともなげに言った。「父上からもらった直筆の手紙だ」

「ジェリー、まさか本気で——そうしてくれるの？」

「犯人の首を大皿に載せるかと？」

アンドレアはうっとりとして、頷いた。

「もちろん、そうするとも！」

アンドレアは乱れた息を吸い込んだ。

「手を打つかい?」ジャーニンガムが手を差し出してほほえんだ。例のゆったりとした、人を和ませる笑みは、唇の片隅に深刻な気配があり、反対の隅は気まぐれな感じが漂う。

アンドレアはジャーニンガムの手を握った。

「わたし――わたし――」

アンドレアの顔がおぼろにかすんだ。やさしい雨が降る四月の森のようだ。

「今すぐ――手紙を――取ってくるわ」アンドレアは言った。グラントがドアをあけてやったが、それに気づかず、日の当たる場所へ駆け出した。

だが、彼女が出ていくと、ぼくはジャーニンガムの目を見た。

そこには希望のかけらもなかった。

# 第二十一章　簡単なほうの問題

「どうやって突き止める――」グラントは声をひそめて訊いた。

「突き止めないよ」ジャーニンガムが答えた。

「すると、さっきはただ――」

「嘘をついていたんだ。アンドレアが言ったとおり」

「彼女もしまいには嘘だと思っていませんでした」

「よくわからなかったのさ。判断を保留して、わたしにチャンスをくれた」

「証拠を持ってくるチャンスを」グラントは途方に暮れたように言った。「あなたにはできないのに」

「やらなければならん」

ジャーニンガムはぼんやりと机の角に寄りかかり、片方の膝を抱えて、渋い顔で屋根の垂木を見上げた。

「アンドレアに約束したんだ」

グラントがじっと見つめた。

「どうやって殺人犯を連れてくるんです――そんなものはいないとしたら？」

「それが問題だな」ジャーニンガムは頷き、左の眉だけが皮肉っぽく吊り上がった。「簡単なほうの問題だ」

「簡単なほうの！」

「解決できなくもないさ。きみたちふたりのことは知らない。わたしはね、細かいことにこだわる気分じゃないんだ」

ジャーニンガムの口調がだんだん遅くなり、間延びした。

「厳密には殺人犯がいないので――ゴードン・ダーニールの死に責任がある者で妥協するしかないね」

グラントは口をあけて、水を差すのが怖いのか、また閉じた。

「続けてください」彼は低い声で言った。「話を聞きながら理解していきます」

「ダーニールの死に責任がある人間がいることはわかっている」ジャーニンガムは垂木と論じ合った。

「ほぼ最初からわかっていたし、ダーニールがアンドレアに宛てた手紙で確認できる。〝この事実が発覚しないよう――〟」

ジャーニンガムの声が険しくなる。

「この事実を発覚させると脅迫した人間が、ダーニールの死に責任があることになる。さらに、フィリップとスティーヴンの死にも間接的な責任がある。三件の自殺を引き起こしたんだ。一件の殺人の濡れ衣を着せたところで、ちっとも良心が痛まないね」

「少し意見を言いましょうか？」グラントが控えめに尋ねた。

「口を挟むのが早すぎる」ジャーニンガムは言った。「きみはまだ、わたしの話を半分も聞いていない」

「じゃあ聞かせてください」

「難題は犯人を警察に引き渡せないことだ。どんなに不利な証拠が固まっても、犯人がダーニール一家の秘密を証明することを止められない——法廷で自己弁護する機会を得たらな。そんな機会を与えては駄目だ」

「それはわかります」

グラントはむらのない茶色の髪の頭を下げて集中した。

「しかし、犯人が釈放されたら、アンドレアは二度とわれわれを信じないでしょう」

「釈放させてはならん」

グラントはため息をついた。

「だいいちこれは、簡単なほうの問題なんですね?」

「これには解決法がある。言ってみればね。犯人は窮地に陥っていた。さもなければ、ゴードン・ダーニールを脅迫しようとしなかっただろう。今ごろ、ますます追い詰められているはずだ。われわれは犯人を駆り立てるだけでいい。犯人がダーニールを——自殺に——追いやったように」

「罪悪感がない人間はいません」グラントは言った。「そうですね。うまくいきそうだ。ただし、犯人が否定したら?」

「それは」ジャーニンガムは険しい顔で答えた。「この問題の解決できない部分だな。出たとこ勝負で行こう」

グラントは頷いて同意した。

「指示を出してください。ぼくは何をすればいいでしょう?」

ジャーニンガムはしばし考えた。やがて、にんまりした。

「差し当たり」彼は方針を決めた。「舞台裏で警官を演じる声になってくれ。きみの電話番号は？」

グラントはメモ用紙に電話番号を書いた。

「わたしには一時的に権限が必要になる」ジャーニンガムは予想した。「支援してもらうためだ。きみは家に戻って、つっけんどんな態度を取る練習をしてくれ。電話の呼び出し音が聞こえる場所にいること。手の込んだ芝居をするときは、先に電話をかけて段取りをつける。ただし、記者を名乗る電話がかかったら――」

「あなたは取材現場にいるわけですね」グラントがあとを引き取った。「それで、どうすればいいんです？」

「わたしが伝える名前を書き取ってくれ。五分後にその人物に、声音を変えて電話をかけ、市警本部からだと告げて――そのまま待たせるんだ」

「どのくらい？」

「わたしが電話に出るまで。なるべく荒っぽい口調で話すこと」

ジャーニンガムがあまりにも無造作に指示を出したので、彼が考えた荒唐無稽な計画に現実味があるとは思えなかった。彼が舞台の上で何度も繰り返したことにすぎない気がする。上演されるための一場面。幕切れまで演じる状況。きっと、こうして試してみるのだろう。このやり方しか――。

しかし、グラントはつかの間現実に向かおうとした。

「ぼくに簡単な役を与えようというんですか」彼は唐突に言った。

「それでいいんだ」ジャーニンガムは答えた。「アンドレアのためにもかえっていい。きみが――そばにいないほうが」

「嫌な感じですね」グラントは言った。「ほかには？」

ジャーニンガムは言葉を切って考えた。

「プルーデンシャル信託銀行で必要な情報がケネットから手に入らなかったら、きみの権限が必要になるかもしれん。今、ケネットに電話をかけておくほうが――」

グラントは受話器に手を伸ばしてケネットに電話をかけ、ジャーニンガムが望む情報をなんでも提供するよう、簡単な指示を与えた。

「さあどうぞ」グラントはジャーニンガムに受話器を渡した。

「ケネットくんかい？」ジャーニンガムが訊いた。「誰かが土曜日に現金で二千ドルを預けたかどうか、預金伝票でわかるかな？　土曜日、あるいは今日のことだが」

ケネットの答えは例によって短かった。

「そちらからはかけられないだろう」ジャーニンガムは言った。「こちらからときどきかけて、情報を訊くよ」

ジャーニンガムは受話器を置いた。

「大きな賭けじゃありませんか」グラントが言った。

「実際はそうでもない。それこそ犯人が小切手を使えなかった理由かもしれん」

「犯人は預金者だったから？」

「しかも、よく知られた名前で、それが小切手に書かれているのを行員が見たら――不審に思う」

「行員は確かによく気がつきます」グラントは言った。「小切手を見れば、持ち主について驚くほど多くのことがわかりますよ。しかし、いくらなんでも――よもや預金者であろうとは――」

「そうは思わない」ジャーニンガムは言った。「ケネットには脅迫者が見つけられないだろう。監査役が泥棒を見つけられないのと同じだよ」

ジャーニンガムは望みなしとばかりに肩をすくめた。

「とはいえ、見つけたかどうか訊いてみよう。ひょっとしたらと思ってね」

ジャーニンガムはヘインズに電話をかけた。監査は全速力で進められていた。万事が立派というほかない。

「監査役から援軍はない。よし、始めよう。われわれにぴったりの仕事がある」

グラントは車でぼくたちを屋敷まで送り、運転席から降りた。

「アンドレアがあなたのお望みのものを見つけたかどうか、確認してきます」

ヤーキーズ医師が玄関の広い階段を下りてきた。通り過ぎるグラントに会釈して、ジャーニンガムに話しかけようと車のそばで立ち止まった。

「お帰りですか、先生？」

「もうできることはありませんから」

医師はやせて、老けたように見える。だが、軍人らしい物腰はいつものままだ。

「先生のお見立てでは、アンドレアは――」

「へこたれませんよ。あなたが手を打ってくれたんですね」

「当座の処置は」ジャーニンガムは沈んだ口調で言った。「先生、ちょっとお尋ねしたいのですが」

「前と同じ質問を？」

「アンドレアが信じていることを考慮して、事態を悪化させるわけにいかないのです。今、先生が答えてくれたら、助けになるかもしれません」

「助けになりませんよ」

「なるかもしれません」ジャーニンガムは食い下がった。

医師は車のタイヤのリムに手を置いた。

「ゴードン・ダーニールが一週間ほど前に訪ねてきて、こう訊きました——」

医師の繊細な指がこわばった。

「——黒人の血が流れていることを証明するか、それは誤りだと証明する、信じるに足る肉体的な特徴があるかと」

「それで彼に——なんと答えたんです?」

「手がかりになる特徴はない。最初の二、三世代を過ぎてしまえばわからないと」

「いやいや」ジャーニンガムがのろのろと話し出した。「それでは助けになりません」

そのときアンドレアがグラントと一緒に外へ出てきて、手紙の入った袋をジャーニンガムに手渡した。

「どれくらい——かかりそうかしら、ジェリー?」

「見当もつかないね」

「今夜何かわかったら」アンドレアはあくまでさりげなく言った。「知らせてくれてもいい——」

冷静な仮面がはがれた。

「つまり——知らせてちょうだいね。どんなに遅くなってもいいわ。今夜は眠らないから」

そしてアンドレアはさようならと手を上げた。

一時間後、グラントは自宅のアパートメントに戻り、電話が鳴るのを待っていた。いっぽう例の手紙は、ニューヨーク一の筆跡鑑定家であるJ・テンプルトン・シムズの研究所の台に載せられた。持参したジャーニンガムが要望を説明していた。

ジャーニンガムはちょっと落ち着かないようだ。

J・テンプルトン・シムズはやせたご老体で、仕事に情熱を持ち、必要悪である依頼人に対しては冷淡な忍耐を抱いていた。羊皮紙に似た肌に寄った皺という皺、白い眉の剛毛という剛毛が、手紙を持ってきたからには、さっさと帰って彼に仕事にかからせろ、とぼくたちに告げていた。

しかし、ジャーニンガムは意図をはっきり伝えるまで帰ろうとしなかった。

「シムズさん、筆跡が明らかに本物でも明らかに偽造されたものでもない場合——中には、あなたが見ても判断のつかないものがあるでしょうね」

「たくさんあります」老人は控えめな調子で認めた。

「すると、証拠の重要性で決定するのですね？　類似点と相違点を比較して？　ある細部とまた別の細部を比較して？」

「いかにも。だからこそ」シムズはあてこするような言い方でぼくたちに念を押した。「依頼の背後に何があるのかも、わたしの決定いかんでどんなことが決まるのかも、知りたくありません。何も知らなければ、公平でいられます」

「公平でいてほしいと頼んでいません」ジャーニンガムは言った。

少しのあいだ、彼は老人のよそよそしい態度を眺めていた。

「嫌でも問題がわかります」ようやく口をひらいた。「その手紙はある父親が娘に送ったものです。今日の午後、わたしが彼女から託されました。比較の基準とするためです。そしてこちらが――」

　ジャーニンガムはポケットからあるものを取り出した。

「――父親が娘に宛てて書いた最後の手紙です。本人が書いたとしたら。これを読めば、おわかりでしょう」

　J・テンプルトン・シムズは手紙に目を通した。

「ええ」不承不承という感じだ。「当然ながら、知りたくなりますね」

　ジャーニンガムは首を振った。

「ことはさほど単純ではありません。父親がこれを書かなかったとしたら、わたしはそれを知りたいのです」

「では、当方がそこを保証できなかったら？」

「そのときはできる限り情報をください――その観点に立って。微妙な矛盾点をひとつ残らず。父親の手書きの字のわずかな変化をひとつ残らず。専門家としては、心理的な影響か、ペンを持つ手が滑ったせいだとわかっていてもです」

　J・テンプルトン・シムズは仰天した様子だった。しかも、彼の信条に反した要求であるにもかかわらず、興味を抱いた。

「偽造の事例だと申し立ててほしいのですね。根拠があろうと、なかろうと」

「偽造されてもなんら不思議はない手紙ですから」ジャーニンガムは言った。「また、これが悪質なケースだった場合、どれほど悪質かは言わないでくださいよ」

シムズに断る隙を与えず、ぼくたちはそそくさと出ていった。

「次はケネットだ」ジャーニンガムがそう言ったのは、公衆電話の前に来たときだった。ケネットの最初の言葉で、ジャーニンガムはポケットに入れていた小さなメモ用紙を取り出した。顔をいっそう興奮させ、メッセージを書き取っていた。

「やっと突破口がひらけたぞ」彼は電話を切った。「やはり、土曜日の午前中に二千ドルの現金が預けられていた。名義は商店でもビルでもなく、ローン返済でもない。ジェイムズ・キャンベルという男だ」

ジャーニンガムはメモ用紙に書かれた住所をちらりと見た。

「ここにいてくれるといいが」

その住所へ行ってみると、ヴィクトリア朝様式の小さなオフィスビルで、一基のエレベーターを陰気な黒人少年が動かしていた。

「ジェイムズ・キャンベルの事務所はあるかね?」ジャーニンガムが尋ねた。

「三階」少年は頷いた。

ぼくたちはエレベーターに乗った。ケージがきしみながら、しぶしぶ上がり始めた。

「キャンベルの仕事は?」

「何もしてないみたいです」

「何かしているはずだ」

少年はうんざりしたように首を振った。

「行ったり来たりするだけで」

エレベーターはほっとしたように停止した。

「その先の二番目のドア」

二番目のドアには、小さな黒い字で〈ジェイムズ・キャンベル〉と書かれていた。それだけだ。

そして鍵がかかっている。

何度ノックしても返事がなかった。

「やっぱ、いないでしょ」少年がしたり顔で言った。

少年は止めていたエレベーターの戸口にだるそうにもたれていた。

「あの人、三十分前に出てったんすよ」

しかたなく、ぼくたちは叩き甲斐のないドアを離れた。

「夜には戻ってくるのかい？」

「さあ。おれ、六時であがりなんで」

少年はケージの格子に掛かっているごつい腕時計を盗み見た。彼のしぼんだ気持ちがぱっと明るくなった。

「やったあ！　今すぐあがろっと。下まで連れてってほしかったら、さっさと乗ってください」

ぼくたちはエレベーターに乗り込んだ。ケージが振動しながら下りていった。

「キャンベルだが、朝は何時に来るんだ？」

「決まってません。たぶん――」

少年はせっせと腕時計を外していた。

「――今週はもう来ないんじゃないっすか。ここんとこ、めったに顔見ないし」

「どんな風体の男だい？」

「背が低くて。どこもかしこも角ばってて。あんましよく見たことないや」

「アクセントはあるかね？」

「どこの？」

エレベーターが止まった。少年は自分の上着と帽子を取ろうとした。

「おかしなものの言い方は」

「おれにゃ、〝三階！〟しか言わないしさ」

少年はエレベーターの扉を勢いよく閉め、帰ろうとした。

「ちょっと待った！」ジャーニンガムは声をかけ、ポケットから手を引っ張り出した。「残業手当に五割増し出そう！」

少年はにんまりして承知した。

「よく考えるんだ」ジャーニンガムが言った。「キャンベルが〝三階〟と言うとき、どんな言い方をするのか」

黒い目が考えようとして天井のほうを向いた。

「おれにゃわかるよ、大将！」少年はいきなり言い出した。「〝さあんがい！〟」

少年はポケットをジャラジャラと鳴らし、意気揚々と引き上げていった。

ジャーニンガムの顔にも意気揚々としたところがあったが、戸惑った様子で表情が冴えなくなった。このみすぼらしい建物の、がらんとした玄関ホールに探るような目を向けると、戸惑いはますます募ったようだ。

「マック」ジャーニンガムが言った。「どうしたらこの男が見つかるだろう?」

「見つけないといけませんか?」

彼は頷いた。

「今夜ですか?」

またも彼は頷いた。

「だって、見張っていれば、キャンベルは今週中に間違いなく現れるじゃないですか」

「一週間も待っていられれん。こっちには――今夜しかない」

ジャーニンガムの悲痛な口ぶりにどきりとした。

「でも、アンドレアはあなたに時間を与えると――」

「いいや。彼女は腹をくくるだけでいい。わたしがはったりをかけていると思い込んだら――。駄目だよ、マック。今夜なんとかするんだ。できるものなら」

「このジェイムズ・キャンベルから始めて――」

「見つかればの話だ」

「それでも、キャンベルはあなたが追っている男ではない、そう思うんですね?」

「キャンベルはあの午後、スコットランド訛りでダーニールに電話をかけた人物だと思う。ダーニールが二千ドルを与えた男だと思う。問題の夜、ロッジでだ。さらに、どちらのときも、キャンベルはわたしが追っている男の手先だった。そうなると、彼を――問題の男の不利になるよう利用できる」

「じゃあ、見つけたほうがいいです」ぼくは賛成した。「ほかに利用できるものはありませんからね!」

ぼくはもう一度、玄関ホールを見回した。見るも無残な張り紙に、〝この建物に事務所を借りたい人は署名者に申し出てください〟と、書いてある。

「不動産屋はどうでしょう、ジェリー？　家賃を回収する人間は？　キャンベルの住所を知っていそうじゃないですか？」

「抜け目ないやつだな！　電話はどこだ？」

角のドラッグストアに公衆電話があった。ジャーニンガムがボックスに入っていたあいだ、ぼくは電話帳でジェイムズ・キャンベルという名前を数えていた。

「駄目だ」ジャーニンガムが電話ボックスから出てきた。「不動産屋も知らなかった。賃借人は即金で家賃を払えば、ずっとセントラルパークで寝泊まりしてもかまわないそうだ」

ぼくは電話帳にジェイムズ・キャンベルが何人載っていたかを伝えた。

「どのみち、そこにわれらがジェイムズはいないだろう」ジャーニンガムは言った。「キャンベルが銀行にも大家にも住所を明かしていないとしたら、どの電話帳にも名前を載せていないさ」

ジャーニンガムは含み笑いをした。

「事務所のドアに名前が出ていて運がよかった。これから戻ってあのドアを見直そう」

ぼくたちは一緒に二階分の階段を上がって、三階の廊下へ曲がり――歩みを速めた。〈ジェイムズ・キャンベル〉と書かれたドアがひらいた。

ふたりとも室内に入ってから、ジェイムズ・キャンベルはいないと気がついた。そこにいたのは、キャップをかぶってエプロンをつけた、やせた、猫背の小柄な女だけだ。洗いざらしのエプロンが色あせた目によく合っている。

「こんばんは！」ジャーニンガムは声をかけた。「キャンベルさんはまだ来ていませんか？」

「ここんとこ見かけないねえ」女は答えた。

女は時代物のカーペット用掃除機をすり切れた緑の絨毯に何度もかけていた。刺激臭が立ちのぼり、ぼくたちの鼻の穴にこびりついた。とうの昔に死んだ埃が墓の中でとんぼ返りした匂いだ。

「とんと見かけないよ」恨みでもありそうな口ぶりだ。

ジャーニンガムは、二脚ある座り心地の悪い椅子の一脚に、いかにも長居しそうに腰を落ち着けた。傷のついたオークの机に向かっているほうだ。ぼくはもう片方に座った。

「煙草を吸ってもいいかい？」ジャーニンガムは訊いた。そして、パイプに煙草を詰めながらこう言った。「とはいえ、毎晩キャンベルさんが帰ったあとでここを掃除しているんだから、あなたは彼をよく知っているね」

「几帳面な男だよ」女はさげすんだように言った。「こんなにきっちり鍵を閉めるなんて、人間らしくないったら」

女はカーペット用掃除機を、がらんとした部屋に置かれたもうひとつの家具の足元に憤然としてぶつけた。スチール製のファイリング・キャビネットだ。背が高くて丈夫で今風で、一番上の引き出しの隅に鍵穴がついている。

「ふつう、鍵を閉め忘れることもあるだろうと。しかし、彼は一度も忘れない――今んとこ」

ジャーニンガムは手を伸ばして、机の引き出しをぼんやりとあけたり閉めたりした。

「机の引き出しにゃ鍵をかけないよ」女が言った。「何も入ってないからさ」

女は掃除機をごわごわしたほうきに持ち替えて、幅木をざっと一周掃き、クローゼットのドアノブをかたかた鳴らした。

「あけらんないクローゼットをどうやって掃除すりゃいいのさ」

出て行ったきり足取りを残さない男を、どうやって見つけりゃいいんだ。

だんだん嫌気が差し、ぼくは頭の中で室内にある物のリストを作った。鍵のかかったクローゼット、鍵のかかったファイリング・キャビネット、空っぽの机、背もたれのまっすぐな椅子二脚。本当にこれしかない。ジャーニンガムの長い脚の下にごみ箱があれば別だが。何かしら――。

「ごみ箱を出しとくれ」女は言った。

ジャーニンガムがごみ箱を引っ張り出して、どこまでも続く深みを見下ろし、内側をためしに指でこすると、指についた真っ黒な汚れの匂いを不思議そうに嗅いだ。

「煤《すす》かな？」ジャーニンガムは尋ねた。「キャンベルさんは必ず紙くずを燃やすのかい？」

女は憤懣やるかたない様子で頷いた。

「あたしが落ちぶれて覗き見するといけない、って感じでね！」

「失礼千万だな」ジャーニンガムは頷いて、女の様子を眺めた。女はひらひら舞う紙の灰を捨て、荷物をまとめて帰ろうとした。

女は戸口で立ち止まった。

「言いたいこたあ、わかるでしょ。クローゼットの鍵はあたしたちに預けりゃいいんだ」

女の背後でドアが閉まった。

「言いたいことはわかるな」ジャーニンガムが自信たっぷりに言った。「あの女は正しい」

あの女は――あらゆる点で正しい。ファイリング・キャビネットは鍵がかかっている。机は空っぽだ。クローゼットの鍵が、なんらかの発見に至る唯一のチャンスだ。

「不面目なことじゃない」ジャーニンガムは腹立たしい空っぽの鍵穴をじっと見つめた。「イエール錠に阻まれてもな。しかし、ありふれた、この手の――」

「鍵の形がわかれば」無駄な望みと知りつつ言ってみた。「さっき通り過ぎた店で合鍵を作ってもらえる――」

「なんだと？　どこの店だ？」

「こことドラッグストアのあいだですよ」

「鍵屋だな。あいているのか？」

「さっきはあいていました」

「留守番を頼む！　すぐ戻る」

ジャーニンガムは五分で戻り、階段を駆け上がってきた。ドアをそっと閉め、三つの鍵を机の上に放り投げた。

「ほら！」

　これまで見た鍵とは似ても似つかない。どれも削られていて、錠に入る部分がほぼ完全に削り落とされていた。残った部分が円筒状の軸についている。どれもアルファベットの大文字に似ていて、一本は細めのI、もう一本は棒が長くて谷間が浅いY、三本目は細めで谷間が深いVに見える。

「これはなんていう物ですか？」

「合鍵《スケルトンキー》だよ」ジャーニンガムはくくっと笑った。「あの店にはこの三つしかなかった。だが、これで間に合うはずだ」

「なぜです?」

「これだけ細ければ、どこにもぶつからずに開錠できる。それだけの話さ」

ジャーニンガムはI型の鍵を選んで、クローゼットのドアの鍵穴に差し込んだ。

「すると正しい鍵は」ぼくは言った。「障害物をよけるんですね。特別にそこを避ける刻み目が入っていて――」

「そのとおり。ただ、このスケルトンキーは障害物がどこにあるか知らず、やみくもに進むしかない」

ジャーニンガムはもう一度同じ鍵を差して、精いっぱい根気強く感触を探った。

「全部の突起が両側にあるとしたら、そのあいだにI型の先端がはまり込むはずだ」

「でも、はまらない」

「ああ。一番奥に何かありそうだ。Y型を取ってくれ」

ジャーニンガムはY型の鍵を試してみた。根気に変わりはなかったが、やはりうまくいかなかった。

「これでも奥にある物にぶつかるな」ジャーニンガムはついに言った。「Vの刻み目が大きくて、それに当たらなければいいが。さもなければ――」

ジャーニンガムはV型を試した。ボルトが魔法のようにするりと動いた。

クローゼットにはふたつの品が入っていた。黒い旅行鞄。淡褐色のスーツ。

「鞄が先だ」ジャーニンガムが言い、よく調べようとすばやく机の上に載せた。「これをどう見る?」

「鍵がかかっていますね」

「さもありなん!」

ぼくはその鞄を持ち上げた。

「それから、旅行の荷物を詰めてあります。この重さからして」

「ほかには？」

「〝J・C〟のイニシャル入り、中型、古くも新しくもなく――うっすら埃をかぶっている」

「なるほど？」

「ここにそれほど長く入っていないんですよ」

「続けて」

「ほんの数日ですね。たぶん、キャンベルがダーニールに電話をかけた日からかもしれません」

ジャーニンガムは頷いた。

「つまり、問題の夜にキャンベルがロッジに行って」彼は言った。「ダーニールに会おうとしたとき――」

「キャンベルはここを引き払うつもりでいた」

「おそらく」ジャーニンガムは言った。「あるいは、ちょうど戻ってきたところだったのかもしれん」

「どっちかわかりませんよ」

「今のところはな」

ジャーニンガムはじっと考え込むようにスーツを見た。

そのスーツはどう見ても、エレベーターボーイが言っていたように〝背が低くて角ばってる〟男のものだ。しかし――。

「夏用のスーツだ！」ぼくは言った。「このニューヨークで――まだ四月なのに！」

「これをニューヨークで着たわけがない」

「でも、彼は着ていたんです。どっちの肘にも皺が寄っています」

「だいいち」ジャーニンガムは言った。「この服は荷造りしてあった」

それもまた、よく見ると明らかだった。

「じゃあ、どこかに出かけていたんです」ぼくは折れた。「南へ行っていたんですよ」

ジャーニンガムは首を振った。

「証拠にならない。それは去年の夏の皺かもしれないぞ」

ジャーニンガムはスーツのポケットに次から次へと手を突っ込んだが——何も出てこなかった。

「ジェイムズ・キャンベルは」ぼくは言った。「スーツのポケットに何かを入れっ放しにする男じゃありませんね」

「わざと残したりはしないが——」

ジャーニンガムの指が最後のポケットから、折った白い雑紙をつまんで出てきた。その正体を見てとり、彼の顔つきが沈んだ。

「駄目だ。路面電車の乗り換え切符を〝何か〟とは言わんだろう」

それでも、ジャーニンガムは切符を広げた。すると、彼の表情が変わり、ぼくは切符をしげしげと眺めた。

「変わった乗り換え切符ですね」

「見ているうちに、もっと変わっていくぞ」

表面に町の名前が出ていない。だが、乗換駅のリストは載っている。

「〈France at St.Claude〉」ぼくはリストを読み上げた。「〈Dauphine at Almonaster〉……。〈Esplanade at Rampart〉……。〈Dumaine at Bourbon〉！　なんだ、この名前は全部フランス語じゃないか！」

「ニューオーリンズだ！」ジャーニンガムが言った。「そうじゃなかったら、この帽子を食べてみせる」

彼は乗り換え切符を裏返した。裏面には〝ニューオーリンズ公共サービス〟と印刷されていた。

「だけど、日付がなくちゃ変ですよ」ぼくは言い返した。「日付さえあれば――」

ぼくたちは切符を子細に観察した。日付はなく、片隅に大きな赤い数字で十六と書いてあるだけだ。月か年かを示す手がかりはない。

「頭にくるなあ！」ぼくは言った。

「ううむ、どういうことだ」

ジャーニンガムは長い腕を伸ばして受話器を取った。

「長距離を頼む……。ニューオーリンズの〈ニューオーリンズ公共サービス〉につないでくれ」

ジャーニンガムはぼくを見てにやりとした。

「われらがスコットランド人は、電話代の請求書が届いたらぶっ倒れるぞ」

「返事があればね」ぼくはしばらく待ってから言った。「向こうじゃ今ごろ営業終了していますよ」

「路面電車は営業を終了しない。乗り換え切符を見てごらん。午前一時、二時、三時……。もしもし？　乗り換えの件でニューヨークからかけているんですが……。路面電車の乗り換えの件で……。ええ、その乗り換えです」

ジャーニンガムは電話口に向かって低く笑った。

「頭がおかしい者ではないという言葉を信じていただくほかありません。知りたいのは、ある種の乗り換え切符が発行される……。白い……。色は毎月変わるんですか？ ……四月ですが、何年かわかりません。一年前の四月でしょうか？ ……すると、このタイプの切符はここ数カ月で試行していたんですね？ ……すばらしい！ 本当に助かりました！」

ジャーニンガムは得意そうに電話を切った。

「四月十六日」ぼくは言った。「キャンベルは先週ニューオーリンズにいたんですね」

「そうだ。ダーニールがニューオーリンズのことを話したのを聞いた覚えがあるか？」

「シスリーの話では——ゴードン・ダーニールの母親がそこの出身です」

「じゃあ、そういうわけだ」

ジャーニンガムは乗り換え切符を自分の財布にしまった。

「マック、このジェイムズ・キャンベルを見つけなきゃならん」

粘り強く、彼はまたスーツのポケットを探り始めた。

「そこは一度調べたじゃないですか」ぼくはじれったくなって声をかけた。「どうして何か見落としたと思うんです？」

「なぜかな。ただ、そんな気がするんだ」

ジャーニンガムは探し終えた。ポケットには何もなかった。彼は解せない顔つきで眉根を寄せた。

「やっぱり何か見落とした気がする」

理屈はいっさい受け付けず、三度目にスーツに取り組んだ。ゆっくりと、ひとつずつポケットを裏返していく。次は胸の内ポケットだ。

「これを見落としていたんだ」ジャーニンガムは言った。

ポケットの内側に縫い込まれていたのは、光沢のある白のリネンのラベルで、メーカーの名前とある謎めいた数字がついていた。

ラベルの空欄には、黒いインクで〝ジェイムズ・キャンベル〟と書かれている。そして、ある住所。あの事務所の住所ではなかった。ジャーニンガムは何も言わず、通りの名前と番号を書き写して、ポケットを整え、スーツを吊るして片づけた。旅行鞄も元の場所にしまった。クローゼットのドアに鍵をかけた。二分後、ぼくたちは車に戻り、新しい住所に向かっていた。

道中、ジャーニンガムは一度だけ口をひらいた。

「煙草を持っているかい、マック？」

彼の胸のうちは読めた。

「そのために買っときました」

こうしてぼくたちは、ジェイムズ・キャンベルが住む目立たないワンルームのアパートメントに着き、階段を上り、大家の女性に言われるまま、彼の部屋に向かった。

「家にいるといいがな」ジャーニンガムは言った。

彼は在宅していた。気難しげにだが、玄関のドアをあけた。二十センチほどひらいた、その隙間に立った。

「ここできみの仕事の話をしようか？」ジャーニンガムは愛想よく言った。「それとも、人目につかないところに行くほうがいいかな？」

せかせかした感じで、ジェイムズ・キャンベルはぼくたちを中に入れた。

そこは狭いワンルームで、とことん片づいていた。背が低いにもかかわらず、ジェイムズ・キャンベルはなぜか空間をふさいだ。がっしりした体つきで、とてつもなく角ばっている。また——これには悩まされた——信用できそうな顔をしていた。

「おれに仕事を頼みたいのか？」

「そうだ」

ジャーニンガムは簡易ベッドにできるだけくつろいで腰かけ、壁にもたれた。

「金で頼めるなら、ってことだが？」

ぼくは煙草の箱に手を伸ばした。

「ああ」ジェイムズ・キャンベルは言い、ぼくが差し出した煙草を取って火をつけた。

「どんな身元照会先を挙げられる？」ジャーニンガムは尋ねた。

スコットランド人は肝が据わった顔をしている。

「あんたにおれの名前を教えた人間を」

ジャーニンガムがなるほどと言うように頷いた。

「慎重だね」

「ああ《アイ》」ジェイムズ・キャンベルは言った。「それで報酬の半分もらっとる」

キャンベルは煙草を吸うのに余念がなく、すぱすぱとふかすので、見る見るうちに短くなった。

ジャーニンガムはそれを見ていなかった。無記名の小切手を取り出して、ゆっくりと、几帳面に書き入れた。最後に手を伸ばして、テーブルに載せた相手の肘に寄せた。

スコットランド人は真顔で小切手を見て、煙草をせわしなく吸った。

「いったいなにが――目当てだ？」彼は小切手に触れずに訊いた。

「ゴードン・ダーニールが撃たれた夜に〈グリーンエイカーズ〉のロッジで起こった出来事について、きみが知っていることを」

ジェイムズ・キャンベルは首を振った。

「あんた、がせネタをつかまされたね――」

キャンベルは煙草を口から放して、あら探しでもするように睨んだ。もうコルクのフィルターしか残っていない。ぼくは煙草をもう一本差し出した。長年の習慣のたまもので、彼は楽々と火をつけた。吸殻から。

「そうは思わない」ジャーニンガムは言った。

「――おれのやり方についてさ」ジェイムズ・キャンベルが締めくくった。

「きみは現場にいた」

「どこにいようと、おれは別の人間に雇われてた。同じ仕事は二度売らないことにしてる」

「そうかねえ」ジャーニンガムは間延びした口調で言った。「その仕事を初めて――脅迫の形で売ったときでさえ？」

「その言葉を証明してもらおう」ジェイムズ・キャンベルは声を抑えて言った。

「いいとも」ジャーニンガムは答えた。「先週、きみはニューオーリンズにいた」

スコットランド人は聞き耳を立てた。

「とうの昔に死んだ人たちにまつわる秘密を暴きに行って――」

「ありゃあ家系調査だった」

「呼び方を変えても、うさん臭さは変わらんよ」

「家系調査がうさん臭いとしたって、おれのせいじゃねえ。おれは事実を突き止めに送られただけだ」

「きみは現地に送られて戻ってきた。きみはゴードン・ダーニールに電話をかけた。あの夜、ロッジに証拠を持参して彼に会った。彼が持っていた二千ドルを取った」

「ああ《アイ》」ジェイムズ・キャンベルはひるまずに言った。

「それは脅迫だ」ジャーニンガムは言った。「加害者はきみ——あるいは、きみに事実を突き止めに行かせた人間だね」

「あんた、あんまし呑み込みがよおくねえな」ジェイムズ・キャンベルは言った。「おれをニューオーリンズにやった人間はゴードン・ダーニールだよ」

あたりはしいんと静まり返った。その中でジェイムズ・キャンベルは二本目の煙草を手際よく吸い終え、ぼくを見て三本目をもらい、そこに二本目から火をつけた。

「それを証明できるかい？」ジャーニンガムはようやく尋ねた。しかし、その口調の変化から、彼は納得したとぼくにはわかった。

「あんたに証明を求める権利があるなら」ジェイムズ・キャンベルは言った。「金庫をあけろと要求すりゃあいい。そこにダーニールから渡された手書きの指示書が入ってる。おれが作った報告書の一ページ目にクリップで留めてある」

ただし、それを見つけたのはフィリップだった。

ジャーニンガムは立ち上がった。

「これで失礼する」彼は言い、手を差し出した。

ジェイムズ・キャンベルも立ち上がり、小切手をジャーニンガムの伸ばした手に載せた。

「こいつを忘れてるぞ」

「とっておけ。お詫びのしるしだ」

ジェイムズ・キャンベルは小切手を畳んでしまった。

「誰でも間違えることはある」彼は辛口の寛容さを示した。「ただし、言っとくが、おれは間違えない——仕事の上ではな」

ぼくたちは黙ったまま階段を下り、建物を出て、車に戻った。

「最後の仕上げに」ジャーニンガムはぼやいた。「アンドレア宛ての手紙の一件で、じきにJ・テンプルトン・シムズの判定が下る。最悪の事態を知りたいね——このまま続ける前に」

研究所を再訪して、こちらを向いた老人の表情を見たとたん、最悪の事態だとわかった。シムズの縮れた白髪はオウムのとさかのように逆立ち、あの近寄りがたさは消えていた。

「ジャーニンガムさん」ご老体は前置きなしに言った。「この件からは手を引かせてもらいます」

「それは残念です」ジャーニンガムは言った。

「初めから断るべきだった!」

乾いた怒りが、シムズが認めようとしない感情の隠れ蓑になった。

「事実を確かめるという目的以外で、鑑定を引き受けたことはなかったのに。それが、あなたにそそのかされて——」

「偽造事件を提示した」ジャーニンガムは小声で言った。

「それはわたしにはできない」J・テンプルトン・シムズが語気鋭く言った。「そもそも、事件ではないのだ」

シムズはそっけなく作業台に向かい、顕微鏡と写真機器と化学装置に囲まれて、ぼくたちが渡しておいた手紙を集め始めた。

「調べてもらえて助かります」ジャーニンガムは言った。

「これが最初で最後です」シムズは堅苦しい言い方をした。

シムズは黙って手紙の束を縛り、ジャーニンガムに差し出した。黙って、最後の手紙を〝アンドレアへ〟とだけ書かれた封筒に入れた。それを渡すシムズのしぐさは、かすかなお詫びの気持ちでやわらいだように見えた。

「なんなら」シムズが申し出た。「わたしが言ったことを立証してみましょうか――具体的に」

「あなたの言葉で十分です」

J・テンプルトン・シムズはため息をついた。

「それはどこからどう見ても同一人物の筆跡です」彼は言った。「これほど自信が持てるのは初めてですよ」

ぼくはジャーニンガムのあとについて春の夜に出た。

車に着くと、彼はこちらを振り返った。

「ご苦労だった、マック。きみはここまでだ」

「どういうことです？」

「あとは単独の仕事だ」

それはあんまりだ。ぼくはよく考えてみた。帽子のつばに隠れて、ジャーニンガムの表情は見えない。

「そうでしょうか」

「きみがいないほうが自由に動けるからね」

ぼくは意地を張った。

「それはお気の毒」

「間抜けにならなきゃいられないのか？」

ぼくは車の助手席側に回って乗り込んだ。

「これに手を出してほしくないんだ！」ジャーニンガムはものすごい剣幕だった。

「何にです？　なぜあとは単独の仕事だとわかるんですか？　何をしなくちゃいけないのか、まだわからないんでしょう！」

ジャーニンガムの声は闇の中でやや奇妙に響いた。

「わたしが何をするにしろ――それは犯罪なんだ」

「ふたりでかかれば、もっとご機嫌な大犯罪になりますよ！」

ダッシュボードのライトをつけて腕時計を見た。もうすぐ十一時だ。

「飛ばして！」ぼくは言った。「でなきゃ、相手が寝てしまいます。どこの誰だか知りませんけど」

# 第二十二章　明らかに犯罪である

その言葉には返事が返ってこなかった。ジャーニンガムは運転席に座って車を北に向け、背筋を伸ばして前方を睨みつつ、几帳面に運転した。今回は飛ばさないので助かった。両手をハンドルにかけて目は路上に据えているが、心ここにあらずだ。

ジャーニンガムの心はどこにあるのか。推察するのみだ。どこに向かっているのかヒントをくれないし、絶対に訊くまいと思っても、質問したくてうずうずしていた。

だんだん、答えがわかってきた。郊外の、小さな庭があるきれいな家々が並ぶ地域で、ジャーニンガムは門柱の数字を見るようになったのだ。目当ての数字が見つかると、その少し先で車を停めて、家まで歩いて戻り、玄関のベルを鳴らした。

男がドアをあけた。

「クリテンドンさまはお留守です」

「奥さまはどうだね？」

「寝室に引き取られました」

「では、下りてくるまで待とう」

男は返事に窮していた。

「奥さまを起こすわけにまいりません」

「きみはこう伝えればいい。ジャーニンガムさんは、奥さまが下りてくるまで待つそうだ、と」

いかにも不審げに、男はぼくたちを招き入れた。

「こちらでお待ちに――」

案内された部屋は、人を客として受け入れる礼儀と玄関の階段に置き去りにする無礼との妥協策だった。初めは疑似現代風の小部屋だったのが、返事のない手紙や未開封の請求書というごみの廃棄場に姿を変えていた。照明はどぎつい。家具が壁と調和していない。

そこに人が暮らしている気配がなかった。一冊の本も見えない。読み物といえば、ニューヨーク一の悪質なスキャンダル新聞の山だけだ。

ジャーニンガムは部屋の真ん中に立ち、不快そうにあたりを見回して、皮肉なひと言を放った。

「この部屋はとっくの昔に駄目になっているな」

「ええ、もう」ぼくは言った。「主人夫婦にそっくり。でも、話をするにはいい場所ですよ。電話がありますから。おまけに、ドアも閉まります」

やがて階段をせかせかと下りる足音がして、ぼくは平静を装ってクリテンドン夫人が近づくのを眺めた。背が高くやせこけた体を、サテンのズボンと黒いシルクのマンダリンコート（中国・清朝の官吏が着用していたガウン）に包んでいる。夫人は部屋に入ってドアを閉め――ぼくたちに向き合った。

夫人は眠ったのだろうか。

きのうからずっと眠っていないように見える。しかし、狭めた目は挑むようで、深紅の細い線と化した唇は、コートに施された竜の刺繍によく似合う。

「なぜ押しかけてきましたの？」

「いい知らせです」ジャーニンガムは静かに言った。

「いい知らせ！」

「そのとおり」

「あら、どんな？」夫人はもったいぶって関心をうかがわせた。

「ゴードン・ダーニールが誤って自分を撃ったという説は信憑性に欠けます」

「では、自殺だったとお認めになるのね！」

「いやいや！　こうなったら殺人ですよ！」

夫人の狭い鼻の穴で息遣いが荒くなった。

「ではなぜ――こんな時間に――それをあたくしに？」

「気が変わったからですよ、クリテンドン夫人。わたしも親切にすることにしました――コリンズを見習って」

夫人が身をすくめたような気がした。

「コリンズを見習って？　あの人は別に――」

「ロッジに訪問者があったと教えてくれたコリンズを、あなたはとても親切だと思いましたね」

「ええ――ええ、思い出しました」

「わたしはコリンズくんより親切にしましょう。先ほど、あれは殺人だと教えましたね。ほかに何を知りたいですか？」

夫人は唇を湿して、何も言わなかった。

「その訪問者は誰だったのか、わたしがそれを知っているかどうかをまだ訊きたいですか?」

夫人はかろうじて頷いた。

「誰が最後の訪問者だったのか? ダーニール氏がこの世で最後に迎えた客は? 名前を言いましょうか?」

ジャーニンガムはそこで口をつぐんで様子をうかがった。

見ているうちに、夫人の落ち着きは揺らいで崩れた。

「どんな名前でしたの?」ついに小声で訊いた。

「クリテンドン」

「いいえ――そんな!」

「クリテンドン夫婦に神聖なところなどありません。そうですよね」

ジャーニンガムの口調そのものが、どことなく夫人の口調を真似していた。

「どこの家にも外聞をはばかる秘密があるものですよ。驚くでしょうね」

「まああきれた!」夫人は震える声で言った。「何も証明できないのね。あれは殺人だった、と証明できない――」

「できますとも! 最初からわかっていたんです」

「でも、新聞には警察が確信していたと――」

「もちろん」ジャーニンガムは言った。「誰も新聞記事なんて真に受けませんよ」

夫人はジャーニンガムを睨んだ。

「あたくしの考えを左右しようとしても――」

「そんなつもりはありません。話しているだけです。警察は最初からあれが殺人だと立証できたかもしれません。あとは犯人が見つかればよかったんです。わたしが見つけてあげました」

ジャーニンガムは肩をすくめた。

「あなたが知りたいだろうと思って」

夫人は立ちすくんでいた。唇は固く結ばれているが、黒のコートの緋色の竜はじわじわと這った。

「いったい――なぜ――」

「何よりもまず、ご主人は目撃者の前で、ダーニール氏に会うため、ロッジへ行ったことを認めました」

夫人は傍らの椅子にそろそろと手を伸ばし、そこにへたり込んだ。血色の悪い顔に安堵の思いだけがあふれていた。

「わたしは動機を見直していたまでで」ジャーニンガムはくだけた調子で言った。「なぜあなたはご主人の犯行だと思ったのです？」

「それを――あたくしに訊きにいらしたの？」

「特にそれを」

ジャーニンガムは腕時計を見た。

「まず、いや、ご主人は何時に帰ってきますか？」

「午前一時半より早くには戻りません」

ジャーニンガムは電話機に近づいてグラントの番号を回した。

「すまない」彼は黒い送話器に向かってしゃべった。「例の記事が今さら漏れても朝刊には間に合わない。クリテンドン夫人は夫が午前一時半ごろまで戻らないと言っている」

ジャーニンガムはしばらく耳を澄ませ、ポケットからメモ用紙を出してテーブルに置き、何やら走り書きすると、鉛筆を置いて、紙を破った。

「わかった」

受話器がカチッという音を立ててフックに戻された。ジャーニンガムはもったいをつけて振り向いた。

「さてと」彼は言った。「お互いの時間を節約しましょう——ご主人はなぜあんなことを?」

「いくらなんでも——」

「けっこうです!」ジャーニンガムは言い放った。「最初からごまかすつもりなら——。あなたとご主人は金曜日の夜に〈グリーンエイカーズ〉を、招かれずに訪ね、午前一時までダーニール氏を待った。なぜですか?」

「主人は仕事の関係でダーニール氏に会いたかったのです」

「どんな仕事で?」

「存じません——」

「その最後のせりふはカットしますよ」ジャーニンガムが言った。「らしくありませんね。ご主人の仕事の関係で、あなたが知らないことなどないはずです」

夫人の狭めた目が動いた。

「主人は翌日が支払期日の手形を持っていました。それをプルーデンシャル銀行に引き継いでほしかったんです」

「すでに銀行側に断られた件ですね。続けて！」

「あたくしたち——あたくしたちは、ダーニールさんがその気になるかもしれないと——」

「〝あたくしたち〟が考えた？」

「主人が考えました」

ジャーニンガムは夫人の話をさえぎった。

「本当のことを話していませんね。もともと、あなたが言い出した案でしょう。ダーニール氏が——〝その気になるかもしれない〟とは」

夫人はややヒステリックになり、声がとがった。

「仮にそれが——。あたくしには関係ないわ！」

「殺人に？　あなたが気にしているのはそれだけですね！　まあ、安心できるなら言いますが、ふたりとも犯人にしたいわけじゃありません。わたしの狙いは——」

「主人ですね」夫人が息をのんだ。「ええ、ええ！　わかります——」

「動機が知りたいだけですよ」

「でも——」

「できるなら、今度こそ本当のことを話してください。そうすれば、もう何も訊きません」

「でも、無理です！　つまり——動機はありません。ダーニールさんに死なれたら、あたくしたちの得にはならないんですよ。あの人だけが望みでしたから！」

「それで、頼みを断られたとすると——」

「もう破滅です」

「資金繰りで?」

「あらゆる意味で」

ジャーニンガムの両の眉が吊り上がった。

「最近は、大勢の立派な市民が破産裁判所で争っています。恥ずかしいことじゃありません」

「あとで刑務所行きにならなければ」

「ああ! そういうことでしたか」

「主人は昔からばかな人でした」夫人はずけずけと言った。「ばかな人間が窮地に陥ったら何をするか、見当がつくでしょう」

「ええ」ジャーニンガムは答えた。「窮地に陥ったばか者はなんだってしかねない。援助を断った相手を撃ち殺すことだって」

「そんなことは言ってません!」夫人が声をあげた。

「ちゃんと言いましたよ」

ジャーニンガムはまた腕時計を見た。理由はわかる。彼が演じている場面は五分間続けたら——第二場に移らねばならない。

「気づかなかったでしょうね」彼は言った。「ちょうどご主人がロッジへ向かったところは?」

「ええ。主人が外れていたブリッジのゲームのさいちゅうでした」

「ご主人からもそう聞いています」

ジャーニンガムはポケットに手を入れた。

「ここにスコアがあります。これを見れば、どの勝負でご主人が外れていたかがひと目でわかりますね」

ジャーニンガムは数字が書かれたメモ用紙の束を両手で広げ、夫人に一枚一枚見せていった。

「どうです？」最後に尋ねた。

夫人は最後のメモ用紙を見つめている。

「察しが悪い人ですね、クリテンドン夫人。ご主人はどのゲームに加わらなかったのですか？」

「主人は――」

夫人は唇を湿すしかなかった。

「覚えていません」

「なぜなら、ご主人はどのゲームにも加わっていたからですよ」ジャーニンガムは言った。「面白いでしょう！　ご主人にはロッジに行く機会がなかった！」

「でも、さっきあなたは――」

「最後の訪問者の名前はクリテンドンだと言いました。ええ！」

夫人の唇が動いたが、声が出てこなかった。

「つまり、ダーニール氏を〝その気に〟させようとして、失敗したあげくに彼を撃ったのは、女性だったのですよ」

それでも夫人は声ひとつ立てない。ジャーニンガムが立って様子をうかがううち、少しずつ沈黙が長引いた。ぼくは自分のやるべきことをしゃにむに確かめようとした。どうしてクリテンドン夫人を思いつかなかったんだろう？　スキャンダルに目がない女だ。脅迫は、要求を強要する本能的な手口だろう。しかし、こちらには証拠のかけらすらない。

電話がけたたましく鳴り、続けて鳴った。ロボットのように、クリテンドン夫人が電話に出ようと動き出した。テーブルについて、一瞬、電話機を見てから受話器を取った。

「もしもし」

「クリテンドン夫人ですか？」機械がきしるような音を立てた。

「こちらは――クリテンドンの家内です」

「ニューヨーク市警本部です。切らずにそのまま待ってください！」

夫人はロボットのように従った。顔は仮面のようだ。しかし、骨ばった指はテーブルの端を握り、伸ばし、ぎゅっとつかんでは緩め、ジャーニンガムのメモ用紙のそばに置かれた鉛筆を握ってぴくぴくと――。

ぼくは息をのんだ。夫人は自分が何をしているか気づかず、メモ用紙に小さな点を描き、それをだんだん大きくしていた。ますます大きくして、鉛筆でぎくしゃくした螺旋を描いた。点が中心に戻り、一瞬宙に浮き、引きつりながらも完全な線を正確に引いた。

それは蜘蛛の巣だった。

ぼくはジャーニンガムを見た。彼の目は鋼《はがね》のようだ。

「それで十分ですよ」彼が声をかけ、夫人からさっとメモ用紙を取り上げた。「マック、これとブリッジのスコアと――」

ジャーニンガムは用紙をぼくに手渡した。

「――ほかの物を警察に届けてくれ」

「市警本部で？」

ジャーニンガムは首を振った。

「あとで先方がうちに誰かをよこすはずだ。わたしの報告を聞きにな」

ぼくは出て行こうとした。ジャーニンガムの声が急に険しくなった。

「今すぐ報告します、クリテンドン夫人。その電話を貸してもらえますかね」

受話器がフックにがちゃんと戻された。

「いいえ！」夫人が叫んだ。「駄目、駄目です！」

「ほかに取るべき道はないんですよ」ジャーニンガムは言った。「それとも、ありますか？」

それが最後に聞こえた言葉だった。

玄関ドアを閉めて入口の明かりの下で立ち止まり、持っている物を見た。ジャーニンガムに渡されたのは、一枚目に蜘蛛の巣が描かれたメモ用紙と、ブリッジのスコア――と何かほかの物だ。

彼が電話で話しながらメモ用紙から破った、走り書きをしてある紙だ。この走り書きは伝言らしい。

〝マックへ――。外に出て電話線を切れ。それからわたしを待て〟

どこに電話線があるんだ？　ぼくは光の輪から歩み出て、頭上を見た。星ひとつない暗い空を背景に黒い電話線を見分けろというのは、無理な相談だ。しかし、家の隅になんとなく見えるつる植物の塊が、軒下の空間にすごい勢いで抜け出している。あそこに電話線が通じているに違いない。

そして、たくさんのツタの茎のどこかで電話線が家の壁を伝い下りている。それを暗闇で探すのも、ポケットナイフで切断するのも容易ではないが、ようやくなすべきことを果たした。ぼくは残念だった。なぜなら、これでぼくと答えられない質問のあいだには何もなくなったからだ。

ジャーニンガムは首尾よく犯罪を実行したのだろうか？

ぼくが歩道を街灯から街灯へ二十七回行ったり来たりしてから、ジャーニンガムが外へ出てきた。近づいた彼を見て、話すつもりがないとわかった。

ぼくたちは歩道の楓の木の下で黙りこくって立っていた。

「ジェリー――」ついにぼくが話の口火を切った。

「きみは知らないほうが身のためだ、マック」

「ひとつだけ教えてください」ぼくは言った。「彼女は実行するでしょうか？」

「あの女は意気地なしだ」

「では、しないと？」

「するさ。あの女は死ぬことに対してより、ほかのことに対してひどく意気地なしなんだ」

ぼくは深く息を吸い込んだ。

「うまくやりましたね」

「まだ終わっていない。あの女の立場になって考えることだ」

「冗談じゃありません！」

「反撃するんじゃないかね？」

それは思いつかなかった。

「彼女に何ができますか？」

「公表できる」ジャーニンガムは言った。「ダーニール家について知っているあのことを」

「だから電話線を切らせたかったんですね？」

「そうだ。電話をかけられないなら、書くしかあるまい」

「その文書はあとに残していく」ぼくは考え込んだ。

「そうは思わないね」ジャーニンガムは言った。「わたしに見つかる危険を冒すまい――明日の朝」

「だから?」

「今夜のうちに郵送させるはずだ。いったん郵送されれば、もう止めようがない」

「じゃ、止めましょう」ぼくは言った。「郵送されないうちに」

「よし!」

ぼくたちはしばらく黙って家を見張っていた。

「なるべく」ジャーニンガムは言った。「止められたことを気づかれずに止めよう」

「いったい、どうしたら――」

ぼくは途中で言葉を切った。ドアが乱暴に閉められ、クリテンドン家の私道から足音が近づいてきた。

男の足音だ。次の瞬間、その男が現れた。顔は暗闇でぼやけているが、男が私道から歩道へ振り向くと、手の中に白っぽいものが見えた。

何も言わず、ぼくたちはぱっと尾行に入り、男より少し速めに歩いて距離を詰めた。男が最初の街灯を通り過ぎたとき、彼が持っているものは手紙だとわかった。その明かりで、ジャーニンガムの手にも何通かの手紙――アンドレアから託されたものに違いない――があるのを見て、彼の狙いがわかった。

じわじわと、ジャーニンガムは前を歩く男に近づいていった。次の街灯でふたりは並びかけ、ジャーニンガムが愛想よく男に話しかけた。

「その手紙をこちらの手紙と一緒に投函しようか?」

男ははっと立ち止まり、振り返った。

コリンズだった。

「おかまいなく、ジャーニンガムさん。こっちは郵送しませんから」

一瞬間があいてからジャーニンガムは声を取り戻した。

「あの女はきみにそれを渡したのか!」

「まさか!」コリンズは言った。「夫人はこれを執事に渡したんです。執事がぼくに渡しました——帰り道にあるポストに入れるように」

「なんたるお人よし!」ジャーニンガムは冷ややかに言った。

「執事が知らなくても、彼には痛くもかゆくもない」コリンズは言う。「このぼくが知らないのは大きな痛手なんですよ」

「だから、クリテンドン家の執事と仲よくするのか」

「悪魔とだって仲よくします——事実を手に入れるためなら」

「自分のため? それとも《クラリオン》のため?」

「《クラリオン》はどうでもいい! どうしても真相を知りたいんだ」

「なぜ?」

コリンズの声はある抑え切れない感情でうわずっていた。

「スティーヴンが死んだと聞きました」彼は言った。「今日の午後です。〈グリーンエイカーズ〉に行ってきたんです。アンドレアに会いました」

「彼女はなんと言った？」ジャーニンガムは訊いた。

「何も。アンドレアはそこに——そこにいませんでした。ぼくは彼女の心を動かせなかったんです。怒らせることもできなくて」コリンズはぼんやりと言った。「そのつもりがあってもなくても、ずっと彼女を怒らせてばかりいたのに」

コリンズの声が荒くなった。

「アンドレアに何があったんです？」

「クリテンドン夫人の手紙をくれ」ジャーニンガムは言った。「そうしたら、何があったか教えよう。きみはいくらか役に立つかもしれん」

コリンズは黙って手紙を手渡した。

ジャーニンガムがそれをひらいた。文面に目を通した。その顔は、街灯から斜めに差し込む光を浴びて、すっかり表情をなくしてこわばった。

「きみたちふたりはグラントを呼んでこい」彼は言った。「ロッジで待機してくれ。わたしは準備ができたら行く。まずやることがあるんだ」

ジャーニンガムはくるりと向きを変えて立ち去り、クリテンドン家へ戻っていった。

# 第二十三章　床の血痕

　一時間後、ロッジで待っていたぼくとコリンズとグラントは、ジャーニンガムの車が私道を走る音を聞いた。彼は挨拶抜きで入ってきた。表情は読み取れなかった。

「謹んで申し上げる」ジャーニンガムはゆっくりと言った。「今夜わたしは、クリテンドン夫人を問い詰めた――殺人の疑いで」

　コリンズはなんとも言えない声を押し殺した。

「夫人はあと二、三時間待ってほしいそうだ」ジャーニンガムは続けた。「明日の朝までは警察に何も言わないと約束したよ」

　グラントが身を乗り出した。

「つまり、明日の朝までに――彼女は死んでいると」

「そういう解釈になる」

　コリンズがぱっと立ち上がった。

「どうかしてる！」彼は叫んだ。「これは殺人だ！」

「殺人じゃない」ぼくは言った。「正義だよ」

「正義か！」コリンズは声を張り上げた。「彼女はダーニールを殺していない。あなたもちゃんと知ってるんだ」

「どうでもいいじゃないか」ぼくは言った。「彼女はダーニール氏を死に追いやったんだ」

「そんなふうに考えて」コリンズはぼくたちを非難した。「高級、中級、低級の正義を勝手に決めて――」

ジャーニンガムの声が荒い言葉の洪水を突っ切った。

「あの女の命かアンドレアの命か、どちらかだった。きみはアンドレアが代わりに死んだほうがいいのか？」

コリンズが目を見張った。

「ダーニールが自殺したのはわかっている」ジャーニンガムは言った。「理由もわかっている。アンドレアがわたしたちの信じることを信じれば、やはり死んでしまう。だから、わたしはアンドレアに嘘をついた」

ジャーニンガムは言葉を切り、目の前の若者を陰気な目で見定めた。

「わたしはアンドレアに、父上は殺されたと言った。彼女は聡明なので、証拠がなければわたしの言葉を信じない。クリテンドン夫人の自殺は証拠になる。それ以外にどうすればよかった？」

コリンズの顔を妙な表情がよぎった。

「それ以外に」ジャーニンガムが迫った。「きみならどうしたね――わたしの立場だったら？」

「あなたの立場だったら――」コリンズはジャーニンガムに突っかかった。「ゴードン・ダーニールを殺した男を探します」

部屋は水を打ったように静まり返った。

「あるいは女を?」ジャーニンガムは言った。

「ああ!」コリンズは癇癪を起こして叫んだ。「クリテンドン夫人は大ニューヨーク圏きっての不愉快きわまる女です。でも、ダーニールの死とは関係ありません」

「なぜわかる?」

「やれやれ!　ぼくは現場にいたんです!」コリンズが叫び、そこではっと口をつぐんだ。

ぼくたちはどれくらいその場に立ってコリンズを見ていたのだろう。外では風が激しくなり、にわか雨が降り出し、頭上の垂木がついた屋根を叩いた。中では静けさが続いていた。

「いつ向こうにいたんだね?」ようやくジャーニンガムが尋ねた。

「彼女が来るのを見て、帰るのも見たんです」コリンズは答えた。「そのあとでダーニールと話しました。あのとき彼には自殺するつもりは毛頭なかったんですよ」

「そのつもりがあったとしても、きみには言わなかっただろう」

「アンドレアと船旅に出る話が嘘だったとしたら、それをぼくに言わなかったでしょうよ。あの女に電話して、ばかな真似をしたと言ったらどうですか」

コリンズが電話のほうへさっと手を伸ばした。

ジャーニンガムは動かない。

「話をするには遅すぎる――今となっては」

コリンズの顔つきが変わった。口角に皮肉な感じが漂った。

「そんなことを言われると、ばかになった気分だ」コリンズは言った。「ぼくはあなたがすごく好きだった。一目置いてた。あなたが――人殺しにならないようにしたかった」

コリンズはくるりと背中を向けて、見るともなしに窓に目を向けた。雨が黒い窓枠をとめどなく流れていく。

「言わなけりゃよかった」

「言ってくれて助かった」ジャーニンガムは言った。

「なんの役に立ちました？」

ジャーニンガムは深々と息を吸った。ほっとしたのだ。

「これでわたしの判断が正しいとわかった」ジャーニンガムはさりげなく言った。「実は――一時間前にきみの助言に従ったんだ」

「えっ！」コリンズは振り返った。

「わたしはクリテンドン家に取って返した」ジャーニンガムは言った。「そして夫人に言ったんだ。わたしは――きみにやんわりと言われたとおり――大ばか者だったとね」

「なぜわかったんです？」コリンズが問いかけた。

「きみが横取りした手紙を読んだのさ。宛先を見たかい？」

コリンズは小さく頷いた。

「ニューヨーク一たちの悪いスキャンダル新聞だ」

「じゃあ、あなたは手紙の内容を知ってるんですね。あの女はまったくの悪意であれを書いたんです。ダーニール家にあてつける最悪のことを言いました。でも、それは真っ赤な嘘だったんですね！」

「じゃあ、彼女は知らなかったと？」ぼくは思わず訊いた。

「知っていたはずがない」ジャーニンガムが言った。「知っていたら、しゃべっていたさ」

「ということは、彼女には無理だった――ダーニールを死に追いやっていない――」

「そうだ」ジャーニンガムは言った。「あの女ではない。クリテンドン夫婦は容疑を外れる」

「わかりました。あのふたりは除外しましょう」グラントが言った。「あなたがアンドレアにした約束はどうします?」

「約束は守る」ジャーニンガムは厳しい顔で言った。「なんとかして」

ジャーニンガムの声に妙な響きがあった。

「わたしはクリテンドン夫人に対する判断を誤った。ほかにも、わかっていたつもりで誤解していたかもしれん。おそらく――」

ジャーニンガムはコリンズのほうを向いた。

「きみのことも誤解していたんだろう」

「謝ってるつもりですか?」コリンズが訊いた。

「それよりよほど大切なことさ」ジャーニンガムは言った。「きみはここ〈グリーンエイカーズ〉に、ダーニールが撃たれた夜にいたんだね」

「ほかにも五、六回通いましたよ」コリンズが語気を強める。

「あの夜は、はっきりした特徴があった」ジャーニンガムは言った。「きみはアンドレアにあれこれ訊いて、屋敷を追い出された。しかし、敷地から出なかった」

コリンズは赤くなった。

「ぼくはアンドレアが十歳のころから追い出されてたんです。素直に出て行くときもあれば、出て行かないときもありますよ」

「ほかの説明はないのかね？」

「ありません」

「きみは出て行かず」ジャーニンガムは言った。「ロッジに向かった」

「ダーニールに会うためです」

「なぜ？」

「時間の無駄ですよ」コリンズが言った。「答えませんからね」

「残念な欠落部分だな」

ジャーニンガムの眉間に皺が寄った。

「きみはダーニールに会ってもまだ立ち去らなかった。午後十一時から午前二時までの時間は、どう説明する？」

「しません」

「きみはほとんどの時間を」ジャーニンガムは指摘した。「庭の木に寄りかかり、アンドレアがブリッジをしている姿を見ていた」

「誰がそんなことを言いました？」

「きみはローリーを吸っていた」

「はいはい。ローリーね。覚えてますよ」

「きみは立って煙草を吸っていたね」ジャーニンガムは追及した。「しかし、どういうわけかダーニールが負傷したと気づいた」

「彼が母屋に運ばれるところを見たんです」

「それでも手を貸そうと申し出なかった」

「ちょっと待った」コリンズは言った。「アンドレアとぼくのことを話し合ったんですね」

「ある程度はね」

「それなら、あの夜アンドレアがぼくの手助けをいっさい受けなかったとわかるでしょう」

「そこできみは午前三時にわが家に転がり込んだ」ジャーニンガムは言った。「スティーヴンの様子をうかがおうと」

「何があったのか、どうしても知りたかったんです」コリンズは意固地になった。

「《クラリオン》のために？」

「ぼくが《クラリオン》に記事を書きましたか？」

「いいや」ジャーニンガムは言った。「書かなかったね。どうも解せなかった」

「約束したじゃありませんか」

「きみは約束したが」ジャーニンガムは言った。「その理由も解せなかった。それに、きみは約束しておきながら、なぜクリテンドン夫人の相談相手になったんだ？」

「相談相手！」コリンズは鼻で笑った。「ぼくがあの女に話したのは、彼女自身もロッジに来ていたことだけですよ。震え上がって事実をしゃべるんじゃないかと思って」

「どんな事実を？」

「誰かが、その後にロッジへ来たのを目撃していたかどうかです」コリンズは言った。「ほかの人間――ダーニールを殺したかもしれない者を」

「要するに」グラントは淡々と言った。「彼女はきみを見たかどうか」

コリンズの目で何かが光った。

「そう受け取りたいなら、そうすりゃいい」彼は言った。「くたばれ！」

「ほかに受け取りようがあるかね」ジャーニンガムは尋ねた。「きみが用事の中身を話せないなら」

ロッジのドアが勢いよくあいて、雨と風が吹き込んできた。風であいた、と思ったら――見上げるとアンドレアがいた。

アンドレアは嵐に備えてドアを閉めている。雨粒が黒髪で光り、輝くリボンになってケープに流れ落ち、頬にうっすら色をつけた。

それからアンドレアは振り向いて、コリンズがぼくたち三人と対峙しているのに気づいた。コリンズを見て、彼に見られると、彼女の頬の赤みが増した。

アンドレアは事情を察したに違いなかった。ジャーニンガムが例のそっけない、間延びした声で話を続けて、彼女の存在を無視する前からだ。

「きみは用事の中身を話せない。きみの説明では、ゴードン・ダーニールは殺害された。きみの説明では、きみは彼が生きている姿を目撃した最後の――」

「ロッド！」アンドレアが割って入った。「ロッド！　それは本当なの？」

「ぼくがここにいたことかい？　そうだよ」コリンズは言った。

「最後の目撃者だというのは？」

「違う」

「だったら、みなさんにも説明して！」アンドレアは叫んだ。「どうしてここにいたの？」

「それには答えない」

「でも、答えなくちゃ駄目よ。わからないの――」

「わからない」

「ロッド――」

「煙草を吸うかい？」コリンズは言った。「好みの銘柄じゃなくてすまない。先日の夜はきみのためにローリーを持ってたんだ」

「教えて、ロッド」アンドレアは言った。「どうしてここにいたの？」

コリンズは両手をポケットに突っ込んだ。

「きみのお父さんに、きみが結婚するのかどうか訊くためだ――こいつとね！」

コリンズは頭をグラントのほうへぐいと向けた。

アンドレアの目はコリンズの顔を離れない。

「どうして？」

「きみにはわかるだろう」

「わかるような気がしたわ。ただ、どうしても確かめたくて」

「いいよ」コリンズはかっとした。「きみがそう言うなら！　ぼくもずっと前からきみと結婚したかったからさ」

アンドレアはどぎまぎしてコリンズを見た。

「そうだったの、ロッド？　そうだったの――ずっと前から？」

コリンズは正直に顔を赤くした。これまでと違う感覚にとらわれていたようだ。

「それ以外にもめる理由があったかい？」コリンズは訊いた。「きみがぼくを怒らせるほど、人は相手を怒らせることができない――どうでもいい相手なら」

「ちっとも知らなかった」アンドレアは頬を染めた。「ごめんなさい、ロッド」

「ぼくも悪かった」コリンズはしゃべり出した。「いつもそうだ。それを認めるのはばつが悪かっただけで」

「たぶん、わたしが聞く耳を持たなかった――」

コリンズは目をそらした。

「ちっともきみの役に立たせてくれなかったね」彼は悔しそうに言い捨てた。

アンドレアの表情が変わった。

「今なら役に立てるわ。わたしにちょうだい――わたしの役に立ちそうな唯一のものを」

グラントが進み出た。ジャーニンガムが彼の腕に手をかけ、引き止めた。

「何をあげられる？」コリンズは尋ねた。

「証拠よ！」

「つかんでないよ、アンドレア」コリンズは言った。「三日間探していたが、証拠のかけらも見つからなかった」

「あなたはずっと証拠を握っていたのよ」

アンドレアは走ってきたかのように息を切らしていた。

「わたしがグラントと結婚するのかどうか、父に訊いたのよね。父は、すると言った？　それとも、しないと？」

「しないと」コリンズは答えた。

コリンズは自分が何をしたかわかっていなかった。しかし、ぼくたちにはわかっていた。ぼくたちはなすすべもなく立ち尽くし、アンドレアの顔から血の気が失せるのを見ていた。

「ほらね、ジェリー」ようやく彼女が言った。「これが何よりの証拠――望みはないわ」

アンドレアは背後にあるドアノブを手探りした。だが、そこに手が届いても、身をこわばらせ、ぼくたちが見ていないものを見つめていた。

「見て！」アンドレアが小声で言った。

ドアに背中を押しつけ、指で差している。

「見て！　あそこに――床に血がついているわ！」

# 第二十四章　文末に署名入り

まさかと思いながら、ぼくたちはアンドレアが指さすほうを向いた。

小さな、どす黒い水たまりが明かりに照らされていた。どす黒い小さな水たまりが、それまで何もなかった場所に、何もあるはずがない場所にある。

真っ先に動いたのはジャーニンガムだった。大股で近づくと、身をかがめて水たまりに触れた。彼が背を伸ばしたとき、指先にしみはついていなかった。

「これは血ではない」ジャーニンガムは妙に声をこわばらせた。「水だ」

「水ですって！」アンドレアが叫んだ。「てっきり――」

アンドレアは身を震わせて、口をつぐんだ。

「水ではないものだと思った」ジャーニンガムは冷静に言った。「ついさっきまで、わたしもそうだったよ。……アンドレア、われわれにこれを理解する頭さえあれば、真相はここにあるんだ」

「それは――それはどういう意味？」

「この水にはどういう意味がある？」ジャーニンガムは迫った。

彼の緊迫した様子にアンドレアは圧倒された。彼女は無意識に暗い床を歩いて暗い水たまりに近づき、その上に手を差し出した。手のひらで水滴が跳ねた。

「ただの屋根の雨漏りだわ」アンドレアは声を絞り出した。「ばかよね――」

「雨漏りの穴はそこになかった」ジャーニンガムは言った。「二日前はね。父上が撃たれたときにはなかった。その翌朝にもなかった」

ジャーニンガムの声に勝ち誇った響きがこもった。

「本当に？」アンドレアは言った。

「マックとわたしはここにいた。そのとき大雨が降ったが、雨は一滴も漏れなかった。アンドレア、何かが屋根に穴をあけたのは――そのあとだよ！」

ふたりが立っている場所は、頭上すれすれに垂木が傾斜している。アンドレアは頭をのけぞらせて両手を屋根板に上げ、黙って手早く探り始めた。ジャーニンガムはただ見守っていた。やがて、彼女の手がぴたりと止まった。

「そのとおりよ、ジェリー」アンドレアが言った。「ここに――ここに銃弾で穴があいているわ！」

誰も口をきかなかった。

アンドレアは父親の椅子に向かって腰を下ろし、組んだ手を目の前の机に載せた。

「銃弾であいた穴」アンドレアは繰り返した。「これが手がかりになるわね」

「もう一発発射されていたに違いない」ジャーニンガムは言った。「われわれは気づかなかったものだ。そのうえ――」

ジャーニンガムはますます確信を込めて話す。

「――何者かが細心の注意を払って、われわれに知られないようにしていたんだ。発見されないうちに薬莢を拾って。銃に別の弾薬を入れて」

ジャーニンガムは言葉を切った。

「やめないで」アンドレアが息を殺して言った。

「アンドレア、ダーニール家の人間なら自殺するのに弾丸は二個も必要ないね」

「ええ」

「たとえ必要だったとしても、二個のうち一個を隠す理由がない」

「ええ」

「それでも、ふたつの死のうちひとつに弾丸が二個使われた」

「どちらの？　父の死ではないわ」アンドレアは言った。「もしそうだったら、翌朝には屋根に穴があったはずだもの」

「そして、スティーヴンが死ぬところはわれわれが見た」

「では、フィル叔父の死ね」アンドレアは冷静に言った。「ただ——あなたたちはそれも見たわ。なぜ叔父の死に二個の弾丸が使われたの。もし、あなたたちが叔父を見たなら——」

ジャーニンガムの表情の何かがアンドレアを黙らせた。

「叔父を見たんでしょう！」

「確かに見た。しかし——」

ジャーニンガムはさっとぼくのほうを向いた。

「マック、これはきみ次第だ。目を閉じて土曜日の夜を思い出してくれ」

よくわからないまま、ぼくは言われたとおりにした。

「われわれは私道にいた。車の中だ」ジャーニンガムが言った。「小山を回ってきた。ロッジの窓を見て、フィリップが中にいるか確かめようとした。覚えているかい？」

「覚えています」

「具体的に何が見えた？」

「まず、明りがついていました」ぼくはゆっくりと切り出した。「それから、フィリップです」

「どこに？」

「安楽椅子に座って、窓に向かっていました」

「背筋を伸ばして、それとも椅子の背にもたれて？」

「椅子の背に頭をもたせかけて」

「すると、椅子に低く腰かけていたんだな。体がどのくらい見えていた？」

「肩から上です。両肩の十センチくらい下から見えていたかもしれません」

「フィリップは頭を動かしたかい？」

「いいえ」

「銃声がしたあとも？」

「銃声がしたあとは、何かを見る暇はありませんでした。ロッジが見えない場所を通ったんです」

「わかった。さっきの話に戻って、見たものを全部教えてくれ」

瞼の奥にその光景が浮かび、細部まで明確になった。

「フィリップの右手が銃を握って持ち上がり、こめかみに狙いをつけました。続いて銃声がしたんです」

「手が持ち上がったと言ったね。手だけでなく、腕のほうもだろう？」

「いいえ」

「腕は上がらなかった？」

「手と手首が見えました。それだけです」

「それだけか」ジャーニンガムは言った。

ぼくは目をあけて室内を見回した。誰も指一本動かしていなかった。

「アンドレア」ジャーニンガムは言った。「父上の銃がまだここにあるなら、ちょっと貸してくれないか」

アンドレアは机の下の釘に掛けてある銃を取って、よく見た。

「撃鉄が起こしてあるけれど、安全装置はかけてあるわ」彼女は言い、ジャーニンガムに銃を渡した。

「マック」彼は言った。「これを持ってフィリップが座っていた椅子に座り、もたれかかり、頭を撃ち抜くつもりで銃口を上げてくれないか？」

しかたなく注文に応じた。冷たい鋼がこめかみに触れると身震いがして、ぼくはまたすばやく立ち上がった。

「コリンズ」ジャーニンガムが呼んだ。「きみならどうやる？」

何も言わず、コリンズはぼくのやり方に倣った。

だが立ち上がったとき、彼は銃をグラントに手渡した。

「あんたの番だ」

グラントもおとなしく従った。

ジャーニンガムは礼を言ってグラントから銃を受け取り、それをアンドレアの前の机に戻した。

「きみはある重要な点に気づいたかな」ジャーニンガムはアンドレアに訊いた。「今のちょっとしたパントマイムのね」

アンドレアは首を振った。

「三人とも肘を肩のあたりまで上げて、それから銃を構えた。ところがフィリップは――」

「そうしなかった」アンドレアは言った。

「ああ。フィリップは肘を上げなかった。ひとつ、もっともな理由があったからだ」

ジャーニンガムの声が険しくなった。

「手と一緒に動く腕が見えていたら、それがフィリップの腕ではないとわかっただろう」

「つまり――」

「つまり、フィリップはあの弾丸が撃たれる前に死んでいたんだ」

ロッジは物音ひとつしない。降りしきる雨音さえやんでいる。

「われわれが聞いた銃声は」ジャーニンガムがおもむろに、考えを口に出した。「追加の一発だった。屋根を大きく狙って、われわれに聞かせたのさ。何者かがフィリップの椅子の陰に身を潜め、車のヘッドライトに目を光らせていた。何者かがポケットに空の薬莢を入れて左手にハンカチを握り、銃にフィリップの指紋をつけて立ち去る時間があるかと考えていた」

「その時間はあった」ぼくは言った。こういうことは経験でわかる。「ヘッドライトが見えてから、できることは山ほどありますよ。誰かが玄関に来ないうちにね」

「いずれにせよ、犯人は一か八かやってみた。自殺を目撃したと、われわれに思い込ませたかったからだ。われわれがフィリップは殺されたと推測したとたん、誰が、なぜ彼を殺したかがわかってしまうかもしれないからだ」

「それなら、まだ真相がわかるのね」アンドレアは言った。

「まだわかるとも。動機の説明から始めよう。フィリップに殺意を抱いていた人間はいなかったはずだ。犯人は必要に迫られて殺したんだ。フィリップはどんなことをしたせいで殺されたのか。彼は最後の電話で、殺害の動機につながる話をしていた。金庫をあけて、〝処理しなくては〟いけないものを発見したと」

「わたしたち、それが何かわかったと思ったのに」アンドレアは低い声で言った。

「さらに、フィリップがそれを燃やしたと思った。さらに、それのせいで彼が自殺したと思った。差し当たり、わかったつもりのことを全部忘れたほうがいい」

「忘れられればいいけれど」アンドレアは言った。

「一連のありのままの事実を受け止めるんだ。フィリップは電話で、金庫で何かを見つけたと言った。われわれはすぐに行くと彼に言った。われわれが到着する前にフィリップは殺されていて、彼が発見した書類は灰になっていた。偶然を心から信じる人間だけが、フィリップの発見が彼に死をもたらしたことを否定するだろうね」

　アンドレアの目は暗く見開かれた。

「偶然を除外したら」彼女は言った。「叔父を撃った人間はここで待っていて、金庫の扉があけられるのを見ていたわけね。そこに破棄したいものが入っていると知っていたんだわ」

「そういうことになる」ジャーニンガムは頷いた。

「ジェリー、どうしてわかったのかしら?」

「父上が話したんだよ」

「じゃあ――じゃあ――」

「そうだ」ジャーニンガムはやさしい声で言った。

「フィリップは秘密を知ったばかりに殺されたんだ。父上も同じ方法で殺された。同じ理由でね」

アンドレアの指が、目の前に置かれたオートマチックを握り締めた。

「父はこれで撃たれたのね」彼女は言った。「父はこれをポケットに入れていた。わたしたちはみんな、誰も父からこれを取り上げられないと思ったの。でも、誰かが取り上げたと言うのね」

「確かに、そこは説明がつかないな、アンドレア。しかし、納得はできる。ダーニールが自殺して、きみとスティーヴンを――これまでのような試練に立ち向かわせたというより、よほど腑に落ちるじゃないか」

「わたしはまだ立ち向かっているわ」アンドレアは言った。「父が殺されたとしても、あの手紙の内容は変わらない。あれが――あれが偽造だったと突き止めてもらえない限り」

「駄目だ。父上はあの手紙を自筆で書いた」

「それなら、あれは本当のことね」

「本当のはずがない」ジャーニンガムは言った。「わたしがあの内容を信じたのは、釈明できなかったからだ。しかし、そんなことをすべきじゃなかった。あの手紙は自殺か夜逃げを匂わせる。どちらも父上にはありえない――手紙の内容が本当のことだったとしても」

「あれが本当ではなかったら」アンドレアは張り詰めた声で言った。「嘘になるわ。父はわたしに嘘を書いたりしなかったわよ」

「ああ」ジャーニンガムは言った。「そうとも。それでも、父上はあの手紙を書いた。あれは嘘のはずがない。さりとて、真実のはずもない。それ以外のものだ――われわれが気づかない」

ジャーニンガムは眉を寄せて考え込み、ポケットに手を入れ、手紙を出して、机の上に広げた。

「われわれが気づかない」ジャーニンガムはますます眉を寄せて、手紙を声に出して読み始めた。

愛するアンドレア

このたび疑問を呈する余地がないほど証明されたのだが、この体には黒人の血が流れていた。この事実が発覚しないよう、これから――そう――姿を消す。

誇り高いきみのことだから、結婚を考えたことなど忘れようと努めるだろう。

惨めな思いをさせたことを許してほしいと頼まないし、許してもらえるとも思わない。

少しのあいだ、ジャーニンガムは何も言わなかった。それから頭を上げた。

「アンドレア――」

ジャーニンガムの声はいやに低かった。

「アンドレア、この手紙は文末に署名がない」

アンドレアはわけがわからないという顔で、ジャーニンガムを見た。

「みんな、署名があるとばかり思っていた」彼は言った。「しかし、ここにはない」

「父は書き忘れただけ――」

「父上は書き忘れたりはしない。そんなつもりは決して――」

アンドレアは立ち上がり、机を挟んでジャーニンガムと向き合った。

「何を言おうとしているの？」

「アンドレア、父上は別の人間に署名させるためにこの手紙を書いたんだ」

不気味な沈黙が立ち込めた。誰も二度と口をきかず、二度と動かないような気がした。

「父上はスコットランド人をニューオーリンズに行かせて調査させた」ジャーニンガムがようやく言った。「スコットランド人の報告書をフィリップが金庫で見つけ――われわれが暖炉の灰の中で見つけた。そしてこれが――」

手紙がジャーニンガムの手の下でかさかさと音を立てた。

「これが残された」

アンドレアはジャーニンガムの話を聞いていたとは思えない。じっと立ち尽くしている。夢の中の人物のように。

「グラント」彼女は言った。「いつから――」

少し間を置いて、アンドレアはなんとか先を続けた。

「いつから知っていたの？」

「子供のころから」グラントがぽつりと言った。

「じゃあ、こうなるかもしれないと前々からわかっていたのね。なのに、いざとなると――」

「きみを諦められなかった！」

その言葉に苦悶の響きを聞き取ったとしても、アンドレアはおくびにも出さなかった。

「わかるわ」アンドレアは言った。「あなたは父が提示した選択肢を受け入れられなかった――」

夢の中の人物のように、アンドレアはグラントに近づき、今にも触れそうになるところで立ち止まった。

「アンドレア——」グラントがしゃがれた声で言った。

「わかっているの」

グラントの視線は、アンドレアの指のあいだで鋼色に光る物に落ちた。

「父の銃が、どうやってあなたの手に入ったか。父が渡したのよ。それを最後の代案として——情けをかけた」

アンドレアの声は落ち着いている。

「わたしもそうするわ」

# 訳者あとがき

ある旧家の邸宅の離れで、銀行家が愛用の銃で瀕死の重傷を負った。事故か、自殺未遂か、殺人未遂か？ 彼は銃の扱いに慣れていて、事故の可能性はゼロに近い。また、自殺の動機は見当たらないようだ。では、殺人未遂だろうか？　最近、不審な人物から銀行家に連絡が続き、新聞記者も押しかけてきたという。素人探偵のジャーニンガムが現地に駆けつけるが、謎を解く決め手が見つからない。やがて、銀行家が意識を取り戻さないまま死亡すると、邸宅に第二、第三の銃声が鳴り響く……。

*Give me Death*（1934, Frederick A. Stokes Company）

本書『疑惑の銃声』Give Me Death は長らく翻訳刊行が待たれていた、イザベル・B・マイヤーズの長編第二作です。マイヤーズといえば、ある雑誌社の懸賞コンテストでエラリー・クイーンの『ローマ帽子の謎』を押さえて優勝したことが有名です。それがデビュー長編の『殺人者はまだ来ない』であり、こちらはすでに翻訳刊行されています。密室トリック、薄幸のヒロイン、個性的な登場人物たち、どんでん返しの展開と、手品のように鮮やかな本格ミステリで、実に読みごたえがあります。熱心なミステリファンの中にはご存知のかたも多いと思います。

前作で大活躍した素人探偵コンビ、劇作家のジャーニンガムと助手のマクアンドリューは、本作でも事件の謎解きに挑みますが、物語の雰囲気はまったく異なります。ジャーニンガムは前作のように元気よく調査するのではなく、壁にぶつかっては悩み、失敗しては嘆きの連続です。今回のジャーニンガムは探偵としての一面より、事件の目撃者であり、苦しむ人々の心情を理解する者である一面が大きく描かれています。作者が心理学者であるだけに、苦悩を抱える人物が危機に立ち向かう勇気が読みどころでしょう。たとえ、それがいかなる形の勇気だとしても。

事件は多くの謎をはらみ、ある悲劇的な結末を迎えます。全篇を貫くトーンも暗く、そこには犯行の動機が影を落としているように思われます。ジャーニンガムを含めた登場人物たちの言動に、現代の読者にはとうてい理解しがたい部分があるでしょう。しかし、一九三〇年代のアメリカ市民の考え方の一端がうかがえ、興味深いと言えるのではないでしょうか。

イザベル・B・マイヤーズにはもっと多くの作品を書いてほしかったのですが、残念ながら、ミステリの著書は『殺人者はまだ来ない』、と本書『疑惑の銃声』の二冊だけのようです。ひとりでも多くのかたに本書を楽しんでいただけることを願ってやみません。

原書入手にあたっては、阿部太久弥氏のご協力を得ました。記して感謝いたします。

# イザベル・B・マイヤーズのふたつの顔

阿部太久弥（湘南探偵倶楽部）

## 一、ミステリ作家としてのマイヤーズ

歴史の授業に「もし」は使うものではないとされています。すでに史実はあるのですから、「もし、～だったら……」と、実際には起きなかったことを追究しても意味がないということですね。

しかし、ミステリ史での「もし」については、つい考えてみたくなります。

「もし、イザベル・B・マイヤーズの『殺人者はまだ来ない』ではなく、エラリイ・クイーンの『ローマ帽子の謎』が予定通りに、入選していたら……」

一九二八年に〈マクルア〉誌とストークス社が協賛して七千五百ドルの懸賞小説を募集したところ、これに「ローマ帽子の謎」で応募してきたのが、まだ若干二十三歳であったマンフレッド・リーとフレデリック・ダネイの従兄弟同士の二人組、つまり後に黄金時代を牽引するエラリー・クイーンでした。

「ローマ帽子の謎」は入選を果たし、非公式に賞金獲得の知らせが届いたそうですが、その直後に

〈マクルア〉誌の版元が倒産し経営者が変わってしまったことで方針も変わり、第一位の座と賞金はマイヤーズの処女長編「殺人者はまだ来ない」に変更されてしまいました。

一九二九年に「ローマ帽子の謎」はストークス社から出版され、後のクイーンの大活躍へと繋がっていきますが、同じく「殺人者はまだ来ない」も一九三〇年に同じストークス社から刊行されました。

Murder Yet to Come が、「殺人者はまだ来ない」として〈EQ〉誌に訳載された当時、「一九三〇年代に二作のミステリを発表してだけで消えた、経歴不明の謎の作家による、幻の作品。しかもクイーンの『ローマ帽子の謎』と競った末に入選した作品」として話題となりましたが、初めて日本語に訳されたのは、はるか戦前にまで遡ります。

「妖紅石」（井上良夫訳）〈ぷろふいる〉誌　一九三四年十月号〜十二月号（全三回）

『トレント殺害事件』（寺田鼎訳）サイレン社　一九三六年三月刊

『標石荘殺人事件』（寺田鼎訳）アドア社　一九三六年十一月刊

この二冊は題名が違うだけで、中身は、活字の組み方や屋敷内の見取り図まで、すべて同じです。同じ本の改題再刊というのは、戦前にはよくあったようで、サイレン社―アドア社間でも、

エラリイ・クイーン　希臘柩の秘密→地下墓地の秘密（伴大矩訳）

ルーファス・キング　白魔の一夜→脅迫の恋文（泉一郎訳）

があります。

それから半世紀近くを経て、

『殺人者はまだ来ない』（山村美沙訳）

〈EQ〉誌　一九八一年九月号～一九八二年一月号（全三回）
光文社カッパ・ノベルス　一九八三年二月刊
光文社文庫　一九八七年三月刊
電子版　二〇〇一年十二月配信開始

が刊行されています。

「妖紅石」連載の〈ぷろふいる〉は上下二段組、連載分の合計は百十六ページ。

「トレント殺害事件」は三百八ページ。単純比較はできませんが、光文社文庫版「殺人者はまだ来ない」四百六十六ページと比べると、どの程度の抄訳であるかの目安にはなります。

井上良夫氏は、〈ぷろふいる〉一九三四年一月号の『英米探偵小説のプロフイル』で、「妖紅石」の連載に先がけ、次のように紹介しています。

此の「再び起るべき殺人」の出來榮へに就いては、私が昨年の十月から此年の十月までの間に讀み漁つて來た幾多の作品中、最も興味深く讀まされた本格探偵小説として、推賞するに躊躇しない作品である。

効果的な場面の叙述は、直に素晴らしいサスペンスを生み出して、一氣に讀み通させるに十二分な魅力を與へる。尙、此の作に強いサスペンスを生ませてゐる今一つの理由は、その題名が示してゐる通り、最初に殺人事件が起り、更にいま一度、同じ犯人による兇行が必ず繰返されるに違ひないといふことを主人公が豫知し、それを阻止しようとしてあせる所に在る。卽ち、事件に發展の餘地の充分にあることを最初から讀者に知らせておくのである。

印度の僧侶と、印度の寺院から取つて來た寶石を使つた所、ウイルキ・カリンズの「月長石」によく似てゐるし、神罪を唱へる異國の召使が物語に不氣味な感を添へて行くあたりは、ヴン・ダインの「甲蟲殺人事件」を彷彿たらしめる。

要するに此の作は、その全體としての筋の面白さに於て傑れてゐる外、殊に場面々々に於ける探偵小説的効果が十二分に發揮されてゐる點に於て傑出してゐる。難とする所は、眞犯人への手掛りが少々ばかり少な過ぎる點であつて、これをエレリイ・クヰーン式に批評してみれば、プロット、サスペンス、結末の意外さ、解決の理論、文體、性格、舞臺、殺人の方法、手掛り、等クヰーンが擧げた十要素のうちの九つまでは何れも普通の作のレベルを遙かに突破してゐるのに、唯、最後の一要素、フエアプレイの點に於いて、稍意に滿たぬ所があるといふことになる。尋常普通の作なれば此の程度のことは問題にもならないであらうが、他の諸點が傑れてゐるだけに遺憾の感が深い。併し傑出した本格物であることは、玆に自信を以つて御推薦する。


一九三四年までに、クイーンは国名シリーズを七作目まで発表しており、当時最も勢いのある作家のひとりだったことは間違いありません。コンテストで競ったことについては触れられていませんが、クイーンとの比較が成されているのが面白いところです。

クイーンは、入選できなかったことでハングリー・ファイターになったと語っているようですが、もし「ローマ帽子の謎」が予定通りに入選していたとしても、その後の名作群を発表し続けたのではないでしょうか。対して、「殺人者はまだ来ない」は刊行されることはなく、さらには「疑惑の銃声」は書かれることすらなかったかもしれません。

提示された手がかりに基づいて、作者と知恵比べをしたいというのであれば、「ローマ帽子の謎」は楽しい読み物ですが、これからどうなるかとはらはらしながら、作者の掌の上で遊ばせてもらえばいいというのであれば、「殺人者はまだ来ない」は実に楽しい読み物です。「殺人者はまだ来ない」が陽の目を見なかったかもしれないことを思うと、運よく入選したことは喜ばしいことだと思います。

私が、Give Me Death を読もうと思い、AbeBooks.com で検索したのは、二〇一〇年六月のことでした。確か、五、六件はヒットしたでしょうか。読めればいいというスタンスだったので、カバーの有無、初版、本の状態にはこだわらず、一番安い、三十九ドルほどのものを注文しました。

数週間して、オレンジ色の装丁の、やや型くずれしたハードカバーの本が届きました。「前作よりかなり落ちる」「出来のあまりよろしくない」といった評価をいくつか目にしていたので、過度の期待は禁物と思いつつ、それでもわくわくしながら読み始めました。

読み終えたときの最初の印象は、「言われているほど悪くないじゃないか」というものでした。もちろん、ミステリ史上、欠かすことのできない名作でもありませんが、幻のままにしておいた方が、作者にとっても読者にとっても幸せだったという作品も少なくない中、世に出す価値もあるかなとも思いました。

湘南探偵倶楽部の例会に持参した際、参加されていた新保博久先生が興味をもってくださったのでお預けし、数日のうちに論創社からの刊行が決まりました。そして、この度、木村浩美さんの素晴らしい翻訳によって、日本でも陽の目を見ることになりました。

先日（二〇一八年五月）、abebooks.com で原書を検索してみたところ、一件もヒットしませんでした。本国でも珍らしい単行本になっているようです。

Murder Yet to Come は、一九九五年のリプリント版が入手できますが、それ以降の復刊については確認できませんでした。

片や日本では、〈ぷろふぃる〉誌が二〇〇九年にゆまに書房から復刻されたので、「妖紅石」を読むことができますし、「トレント殺害事件」と「標石荘殺人事件」も国会図書館で、デジタル資料化されています。

「殺人者はまだ来ない」に至っては、電子書籍化されているので、読みたいと思えば、今すぐにでも読める訳ですから、「疑惑の銃声」と併せて、ミステリ作家イザベル・B・マイヤーズについては、本国以上に恵まれた環境にあるといえます。

三十代前半のマイヤーズが、ミステリ小説を書こうと思った経緯は定かではありませんが、「読書家だった」ということですから、自分が好きな素材を盛り込んで長編小説を書いてみようと思ったとしても驚くには及びません。

井上良夫氏は、「月長石」や「甲虫殺人事件」を引き合いに出していますが、マイヤーズも「殺人者はまだ来ない」の中で、キプリングやヴァン・ダインについて言及しています。実生活で、インドを舞台とした小説やヴァン・ダインの諸作を読み、その影響下で執筆に望んだことは間違いないでしょう。

のちに心理学者になることを知った今では、作品の中でその研究や関心がどのように生かされているかという深読みもできます。

まず、「殺人者はまだ来ない」ですが、これはもちろん催眠術についての扱いでしょう。催眠術で人の心を操り、犯罪を起こさせることをありとしてしまうと、ミステリ小説として成立しなくなってしまいますし、インドの妖術とするとリアリティを失いかねません。マイヤーズは、催眠術の存在を肯定しながらも、それをメインのトリックでしないことでぎりぎりバランスをとっています。「疑惑の銃声」では、二つの場面で心理学の研究の成果がうかがえます。第七章で、現場に残された煙草の吸殻から、どんな人物がいたのかを論じ合うところ。それから第十一章で、自殺の動機を分類するところです。これらは催眠術よりもずっと説得力がありますが、事件の捜査そのものは物証に基づいているので、物語の深みをもたせるための小道具となっています。

もしマイヤーズにしか書けない小説があるとすれば、心理学の知識のふんだんに盛り込んだもので、「心理学探偵」が活躍する第三作も是非とも読んでみたかったと思います。

## 二、心理学者としてのマイヤーズ

彼女の経歴は、「人間のタイプと適性――天賦の才 異なればこそ」(一九八〇年)のジョン・D・ブラック氏による出版社はしがきに詳しいので、そこから紹介させていただきます。(『 』の部分は引用)

『物語は、一八八六年、キャサリン・クックとライマン・ブリッグスという、二人の類まれなる才能の持ち主の結婚からはじまる。(中略)

このブリッグス夫妻にはイザベルという一人娘がいて、両親は彼女をパブリック・スクールの一、二年間を除いて家庭で教育した。イザベル・ブリッグスは十六歳でスウォースモア・カレッジに入学し、一九一九年、首席の成績で卒業したが、三年生のとき、クレアレンス・マイヤーズと結婚した。

第二次世界大戦の勃発まで、母親ならびに主婦業のかたわら、二冊の推理小説を書き、その一冊は
E・S・ガードナーの作品をおさえて、ある賞を受けている。』

注目すべきは最後の一文です。本国でのマイヤーズのミステリ作家としての認識は、この程度のものなんですね。その代わりに、心理学者としての功績には輝かしいものがあります。

母キャサリンは、思考タイプで、読書家、冷静なる観察家でした。第一次世界大戦の頃、人間のパーソナリティの類似性と相違点に興味を抱き、主として伝記の研究から独自の性格類似論を開発しはじめていましたが、ある時、ユングが同じような体系を展開させていることを発見するや、すぐにこれを受け入れ、深く研究して、いっそう精巧な論理をつくりあげようとしました。

父ライマンは、多才な科学者として知られ、国立標準局長として、飛行機や原子力の開発、成層圏の観測や南極探検を手がけました。数々の賞を受け、母校のミシガン州立大学には、彼を記念してライマン・ブリッグス・カレッジも設立されていますが、慎み深く、控え目で、思いやりにあふれた人柄は人びとを魅了したそうです。

戦争の苦しみと悲劇に心を痛めたマイヤーズは、人びとがたがいに理解しあい、悲惨な争いをなくすために何かしたいと考え、母親が関心をもっていたユングの類型心理学の理論応用し、「性格類型検査」のアイディアが生まれました。

読書家であったマイヤーズは、図書館で統計学や心理測定について独学で勉強し、また学会からの後援や研究基金もなしに、母親と協力して心理学的類型をまとめ、これをもとに人間の態度、感情、知覚、行動がどのように違うかという、詳しい一覧表の作成に着手しました。

はじめの頃は彼女の子どもたちやその同級生などを実験台にしていましたが、後にアメリカで最も

古い人事コンサルタント会社を設立したエドワード・N・ヘイの助手となると、ペンシルベニア州西部の無数の学校に頼み込んでは、生徒にテストを実施しるようになりました。

こういう仕事を始めてから十年ぐらいというもの、マイヤーズは自分の近親以外からはほとんど助力を受けませんでしたが、父親の紹介で、ある大学の医学部長に会い、その学生にテストをしてもよいという許可を得ると、テストを受ける人の数も年ごとに増え、ついには医学生五千人と看護婦一万人を対象に、MBTIの結果をまとめることができました。

しかし、パーソナリティの測定などできるかどうか疑問であると考える心理学者が多かったため、人間の性格の特徴と要因尺度を中心としたマイヤーズの研究は、なかなか受け入れられませんでした。また、パーソナリティの理論や測定に関心を寄せる学者はごく少数で、そういう人たちですら性格類型論をあまり評価していませんでした。

マイヤーズは批判や反論に少しもひるむことなく、一九五〇年代から六十年代にかけて、各地の学校をまわって、MBTIの実施に努力したところ、何人かのテスト専門家に注目され始め、このテストを研究のために使いたいと申し出たり、創造的人間について調べるテストの一つに加え、これを支持するような調査結果を発表したりする人も出てきました。

一九七五年には、専門書も刊行され、このテストのサービスと研究機関として「心理学的タイプの応用センター」がつくられました。後年には研究誌も創刊さえ、利用者協会も結成されました。

『その晩年にはこのTI型性格類型検査が正常者のための性格検査としては最も広く利用されていることが誰の目にも明らかになっていたが、そのような成果にマイヤーズ女史はけっしておごり高ぶるようなことはなかった。このテストが役に立っていることを喜び、変わらぬ熱意を注いだ。一方、このテストがなかなか認めてもらえなかった時期でも、けっして弱音をはくようなことはなかったのである。』

マイヤーズが完成させた「マイヤーズ・ブリッグス性格類型検査（ＭＢＴＩ）」とは一体どのようなものなのでしょう。それは、スイスの心理学者カール・Ｇ・ユングの心理学的タイプ論類型理論を研究し、それを発展させ、人間関係を考えるのに役立てようとするものです。

ユングは、人間の心には規則性があり、行動やもののとらえかたの相違は人々の生まれもった自分の心の使い方の思考の違いによって生じ、人々は多くの場合、この指向に基づいて行動し、この行動パターンを開発しようとするものとしました。

「心理学的タイプ論」は、人々のもののみかたや行動パターンを八つのタイプ（指向の組み合わせ）に分類し、どのようにタイプが発達するかを説明したものです。

ユングは、人々の心が活動しているとき、「知覚機能」、「判断機能」という二つの心の活動のうちのどちらかが関わっていると提唱しました。さらに、これら二つの心の活動にもそれぞれ「感覚機能」と「直感機能」、「思考機能」と「感情機能」という対極の方法があると考えました。また、心のエネルギーの方向として、周囲のできごとや実際の経験といった外界に向けられる外向、内省や、帰国、自分の思いなどいとった内界に向けられる内向があることに気づきました。

感覚機能、直感機能、思考機能、感情機能の四つの心的機能それぞれに外向的なもの、内向的なものがあるので、全部で八つのパターンになるということです。

マイヤーズをこれを発展させ、

・外向と内向

ＥＩ指標：どこに関心を向けることを好むか。どこからエネルギーを得るか？

・感覚機能と直感機能

ＳＮ指標：どのように情報を取り入れることを好むか？

・思考と感情

どのように結論を導くことを好むか？

・判断的態度と知覚的態度

ＪＰ指標：どのように外界と接することを好むか？

という形に整理しました。つまり2×2×2×2で十六のタイプに分類されることになります。ガイドブックや解説書に、はっきり書いてあるのは、これは研究に基づいたものであり、占いのような扱いはしないでほしいということです。従って、興味半分でできる例題集のようなものは出ておりません。日本では日本ＭＢＴＩ協会により、年に数回、有資格者の指導のもと、体験セッションが行われています。

タイプを用いるときの注意点としても、個人のすべてを理解することはできず、また、同じタイプであっても、個々人はみな異なるので、自分を理解したり、もって生まれた自分の持ち味を受け入れたりするために用いるようにと記しています。

タイプを理解したり活用したりすることの目的は、自己理解を深めることと、他者とより相補性のある建設的な人間関係を構築する一助とするものとも記しています。

マイヤーズの経歴からも、その人柄のよさを感じることができますが、戦争の悲劇を機に、ミステリ小説で人間の暗い面を描いていくことよりも、人間の性格を前向きにとらえ、よりよい生き方を追求してことに関心が向いていったのも、ごくごく普通の流れだったのかもしれません。

この三月に公開になったリーアム・ニーソン主演の映画「トレイン・ミッション」に、

「人間の性格は十六のタイプに分類される。これからあなたがどのような行動をとるかによって、どのタイプなのかが分かる」

といったような意味のせりふがありました。現在のアメリカには、マイヤーズの研究してきたことがしっかり根づいているようです。


最後にもうひとつの「もし」を。

「もし、マイヤーズがミステリ作家として大成していたら……」

現代の心理学は、今とは異なった方向に進んでいたかもしれませんね。


【参考資料】

・〈ぷろふいる〉復刻版（ゆまに書房、二〇〇九～二〇一〇）
・イザベル・B・マイヤーズ［著］／山村美紗［訳］『殺人者はまだ来ない』「訳者あとがき」（光文社文庫、一九八七）

・森英俊〔編著〕『世界ミステリ作家事典［本格派篇］』（国書刊行会、一九九八）
・I・B・マイヤーズ〔著〕／大沢武志、木原武一〔共訳〕『人間のタイプと適性　天賦の才　異なればこそ』（日本リクルートセンター出版部、一九八二）
・イザベル・ブリッグス・マイヤーズ〔著〕／リンダ・K・カービイ、キャサリン・D・マイヤーズ〔改訂〕／園田由紀〔訳〕『MBTIタイプ入門　Myers-Briggs Type Indicator（MBTI）受検結果理解のためのガイド』（金子書房、二〇〇二）

〔著者〕
イザベル・B・マイヤーズ
1897年、アメリカ生まれ。1929年に雑誌社主催の懸賞小説へ募集した「殺人者はまだ来ない」が一位入選となる。作家としては長編二作を発表しただけだが、心理学者としては著名で、カール・グスタフ・ユングの心理学的類型論に基づいた自己理解メソッドMBTIの開発者に携わった。80年死去。

〔訳者〕
木村浩美（きむら・ひろみ）
神奈川県生まれ。英米文学翻訳家。主な訳書に『忙しい死体』、『守銭奴の遺産』、『霧の島のかがり火』（いずれも論創社）、『シャイニング・ガール』（早川書房）、『悪魔と悪魔学の事典』（原書房、共訳）など。

疑惑《ぎわく》の銃声《じゅうせい》
——論創海外ミステリ 212

2018年7月20日　初版第1刷印刷
2018年7月30日　初版第1刷発行

著　者　イザベル・B・マイヤーズ
訳　者　木村浩美
装　丁　奥定泰之
発行人　森下紀夫
発行所　論 創 社
〒101-0051 東京都千代田区神田神保町2-23 北井ビル
電話 03-3264-5254　振替口座 00160-1-155266

印刷・製本　中央精版印刷
組版　フレックスアート

ISBN978-4-8460-1723-1
落丁・乱丁本はお取り替えいたします